공연예술신서 • 77

아빠는 오십에
잠수함을 탔다

양수근 희곡집

4

평민사

이 도서는 2018년도 아르코문학창작기금 지원사업에 선정되어 발간된 작품입니다.

아빠는 오십에 잠수함을 탔다

초판 1쇄 인쇄일   2020년 6월 5일
초판 1쇄 발행일   2020년 6월 10일

지 은 이   양수근
만 든 이   이정옥
만 든 곳   평민사
          서울시 은평구 수색로 340, 202호
          전화: (02) 375-8571(代)
          팩스: (02) 375-8573
          http://blog.naver.com/pyung1976
          이메일 pyung1976@naver.com

등록번호   제251-2015-000102호

 ISBN   978-89-7115-719-0   03800

 정 가   17,000원

차 례

서문

내 문학은 거대하거나 엄청난 것이 아니다.
놀이터에 있는 그네
할머니의 전라도 사투리
술에 취해 대판 싸우던 뒷집 아저씨
고향집 골목에 있는 석류나무
개장수에게 끌려가며 오줌을 갈기던 똥개
역사의 회오리 속에서 목숨을 부지하기 위해 몸부림 친 시민들
그래서 볼품없고 촌스런 것들이다.
그럼에도 촌스러움을 포기하고 싶지 않다.
아는 것이라고는 촌스러움밖에 없기 때문이다.
혹여 저 때문에 상처받은 이들에게 용서를 구합니다.
저를 지켜주고 믿어주는 많은 이들에게 고마움을 전합니다.

— 제2회 대한민국 극작가상 수상소감 일부 발췌

아빠는 오십에 잠수함을 탔다

2019년 11월 28일 ~ 30일
강북 난나소극장
제작 : 극단 삼각산
예술감독 : 송정바우
조명 : 서용호
음악 : 김지향
의상 : 박소영
기획 : 한가을
조연출 : 손소라

캘리그래피 : 김정연
진행 : 현대철

할머니 : 장미자
아빠 : 선종남
아내 : 김미준
딸 : 이승은
아들 : 이인식
멀티맨 : 임요한

※이하 모든 공연 정보는 초연만 기록하였음을 밝힌다.

등장인물

아빠 (54, 기대치, 회사원)
아내 (50, 차미순, 대치의 처)
영남 (24, 대치의 아들)
영은 (22, 대치의 딸)
할머니 (혼령, 기대치의 환영 속에서만 존재하는 그의 어머니)
경찰
여자
박수무당
택시기사
의사
– 경찰, 무당, 택시기사, 의사, 여자, 경찰은 한 명의 남자 배우가 처
리하면 된다.

무대

원근법을 주어 높고 낮게 또는 가깝고 먼, 두 개의 공간이 존재한
다.
높은 곳(위)은 낮은 곳에 비해 협소하지만, 허공에 떠 있는 듯 몽환
적이면 좋겠다.
위 또는 뒤는 아버지의 공간이고, 아래 또는 앞은 가족들 공간
장면에 따라 상자 몇 개와 소품 그리고 간단한 대도구로 장면을 연
출하면 족하다.

1.

멀리 파도 소리가 들린다.

아빠, 위에 앉아 멍하니 하늘을 응시한다. 간간이 자동차 소리, 행인들 소리, 도심의 뒷골목 소리가 어지럽게 스친다. 그러다가 거대한 파도가 덮친다. 파도 소리 잔잔해지면 아까부터 서성이던 할머니 손짓한다. 그녀는 아빠를 보며 소리를 지르는 것이다. 그러나 그 소리라는 것이 명쾌하지 않고 두서가 없다.

할머니 가! 오지 마라. 비 온다. 우산도 없이. 바다에는 왜. 옷 다 젖어. 옷. 가! 니 애들 생각해야지. 죽긴 왜 죽어. 얼른… 정신 차리고. 나가. 정신 차려! 가!

아빠 … 울컥, 토할 것 같았습니다… 몸이 휘청하더니… 맞아요. 그때 파도 소리가 들렸어요. 들어보세요? 저기, 저 소리. (한참동안 귀를 기울인다) 방파제를 때리는 파도. 하얀 거품. 모든 것을 삼킬 듯 밀려드는 파도. (사이) 달렸습니다. 죽어라고 달렸어요. 지하철 종로 3가역. 계단을 타고 내려온 파도가 지하철 안까지 밀려왔어요. 엄청나게 큰 파도였습니다.

지하철 도착을 알리는 소리. 소음에 묻혀 할머니 소리 들리지 않는다. 할머니도 사라지고 없다.

아빠 여기가 어디지. 내가 왜 여기에 서 있는 거지? 뱃속에 들어있는 모든 음식 찌꺼기며, 살아온 내 인생을 송두리째 토해내고 싶었어요. 어지럽더라구요. 사람들이 나를 보고 손가락질 하는 것 같고, 무서웠습니다. 순간 겁이 덜컥 나더라고요. 매일 다니던 그 길이 갑자기 너무나 낯설었습니다. 도대체 여기는 어디야? 왜 내가 여기 있지? 지하철 문이 열리자 나는 허겁지 겁 뛰어 올랐어요. 심장이 요동치고, 머리가 뜨거워졌습니다. 이 안에 뭔가 꽉 막혀있는, 며칠 동안 똥을 싸지 못해서 묵직 한 그런 느낌이랄까… (사이. 숨을 깊게 몰아쉰다) 막상 지하철역 을 빠져나오니 갈 곳이 없더군요. 비가 왔어요. 장대 같은 비, 억수로 쏟아졌어요. 시원하더군. (사이) 여름이었어요. 훈련소 에 입소하고 마지막 행군을 하고 돌아오는 날, 얼마나 더웠던 지 땀이 등줄기를 타고 사타구니 깊숙한 곳까지 파고들었지 요. 그때도 비가 내렸어요. 가려운 것들이 다 씻겨나가는 맑은 기운. 두 팔을 벌리고, 입으로 빗물을 받아 마시면서 한참을 서 있었습니다. (파도 소리) 그런데 또 파도 소리가 들리는 거 야. 사람들은 우산을 들고 어디론가 마구 밀려갔어. 파도가 치 듯, 썰물이 몰아치듯, 다들 정신들이 없더구만. 빠른 발, 구두 소리, 뛰는 다리, 빵빵거리는 차들, 한없이 앞으로 굴러가는 바퀴, 바퀴. 우뚝 솟은 건물들, 간판들, 하하하. 우산을 들고 비를 피해 걷는 사람들. 그때야 비로소 숨이 쉬어지더라고, 숨 이. 그리고 또 파도 소리를 들었소. 나를 부르는 소리. 이리 와. 어서. 손짓하더군. 이리 와 너 거기에서 뭐해? 바다 속 평 화로운 바다 속에서 물고기들이 나를 부르고 있었어….

할머니, 쓱 나타나 손짓만 한다.

아빠   물고기를 따라 파도치는 바다로 들어갔어. 한 발 두 발. 온몸 이 축축했어. 추웠어. 맞아. 우리 어머니. 그때 어머니가 손짓 하며 나가라는 거야. 아, 어머니. 돌아가시고는 꿈에도 한 번을 안 나타나신 내 어머니가 보이더라고요. 그 순간 누군가 나를 덮쳤어. 나? 나, 누구지?

사라지는 할머니.

아빠　(누군가 있는 듯) 나이? 나이. 내, 나이. (또 보는) 내가 몇 살이지? 이름? 이름이 뭐더라. 맞아. 맞아. 차미순. 무슨 서류에 차미순이라고 쓴 기억이 가물가물한데. (사이) 맞다니까. 내 이름은 차미순이야. 응? 번호? 전화번호? 그게 왜 기억이 나지 않을까? 아, 주민번호? (겨우겨우) 육팔일이일삼 다시 이삼삼삼칠 (하는데) 왜요? 뒷 번호가 왜요? 시작이 왜? 난 2로 시작해. 숫자 2로 시작한다고? 여자? 난 남자라고. 남자. 이봐. 확인해 줄까. (바지를 잡는) 날 보내줘. 여기가 어디야. 어서, 나를 내 보내달란 말이야. 들어 봐? 바다가 나를 부르고 있어. 들어 보라고? 파도가 나를 부르고 있다니까. (어두워진다)

파도 소리 사그라지면, 아래 가족의 공간에 조명.
상자 주위에 앉거나 서 있는 경찰, 아내, 영은.

아내　틀림없어요. 납치예요.
영은　납치 아냐! 아빠가 무슨 FBI야. 난데없이 납치는.
아내　그럼, 왜 일주일이 넘도록 연락이 없어?
영은　엄마, 납치를 당했다면 범인들에게서 협박이 올 거 아냐. 그런데 아무런 연락도 없었잖아. 그냥 가출이야. 가출. 창피해. 그 나이에 가출이라니.
아내　네 아빠가 왜 가출을 해.

영은	모르지, 일상에서의 도피. 뭐 그 정도?
아내	넌 아빠 없어진 게 대수롭지 않니?
영은	(진동으로 울리는 핸폰) 내가 전화한다고 했잖아. 끊어…. (끊는)
아내	그놈이니?
영은	(대답 없고)
아내	그놈이냐고?
영은	그놈 아냐.
아내	넌, 아빠가 납치된 마당에 니 남자친구가 그렇게 좋아?
영은	왜 나한테 화를 내고 그래. 내가 없어졌어. 아빠가 없어졌지. 따지려면 아빠한테 따져. 그리고 아빤 납치 아냐. 분명 가출이야.
아내	니 아빠가 지금 전화를 받니, 연락을 하니. 넌 아빠가 납치를 당했는데, 니 남자친구한테만 신경 쓰더라.
영은	그런 말을 왜 경찰서에 와서 해. 나, 갈래.
아내	가면, 나가서 남자친구 만나려고. 기영은. 넌 아빠가 어떻게 되었는지 궁금하지도 않아?
영은	경찰서 오자고 한 사람은 나야. 엄마가 아니라고.
경찰	진정들 하시고. 그러니까 남편분이 납치를 당했다?
아내	(동시에) 네.
영은	(동시에) 아니요.
경찰	그러면 실종인데….
아내	(동시에) 실종이요?
영은	(동시에) 실종이요?
경찰	집을 나간 지 일주일이나 지나셨다면서요?
아내	네.
경찰	스마트폰도 꺼져있고. 예전에도 이와 비슷한 일이 일어난 적 있습니까?

아내 아뇨.

경찰 그러면 납치를 당했다는 근거가 있습니까? 누구에게 원한을 샀다거나 하는?

아내 없습니다. 그이는, 아주 평범한 남편이자 아빠예요.

경찰 따님도 그렇게 생각하세요?

영은 네, 그냥 별다를 게 없이 평범해요. 진짜 평범한 사람.

경찰 단순 가출도 아니고, 납치는 더더욱 아니고. 그러면 결론은 하나 실종입니다. 무슨 사고가 났다든가, 아니면 가족들에게 말 못할 고민을 앓다 자살을 했다던가….

아내 (동시에) 자살이요?

영은 (동시에) 아저씨!

경찰 놀래라.

영은 민중의 지팡이가 말을 왜 그렇게 함부로. 죽다뇨. 죽긴 누가 죽어요.

경찰 누가 사망했다고 했습니까. 그럴 개연성이 있다는… 개연성….

아내 (몸을 부들부들 떤다)

영은 엄마, 괜찮아.

아내 응… 아냐. 그럴 리 없어. 그냥, 며칠 동안 어디서 여행을 하고 있을 거야. 그럴 거야.

경찰 그러면 가서 기다리시든가.

영은 경찰이 뭐 이래요?

경찰 경찰이 뭐 이래요라뇨?

영은 경찰이면 경찰답게 민원인의 입장에서 좀 경찰스러워야 되는 거 아네요?

경찰 경찰스러운 게 뭔데요?

영은 과학수사. 탐문. 잠복근무. DNA 채취. CCTV 확인 등등.

경찰	그러면 실종 신고를 하세요. 그래야 과학수사, 탐문, 잠복근무, DNA 채취. CCTV 확인 등등을 할 게 아닙니까. 실종신고 하실….
아내	(아주 크게) 내 남편 실종 아니라니까!
경찰	왜 자꾸 소리를 지르십니까. 간 떨어집니다.
영은	실종 아니라잖아요.
경찰	참, 나. 세상에, 남편이 집을 안 들어왔어요. 그것도 일주일씩이나. 하다못해 강아지가 집을 나가도 금방 신고를 하는 세상이거든요. 전단지 붙이고, 이리저리 수소문하고, 헌데 사람이 사라졌어요. 남편이. 아빠가. 뻔뻔한 사람들이구만. 그냥 집에 가서 남편 들어오실 때까지 기다리세요.
영은	아저씨. 기다리다, 기다리다 안 들어오시니까 여기 온 거 아니에요.
경찰	그러면 저더러 뭐 어떻게 도와달라는 겁니까. 단순 가출이면 집에서 기다리면 되고, 납치를 당했다면, 납치범들한테 연락이 올 거 아닙니까. 그러면 그때 신고하셔도 되고, 그러니까 집으로 돌아가셔서 기다리시라구요.
아내	납치를 당해서 연락을 못할 수도 있잖아요?
경찰	그러니까, 제가 누차 말씀드리잖습니까. 실종신고를 하시라고요.
아내	실종신고를 하면요?
경찰	각 서에 연락 취하고, 수사본부 만들어서 수사 들어갑니다.
아내	그러면 실종 신고할게요. 해.
경찰	앉으세요. (타자 치는) 이름.
아내	차미순.
영은	저기요 좀 부드럽게 해주시면 안 되나요. 원래 경찰이 이렇게

	딱딱합니까.
경찰	이봐요 대학생 아가씨. 저도 최대한 서비스 하고 있는 겁니다.
경찰	이름?
아내	(폭발한다) 차미순이라고요. 차미순! 차 미 순. 대체 이름을 몇 번 말해야 합니까.
경찰	실종자 성함이요. 남편분. 아가씨 아빠.
아내	기, 기대치.
경찰	(자판) 기대치 씨. 주민번호?
아내	…? 너 아빠 주민번호 아니?
영은	내가 그걸 어떻게 알아.
아내	오빠 전화해봐. 아빠 주민번호 아는지.
경찰	(한심하다는 표정)
영은	(전화 거는) 오빠. 여기? 경찰서. 지금 아르바이트 구하는 게 그렇게 중요해? 아빠? 실종신고 했어. 몰라, 그렇게 해야 수사를 한대잖아. 있잖아. 혹시 아빠 주민번호 알아? … 어? 그래. (끊는) 모른대. 군에서 막 제대한 사람이 아빠 주민번호 같은 걸 기억이나 하겠어. 군번도 잊어버리고 싶대.
경찰	어디 수첩 같은 데 적어 놓은 거 없어요?
아내	맞다. (가방에서 건강보험증 꺼내는) 여기 있다. (내미는)
경찰	(보고 자판 치는) 육오공칠이구 다시… 육오면 뱀띠시네. 주소.
아내	거기에.
경찰	(보험증 보며) 서울시 서대문구… (자판 두드리는) 이름이 어떻게 되시죠?
영은	(버럭) 방금 말씀드렸잖아요. 기, 대, 치. 66년 뱀띠. 기 대 치.
경찰	이 사람들이 진짜. 신고자, 신고자 이름을 누구로 하실 거냐고요? 갑질 합니까. 어디서 버럭버럭. 진짜.

영은   이름 말씀 드렸는데, 또 이름을 물으시니까 화가 나잖아요.

경찰   (아내와 영은 번갈아 본다)

영은   엄마 이름으로 하세요.

경찰   (자판) 차, 미, 순. 육팔일이일삼….

영은   엄마, 왜 이렇게 떨어?

아내   아니, 갑자기 실종신고를 하니까 네 아빠한테 정말로 무슨 일이
        일어난 거 같잖아. 니 아빠 어디 가서 잘못된 건 아니겠지.

영은   엄만.

아내   죽었을까 니 아빠?

영은   엄마! 말이 씨 돼.

아내   아니야, 아닐 거야.

영은   (전화 받는 한참동안) 오빠. 좀 기다리라니까. 아니, 경찰서에 와
        있어. 그런 일이 있어. 오빠, 술 마셨어? 지금 헤어지자는 말이
        나와. 알았어. 내가 연락할게. 그래.

경찰   아빠가 따님 남자 친구 있는 거 아세요?

영은   실종신고서에 그런 것도 쓰나요.

경찰   그냥 궁금해서요. 회사에 전화는 해보셨어요?

영은   엄마, 아빠 회사에 전화해 봤어?

아내   아니.

영은   엄마, 진짜 엄마 맞아? 지금이라도 전화 해보면 되잖아. 아빠
        어디 가셨는지.

아내   그러다가 없으면, 회사에서 안 왔다고 하면 어떻게 하지. 영은
        아 나 무섭다.

영은   엄마, 지금 아빠가 없어졌어. 우리 경찰서에 실종 신고하러 왔
        다고.

아내   예전에, 네가 유치원 막 들어갔을 땐가, 아빠 양복주머니에서

어떤 명함이 나왔어. 보니까, 회사 근처 술집 마담이잖아. 난 그 여자랑 니 아빠가 무슨 일이라도 일난 줄 알고, 막 닦달했거든.

영은 그랬는데?

아내 아무 일도 아니더라고. 그냥 술집에 온 손님들한테 주는 명함이었어. 난 그것도 모르고, 니 아빨 의심했거든. 그 뒤로 회사에 전화한 적 없어.

영은 그렇다고 전화를 안 해봐?

위에 조명 들어온다. 위, 아래 동시 진행이다.

아빠 외로움이 극에 달할 때였어, 그때가… 그녀? 예뻤지. 무척. 아내에게 없는 묘한 매력을 가지고 있었어.

경찰 전과가 있으시네.

영은 전과라뇨?

경찰 아니, 좀 전에 이와 유사한 일이 없다고 하셨잖습니까.

아빠 가느다란 손가락, 손목, 은은한 향수, 하이힐 사이로 삐져나온 매니큐어 바른 발가락, 세련된 목소리.

아내 회사 숙직실에서 먹고 자고 했더라고.

경찰 얼마나요?

아내 일주일쯤으로 기억해요.

경찰 (혼잣말) 간통인가.

영은 아저씨!

아빠 어느 날, 내게 명함을 주더군. 그녀는 아무 남자에게나 명함을 돌리는 여자가 아니었어요. 나? 글쎄 나도 잘 몰라. 왜 그녀는 나에게 접근을 했을까? 생각해보면 신기하기도 하고, 하여간 며칠 동안 난 그녀에게 푹 빠져 있었지.

영은   정말 그걸로 끝이야?

엄마   뭐가?

아빠   죄책감? 혼란스러웠던 건 사실이야. 하지만, 대수롭지 않게 생각했지. 황홀했으니까.

영은   아빠의 로맨스가 그 정도에서 끝이냐고?

엄마   그럼, 넌 뭐 더 있기라도 바래?

영은   아니. 난 너무 싱거워서.

아빠   우린 한 달도 못 가서 헤어졌소. 내가, 내가 괴로웠으니까.

엄마   의심은 했지. 그런데 심중이 없는 걸 어떻게 하냐. 그리고 아니라고 딱 잡아떼는데, 더 의심했다가는 아예 집에 안 들어올 기세고.

아빠   아무튼, 내가 먼저 그녀에게 연락하지 않기로 했고, 그녀도 딱히 이렇다 저렇다 말도 없었어. 얼마 뒤 그녀의 바가 없어졌더군. 그게 끝이야. 그 뒤로도 여자는 없었어. 난 그런 쪽으론 취미가 없는 사람입니다. 싱겁지요?

영은   그 마담 여자는 만나봤어?

엄마   몰래 한 번 근처에 갔더니, 없어졌더라 그 술집.

영은   남자는 아무리 못 생겼어도, 어떤 하나에 꽂히면 뻑 가게 되어 있어. 그건 동물적이야. 아마 모르긴 몰라도, 그 술집 여자랑 아빠 뭔가 있었을 거야.

엄마   네가 그걸 어떻게 알아.

영은   엄마, 나 문학 전공해. 소설 쓴다고.

엄마   소설을 써라. 하여간 다른 남자는 다 그래도 네 아빤 아냐.

아빠   아내? 허허. 다른 남자는 다 그래도 설마 내가 그럴 거라고는 꿈에도 모를 여잡니다. 착하지요. 평생 나와 아이들을 위해 헌신을 한… 헌데, 정작 기억해야 할 일들은 기억하지 못하니. (파도치는) 아, 파도 소리. 들리세요? 저기 저 아래에서 물고기 소리도 들리고… 그런데 왜 그런 물고기가 보고 싶었을까요. 거북이, 고래, 만타가오리, 해파리, 곰치….

경찰 그런데 말이죠? 납치가 되었거나 하면, 누군가에게 연락이 오기 마련이고, 또 본인이 스스로 집을 나갔다면 최소한 며칠 사이. 에 어떤 변화가 있게 마련인데, 특별한 거 정말 없으셨나요?

아내 네, 전혀. 넌?

영은 응. 나도.

아내 남편이 집에 들어오지 않는 날이, 우리 애가 군에서 제대하는 날이었거든요.

아내, 남편과 헤어지던 날 아침으로 변한다.

아내 일찍 들어와. 오늘 영남이 제대하는 날이야.

아빠 ….

아내 듣고 있어?

아빠 아, 맞다. 그렇지 오늘이지.

아내 뭐야? 잊었어?

아빠 어? 아니. 잊긴….

아내 뭐할까?

아빠 영남이 좋아하는 거 해. 제육볶음 좋아하잖아.

아내 갠 돼지고기 물리지도 않나 봐.

아빠 나도 그 나이 때는 제육볶음이 제일 좋더구만.

아내 누구 닮아, 하여간 오늘은 무슨 일이 있어도 우리 네 식구 한 상에 앉아 오순도순 밥 먹기다. 참, 밖에 비 와. 우산 챙겨.

아빠	(멍)
아내	무슨 생각을 그렇게 해.
아빠	응. 아냐.
아내	당신 요즘 회사에서 무슨 일 있어?
아빠	다녀올게.

아빠, 움직이지 않고 멍하니 생각한다.

아내	그렇게 나가곤 전혀.
영은	맞다. 엄마. 아빠가 조금 이상하긴 했어.
경찰	어떻게요? 차분하게 설명해 보세요?
영은	아빠는 드라마 같은 건 잘 안 보시거든요. 뉴스나 스포츠 외엔 관심이 없잖아. 근데 얼마 전부터 드라마에 푹 빠져있었어요.
아빠	드라마밖에 볼 게 없었습니다. 쏟아지는 뉴스는 비정규직이네, 등록금 상승이네, 물가불안이네, 경제 악순환 같은, 듣기 싫은 소리만 해대고, 정치는 생선가게 똥파리만도 못하니, 그나마 내 마음에 위안을 준 건 드라마밖에요. 그거 재미있더라고. 하하. 하하.
영은	아빠? 또 드라마야?

아빠, 아래 가족의 공간으로 내려와 그들과 하나가 된다. 무대 밝다.

아빠	(관객을 향해 TV 보는)
영은	아빠.
아빠	어, 영은이 왔니.
영은	(TV 보는 아빠를 뚫어져라 본다)

아빠   (웃는다)

영은   뭐야. 드라마 따위가 나보다 더 좋은가.

아빠   넌, 그놈이 있잖아.

영은   그놈 아니다 뭐. 형석이야 형석. 우리 과에서 톱이라고. 얼마 전에는 공모전에 당선도 됐어.

아빠   며칠 있으면 다른 놈으로 바뀔 거잖아. (드라마 삼매경에 빠져 웃고 있다)

영은   (안으로 들어가며) 이거 소설 때려치우고 드라마를 써야지. 아빠, 내가 드라마 쓸까?

아빠   네가?

영은   우리 과에 털 많고 인기 짱인 희곡 교수님이 그러시는데 드라마에는 일정한 법칙이 있고, 그에 따른 인과관계가 분명해야 한댔어. 그리고 작가가 어느 누구에게도 휘둘리면 안 된대. 그런데 우리나라 드라마는 제작여건이 워낙 안 좋아서 이런 게 하나도 지켜지지 않는다는 거야. 심지어 마지막 방송 날에도 촬영을 한대. 그게 말이 돼.

아빠   (영은이 말하거나 말거나)

사이.
커지는 드라마 소리.

아빠   (이제는 눈물을 찍어 바르며 보고 있다)

영은   뭐야. 완전 막장드라마잖아

아빠   우리 사는 세상이 더 해. 내가 살아남으려면 남을 죽여야 해. 이보다 더한 막장드라마가 어딨냐.

아빠, 코를 훌쩍거리며 위로 올라간다.

엄마 넌, 그런 일이 있었으면 진작 말을 했어야지.

영은 엄마는 매일 늦게 들어왔잖아. 왜 갑자기 모임이 많아졌어. 동창회다, 산악회다, 계모임이다. 엄마, 혹시 남자 생겼어?

엄마 애가 미쳤니. 넌, 무슨 말을 그렇게… 야, 기영은. 엄마는 바깥출입 하면 안 되니? 너희들한테 올인해서 뭔가 잃어버리고 산 것 같단 말야. 너 그런 느낌이 뭔 줄 아니? 너도 나이 먹고 결혼해서 애 낳아봐. 아, 그래서 그때 엄마가 그랬었구나 하고 깨달을 거다. 친구들하고 어울려 수다 떨다 보면 스트레스도 풀리고, 시간 가는 줄도 모르고 그래.

영은 그런데 왜 놀래?

경찰 (자판 치며) 아내에게 남자가 있는 것으로 보임….

엄마 (경찰 자판을 지우며) 아니에요. 그런 일 있음 저 천벌 받아요.

아빠 드라마? 신기해. 이유를 모르겠더군. 그냥 텔레비전 앞에 앉아 있으면 마음이 편했으니까. 딱히 할 것도 없고. 내 삶은 참 팍팍한데, 그놈의 텔레비전 드라마 속의 사람들은 정말 편해 보여… 그들한테는 물가도, 경제도, 정치도, 하다못해 먹는 것까지 파라다이스 세계에 사는 사람들이더군. 난 그냥 그걸 보면서 대리 만족을 해. 그러다보면 웃기도 하고 눈물도 났지. 생각을 해봐 기껏해야 20대 후반인 놈이 지 애비 빽만 믿고 회사를 경영해. 그러면서 감 놔라 대추 놔라 그 꼬라지가 말이 돼. 그런데도 재미있더라고. 뭐? 사회지도층? 꼴값. 거긴 내가 사는 세상하고 다르니까. 그걸 보면서, 아 나도 저렇게 살고 싶은데, 저게 바로 사람 사는 모습인데, 뭐 그런 착각이 들었나봐. 넓은 집, 그냥 넓은 집이 아니야. 1층 2층 다 뚫린 빌

라. 고급 차, 차를 모는 운전수. 집안일 해주는 파출부. 더럽고 치사한 뉴스 보는 것보다 차라리 드라마가 좋았어. (사이) 네? 대리만족이요? 그래. 그 말이 맞겠네요. 그리고 더 중요한 건, 밤에는 잠도 오지 않습다. 아무리 뒤척거려도 잠이 오지 않아. 그 고통 아십니까? 눈을 감고 날을 새는 기분이 어떤지. 정말 지랄 맞거든.

경찰 그건 분명 남편 분에게 어떤 심리적인 변화가 일어났다는 증건데.

남편 심리적 압박이 컸지요. 개뿔도 없고, 체통도 잃은 아빠. 거기다가 갓끈까지 떨어졌으니 내 위신은 이미 땅바닥에 굴러 떨어진 지 오래되었고.

위, 조명 사라진다.

경찰 건강상태는 어땠나요?

아내 회사에서 주기적으로 하는 건강검진에서도 이상은 없었고, 지나치게 음주를 하지 않았어요.

경찰 상식적으로 성인 남자를 납치하려면 많은 인원이 필요하거든요. 딱히 주변에 원한을 살만한 관계는 아니었고. 자, 실종신고 접수 되었습니다. 여기에 지장 찍으세요. 남편분의 계좌, 신용카드, 스마트 폰, 그리고 사건 당일 집에서 나갈 때부터 CCTV, 그리고 sns, 위치추적 등 정밀 분석할 겁니다.

영은 아빠, sns 안 하세요.

경찰 모든 가능성을 염두에 둬야죠. 여기 수사 동의서.

아내 (서류에 서명)

영은 (전화 꺼내 전화 거는)

엄마	어디에 하니?
영은	아빠 회사에.
엄마	하지 마!
영은	엄마, 엄마. 왜 자꾸 아빠 회사에 전화를 하지 말라는 거야. 엄마… 혹시 우리들 모르는 뭔가 있지? 그치? 응.
경찰	잠깐만요. 남편분이 회사에 나오지 않았다면, 회사에서도 집으로 전화를 했을 텐데, 그렇지 않습니까? 이건 앞뒤가 맞지 않는 알리바이입니다. 그렇지 않습니까 사모님?
영은	맞아요. 오, 민중의 지팡이 예리하신데?
엄마	(무겁게) 실은, 회사에 전화를 했었어….
경찰	언제 하셨죠?
엄마	남편이 사라지고 3일이 지난 날, 오후에.
영은	아까는 안 했다며.
엄마	(갑자기 운다) 무섭다 영은아.
경찰	아주머니, 숨기는 게 있으면 우리들한테 다 털어놓으셔야 이 사건이 해결됩니다. 그러니….
영은	(물을 건넨다)
엄마	마신다.
영은	괜찮아, 엄마.

벨소리 들린다. 경찰, 여자로 변신.

아내	수화기 너머 무거운 침묵이 흘렀어. 한 번, 두 번, 벨이 울리고. 어떤 여자가 받더라.
여자	(조명 하나 떨어지면 그 속에서) 네, 자제괍니다.
아내	기대치 부장님 계신가요?

여자	기 부장님이요?
아내	네.
여자	혹시 누구 되시는지?
아내	저, 집사람입니다.
여자	어머. 기 부장님 회사 그만 두셨는데요?
아내	네, 그게 무슨….
여자	아, 아직 모르셨나보구나. 기 부장님 며칠 전에 해고. 명예퇴직 하셨어요.
아내	퇴직이라니…. (휘청한다)
여자	말이 좋아 명예퇴직이지 거의 해고나 다름없는… 어머나 사모님 죄송합니다.

조명 사라지면 여자 다시 경찰로 돌아온다.

영은	엄마, 왜 그래. 엄마.
아내	믿을 수 없었어. 아니, 그 말이 거짓이길 바랬지. 숨이 막혔다. 영은아, 십년 만에 남편 회사에 전화를 했다. 아빠가 집을 나간 지 삼일이 지난 오후에, 도저히 믿을 수 없었어. 난 한동안 내 귀를 의심했다. 해고라는 말이 자꾸 거슬려서. 이제 어떻게 하니? 니 아빠 도대체 어디론 간 걸까?
영은	그 이야기를 왜 이제사 해.
아내	차마 내 입 밖으로 말하기 힘들어서.
경찰	거, 간단한 이야기를 빙빙 돌려서… (자판) 기대치 부장 해고.
영은	아저씨. 이런 사건이 경찰들한테는 매일 일어나는 일이겠지만, 우리는 처음 당하는 거거든요. 그리고 해고 아니라 명퇴. 말씀 좀 삼가세요.

경찰   그렇잖습니까. 결론적으로 남편이 명예퇴직 당해서 일주일 동안 집에 들어오지 않았다. 그래서 혹시 어떻게 됐을지 모르니 신고하러 왔다. 맞죠?

영은   말씀을 너무 쉽게 하시네요. 어떻게 된 거라뇨? 증거 있어요. 증거?

경찰   아무튼, 전산으로 실종처리 됐으니까, 금방 연락이 닿을 겁니다.

영은   어떻게요?

경찰   과학수사. 밖으로 나가는 순간 30초마다 CCTV에 10번 찍히는 IT강국 대한민국.

영은   국민은 없고, 국가만 강조하는 나라 대한민국. 웃겨!

경찰   아무튼. 뭐든 증거가 나오겠죠. 댁으로 가서 기다리십시오.
(거수경례하고 사라진다)

아내   영은아….

영은   (아내를 부축하며 사라진다)

위, 조명.

아빠   강 상무님. 왜 하필 제가? 내가 그만둬야 할 이유가 뭡니까? 근무실적이요? 제가 이십 년을 회사를 위해 몸을 바쳤습니다. 그런 저에게 근무실적이라니요? 다음 달이면, 군에 간, 아들이 제대한다는 거 아시잖아요. 그리고 둘째 영은이, 그 녀석 소설 쓰겠다고 난린데, 걔 뒷바라지는 할 수 있게 해줘야지요. 강 상무님! 우리 부서에서 올린 기획안이 최우수상도 받았고… (사이) 위로금. 저 위로금 안 받아도 좋으니 회사에서 일을 할 수 있게, 강 상무님. 제가 없으면 부서원들이? 네? 일자리 창출. 젊은 사람들 일자리 만들자고 나가라는 게 말이 된다고… 강 상무님. 야, 강 상무! (사이) 씨발, 너 정말… 계급장 떼고 한 판 붙을까. 너 나랑 동기야 임마. 너는 나이 안 처먹었어? 그럼 너도 나가. 왜 나만 나가. 왜? 입사 동기 이렇게 버리면 안 돼. 뒤통수쳐도 돼? 너 승진할 때 내가 이사님, 상무님 앞에서 재롱떨고 아양은 다 떨었어. 술에 취해, 헛바닥 꼬꾸라지면서 이사님 딸랑딸랑 딸랑딸랑. 너 축하해줬잖아… 퇴직금? 그깟 퇴직금 많이 받는 게 대수가 아니잖아! 아직 나 일할 수 있고, 팔팔해. 강 상무. 이건 아니야. 다시 재고를 해보자. … 자영업? 그것도 무슨 노하우가 있어야 하지. 무작정 자영업이냐. 대한민국 자영업자 천국인 거 몰라서 하시는 말씀이십니까. 하루에도 수백의 자영업자들이 거리로 내몰리고 있다고. 야! 난, 받아들일 수 없어. 아내에게 뭐라고 말하냐. 나 회사 잘렸다고? 아니지. 이건 사망선고야. 이건 끝이야. 끝. 이 바닥 원래 이래? 이게 룰이야? 나 토사구팽 당한 거야? (운다) 나 열심히 일할게. 아직 팔팔해. (갑자기 팔굽혀펴기) 멀쩡해. 봐. 쓸 만하지? (그러다가 푹 꼬꾸라진다) 너, 무, 나, 비, 참, 하, 다. 나. 이렇게 비참하게 만들어 놓으니까 좋으냐. 도원결의고 나발이고 그거 다 물거품된 거냐. 얄짤없이 왜 그래. 너무 야박하다. 이렇게 무서운 곳이야. 뭐? 글로벌 경영위기. 그딴 거하고 나하고 무슨 상관인데. 가족 같은 회사. 너희들 그렇게 큰소리 쳤잖아. 개뿔! 까놓고 말하자. 경제가 위기? 집어치워. 문제는 경제가 아니라 경영이야. 분식회계, 페이퍼 컴퍼니, 그딴 꼼수를 부리니까 문제가 불거진 거잖아. 분기별 실적은 작년 대비 올해가 훨씬 더 증가했잖아. 그런데 왜? 왜? 나야? (한참 사이) 입사동기가 만년 부장을 하고 있으니 심기가 불편했겠지 강 상무님. (무릎 꿇고) 월급 삭감해도 좋으니, 회사에, 붙어있게라도, 강 상무님… 그래… (한참동안 멍하다. 어디서 들리는 노래. 갑자기 변한다) 내가 무능한 걸 왜 남 탓을 해… 하! 바다가 보고 싶네. 깊은 바다. 물고기들 놀던, 그 옛날 아쿠아룸에서 봤던 새파란 바다.

파도 소리, 물고기들 팔딱거리는 소리.

아빠   들리지. 저 파도 소리. 평화롭잖아. 물고기들, 팔딱거리는 숨소리. 나를 부르잖아. 잠수함을 타야 해. 잠수함. 집채만 한 파도를 헤치고 심해로 들어가는 거야. 이리 와. 어서.

그룹 쿨 '해변의 여인' 노래 흐른다. 아빠 흥얼거리며 따라 하다가 주저앉았다. 사랑을 위한 여행을 하자/ 바닷가로 빨리 떠나자 야이 야이 야이 야이 바다로 / 그동안의 아픔들 그 속에 모두 버리게 /이게 아니야 우린 사랑했잖아 / 이젠 다신 눈물 없는 사랑으로 만들어봐 우 우 우
위, 먹빛으로 물든다. 긴 사이. 파도 소리도 사그라들고. 현관문 열리는 소리.

2.

영남 들어온다.

영남   엄마. 엄마. 영은아.

엄마	(머리에 수건 묶고) 어떻게 됐어?
영남	밥은?
엄마	입맛도 없고.
영남	그래도 뭘 먹어야지. (영은 나온다) 참, 너 밖에 형석이 와 있는 거 같더라. 지극정성이다 정말.
영은	못살아. (나간다)
엄마	아르바이트는?
영남	주유소 자리 하나 있더라구.
엄마	너 그거 안 하고 공부만 해도 돼.
영남	공부 삼아 하는 거야. 인생공부.
엄마	미안하다.
영남	뭐가 미안해.
엄마	하필이면 너 제대하는 날.
아빠	….
엄마	끙끙 앓았을 거다 니 아빠. 뻔해. 안 봐도 다 보여. 분명 무슨 일이 있었던 거야. 어디서 뭘 하는지.
아빠	… 강 상무 죽일 놈. 집. 회사. 회사. 집밖에 모르고 살았습니다 전….
엄마	어디에 있을까? 밥은 먹고 다닐까?
영남	난 아빠를 믿어. 무책임하게 행동하실 분 아니야.
엄마	알아. 그럴 거야. 니 아빠니까.
아빠	… 자존심을 곡괭이로 가슴을 후벼 파는 것 같아… 아….
영남	제대하고 나오면 여행 가자고 했었는데.
엄마	맞아. 그랬지. 우리 네 식구 오붓하게 다녀오자고 했지.
영남	잠수함을 타고 싶댔어.
엄마	잠수함. 아, 그랬지. 생각나니? 니들 어렸을 때….

아빠   ⋯ 영남이 10살, 영은이 8살.

엄마   김밥도 싸고, 과일이랑, 이것저것 챙겨서.

가족들은 그 옛날로 돌아간다. 아빠, 아래로 내려온다. 아주 밝다. 영남은 두 사람을 보며 즐거워한다. 할머니 젊은 시절로 변해 나 온다.

아빠   뭐해. 카메라는 챙겼구?

엄마   그런 건 당신이 좀 해. 챙길 게 한두 개야?

아빠   가만, 디지털 카메라를 어따 뒀더라.

엄마   당신도 참. 어젯밤에 신발장 위에 올려놨잖아. 잊어버린다고.

아빠   아차차 그랬지.

엄마   그렇게 좋아?

아빠   그럼, 좋지. 처음 가는 아쿠아리움인데.

엄마   당신이 바빠서 그래. 애들한테 미안하지도 않아.

아빠   회사일이 좀 바빠. 출장, 야근, 회식, 보고서 작성, 하루 24시간 이 모자라. 아이고 뒷골이야.

엄마   쉿! 오늘은 무슨 일이 있어도 회사와 관계된 말은 노야, 노.

아빠   예스, 알아 모시겠습니다. 차미순 여사님.

엄마   (김밥 먹이며) 간이 맞나 모르겠네.

아빠   맛있다. 그런데 이놈들 크면 이거 이거 이거 기억이나 할까.

할머니   옷이 좀 과하지 않을까. 늙은 사람이 망측스럽게 좀 그렇지.

엄마   어머니. 그게 무슨 말씀이세요. 좋기만 한데요.

할머니   그, 그러냐.

아빠   야, 우리 엄마. 십년, 아니 이십 년은 젊어 보이네. 아버지가 살아계셨다면 졸졸졸 쫓아 다녔겠네. 다시 결혼하자고.

할머니·아빠·아내   (웃는다)

할머니 아무래도 안 되겠다. 옷이 너무 튄다. 다른 걸로 입고 오마. (들
어간다)

아내 어머니.

사이.

영남 … (또렷하게) 기억 나. 다. 아빠랑, 엄마랑, 할머니랑, 영은이랑
다섯이 아빠 차를 타고 아쿠아리움 갔잖아. 거대한 수족관. 하
루 종일, 걷다가 보다가. 아빠? 아빤 그때 좋았어?

아빠 (영남 보며) 좋았지. 최고였다. 그때. 너희들도 최고였잖니.

사이.

엄마 물이 안 샐까?

아빠 얼마 전, 미국에서는 악어를 가둬둔 수족관이 터져서 사람을
잡아먹었대.

엄마 (깜짝 놀라) 어머나! 나 이럴 줄 알았지. 하나도 안 무섭거든.

아빠 하하하. 좀 놀래야 재밌지. 거기, 상어도 있다며?

엄마 돌고래도 있대.

아빠 우와. 고등어도 보일까.

엄마 고등어 보려고 아쿠아리움을 가냐. 고등어는 동네 슈퍼에서
도 많아.

아빠 그거랑, 그거랑은 달라.

엄마 다르긴.

아빠 파란 생선이 빛을 받으며 꼬리를 살랑살랑 흔들어봐, 얼마나

신비스럽겠어. (그러면서 아내의 뒤를 안는)

엄마 음흉해. 손 치워.

아빠 애들 크면, 잠수함을 타자. 아예 바다 속을 보는 거야. 어때?
멋지지?

엄마 봐서. 당신 하는 거. 봐서.

아빠 뭐. (간지럼 태우면)

아내 (나뒹군다)

아빠 꼭 잠수함을 탈 거야.

아내 이거 놓고 이야기 해.

아빠 그래서 고래랑 이야기도 해볼 거야.

아내 뭐라고?

아빠 고래야 너는 행복하니? 난 행복하다 뭐 이런 이야기.

아내 알았어. 알았으니깐 이거 놔.

아빠 두고 봐.

아내 잠수함은 아무나 태워주냐.

아빠 요샌 관광객을 위한 잠수함 있어. 당신 그건 몰랐구나. 두고
봐 꼭 그렇게 될 테니.

아빠, 다시 위로 올라간다.

영남 열대어, 가시거북, 노랑가오리, 철갑상어, 해마, 아프리카에서
온 메너티, 바다의 제왕 샌드타이거, 해파리, 펭귄, 바다표범,
식인 물고기 피라냐, 가오리 닮은 카우노즈 레이.

엄마 (웃으며) 넌 그걸 다 기억해?

영남 다는 무슨. 반에 반도 기억 못 해. 그때 본 물고기들이 얼마나
많았는데.

엄마	너 그때 겨우 초등학교 3학년이었어.
영남	밤새 일기를 쓰고 지우고 다시 쓰고.
엄마	그랬지. 사진도 찍고. 가족신문 만들어 학교에서 상도 타오고.
영남	아빤 정말 잠수함을 타버렸네….
엄마	그러게.
영남	고장 나지 말고 잘 타고 돌아왔으면 좋겠다.
엄마	나쁜 사람. 애간장은 다 태우고.

씩씩거리고 들어오는 영은.

영남	왜? 벌써 갔냐?
영은	술이 잔뜩 취해가지고는 주접을 떨어.
영남	그래서.
영은	(신발을 벗는다) 그래선 뭘 그래서야. 그냥 신발로 귀 방망이를 갈겨버렸지.
엄마	얘 봐.
영은	필요 없어. 남자고 여자고 칭얼거릴 때는 (신발 들고) 슬리퍼가 직방이야.
엄마	넌, 누굴 닮아서 그리도 괄괄거리니. 지난 번 경찰한테도 막 대들더니.
영은	그래야 친절하지. 요샌 국민이 왕이야 왕. 몰라.

초인종 소리.

영은	이 자식이 겁대가리를 상실했나. 거머리 같이. 왜 자꾸 안 꺼지고 지랄이야.

영은, 나간다. 남자의 비명소리.

영은　(소리) 어머, 죄송해요. 저는 제 친구가 장난하는 줄 알고….

경찰　(들어오는) 아가씨 참 성미 급하시네. 문을 열자마자 신발로 얼굴부터 때리는 사람이 어딨습니까?

영은　죄송해요.

경찰　민중의 지팡이 화났습니다. 잔뜩. 어머님은? 마침 계셨네요. 차미순 씨.

엄마　네?

경찰　(서류를 내민다) 이걸 설명해 주셔야 할 것 같은데요?

엄마　본다. 이건?

영남　은행계좌번호인데. 엄마 거.

영은　어디. 일, 십, 백… 헉, 2억.

엄마　(얼른 감춘다)

영남　(동시에) 엄마?

영은　(동시에) 엄마?

경찰　차미순 씨. 뭔가 해명을 해야 할 상황인데요. 여기서 하시겠어요. 아니면 취조실로 가시겠습니까?

아내　예?

경찰　자칫 잘못하면, 아주머께서 남편분 실종 사건에 연루된 용의자가 될 수 있다 이런 말입니다.

영남　엄마, 이게 어떻게 된 거야. 응?

영은　엄마 수상해. 아까도 회사에 전화해 놓고서는 안 했다고 했잖아. 엄마, 말해. 지금 뭔가 숨기는 거 있지. 아님 누군가한테 협박받고 있어?

영남　협박?

영은 그렇잖아. 그게 아니고서야 왜 엄마가 2억씩이나 통장에 가지고 있어?

아내 그게, 그러니까….

영은 누구야. 어떤 새끼가 엄마를 협박했어. 엉.

경찰 모두 여섯 차례에 걸쳐서 돈이 빠져 나갔어요. 계좌 추적하면 돈의 흐름 다 뜹니다. 돈은 거짓말 안 해요. 오고 간 흔적들이 그대로 남으니까.

영은 누가 협박했어.

영남 엄마. 겁먹지 말고 말해.

아내 아냐. 그런 거 아니라니까.

영남 엄마. 혹시 엄마가? 아니지?

긴 사이.
영은, 영남, 경찰, 아내를 뚫어져라 쳐다본다.

영은 지금 소설 써. 엄마가 아빠를 어떻게 했다는 거야 뭐야.

경찰 야, 정말 콩가루 집안이구만.

영은 (신발 들고 경찰에게) 뭐요? (팬다)

경찰 이거 공무집행방햅니다. (맞는다) 아, 아. (도망친다)

영남 (신발 잡는) 놔, 신발.

영은 말해 엄마. 빨리.

아내 사실은 네 아빠가 알까 걱정했어. 어떻게 모은 돈인데. 나도 니 아빠가 보고 싶어. 걱정돼. 그래서 무당까지 찾아갔어.

무당으로 변한 경찰. 요란한 방울을 흔들고 들어선다. 아내 방석에 앉아 연신 고개를 조아린다.

무당　집 나간 귀신, 쯧쯧.

아내　살아는 있는지, 밥은 굶지 않는지?

무당　(주문을 외우는) 들려. 겨우. 숨소리.

아내　정말 살아있습니까.

무당　점괘가 그리 나와. 그런데, 살아도 산 사람이 아냐. 희미해. 너무.

아내　뭐가요?

무당　말했잖아. 희미하다고. 숨소리.

아내　살려주십시오.

무당　내가 의사야? 살리게.

아내　그러면?

무당　써. 부적!

아내　네?

무당　귓구멍 막혔어. 귀신이 단단히 씌었어. 부적!

아내　귀신이라뇨?

무당　잘 알아봐. 사돈네 팔촌까지, 물에 빠져 죽은 처녀나 애가 있었는가. 틀림없어. 그년이 니 서방 어깨에 턱 걸터앉고 놔주지 않아.

아내　살릴 수만 있다면 할게요.

무당　(부적을 갈겨쓴다) 이것을 동쪽에 세 번, (아내 부적을 들고 하라는 대로 하는) 남쪽으로 네 번 반, 북쪽에는 딱 한 번 시계반대 방향으로 돌려. 그렇지. 잘 하네. 그 다음 불에 태워.

영은　그래서 알아봤어?

아내　뭘?

영은　사돈네 팔촌까지 알아봤냐고?

아내　응.

영남	그랬더니.
아내	있더라.
무당	봐, 내가 뭐래.
영은	무섭다.
영남	그렇게 뒤지는데 물에 빠져 죽은 사람 없겠어요. 그거 다 뻥이에요. 뻥.
영은	오빠 좀 조용히 해 봐. 그래서 태웠어?
무당	이년아 안즉 내 말 안 끝났어. 태우고 난 재. 베갯속에 넣어.
아내	누구 베갯속에?
무당	누구긴 누구! 니 서방.
영은	그래서 넣었어.
아내	(끄덕)

무당, 사라진다.

영은	그랬더니.
아내	그랬더니 뭐?
영은	아빠가 돌아왔어.
아내	안 돌아왔으니까 우리가 경찰에 신고를 했지.
영남	엄마, 그럼 뭐야 이 돈? 이렇게 많은 돈을 왜 인출했어? 아빠도 다 아는 사실이야. 그래?
아내	아니라니까. 니 아빠 정말 아무것도 몰라.
경찰	이 아주머니 수갑 채워서 취조실로 연행해야겠구만.
영은	(신발 든다)
경찰	잠깐만요 잠깐만. 생각해 보시자구요. 남편이 실종됐고, 아내는 2억이라는 돈을 묘연하게 잃었고, 그러면 상식적으로 제일

의심 가는 사람은 누굽니까?

영은, 영남 아내를 쳐다본다.

영은   엄마 바람났지. 젊은 남자가 돈까지 달래. 그런 거야.
아내   왜들 그래. 아니야 아니라고.
경찰   연행해도 되겠습니까. 차미순 씨는 변호사를 선임할 수….
아내   (운다) 주식해서 날렸어. (운다) 다 날렸어. 다. 차마 니 아빠한테 말 못하겠더라. 하필 네가 제대하던 날 그럴 게 뭐니. 그날 돈 다 날렸어. 주식은 떨어지는데, 불안하잖아. 돈은 없고, 적금, 보험, 다 깼어. 그날. 최소한 원금은 돌려받으려고. 나도 잘 해 보자고 한 거야. 나 어떻게 해. 어떡하면 좋으냐. (운다)
영남   (우는 엄마를 보는)
영은   (한숨만)
경찰   진짜 콩가루집안이구만. (전화 받는) 네, 네. 알겠습니다. (밖으로 사라지는)

긴 침묵.
사이.
엄마는 멍하니 앉아있다.

영은   상식적으로 이해가 안 가.
영남   뭐가?
영은   회사 잘렸다고 집을 나가?
영남   아직 확실한 건 아무것도 없다.
영은   오빠는 늘 그런 식이더라.

영남   뭐가?

영은   무사태평이잖아.

영남   그러면 아빠 사진 붙여서 전단지라도 뿌릴까. 이런 사람 본 적
       없냐고?

영은   냉혈한. 바늘로 찔러서 피 한 방울 안 나올 인간.

영남   뭐?

영은   아빠가 오빠 제대하면 나랑 등록금 같이 내야 한다고 얼마나
       걱정을 했는지 알기나 알아?

영남   그래서 알바 하잖아. 그러는 너는 알바 같은 거 해본 적 있어.
       맨날 남학생들하고 어울려 다니는 주제에.

영은   오빠가 봤어?

영남   그럼, 저기 밖에서 너를 기다리던 놈은 남자가 아니고, 뭐 귀
       신이냐.

영은   차라리 군대에 말뚝을 박지. 그랬으면 아빠가 실종되지도 않
       았을 거라고.

영남   그걸 말이라고 해.

영은   사실 나 내일 동아리에서 엠티 가기로 한 것도 취소했단 말
       이야.

영남   억울해? 기영은. 왜 어린애처럼 굴어.

영은   … 모든 게 다 아빠 때문이야. 뭐야. 어른이 되어가지고, 집이
       나 나가고.

영남   조용히 해라.

영은   윽박지르지 마. 오빤 모든 게 다 그런 식이야. 항상 오빠 먼저
       였잖아. 뭘 사는 것도, 먹는 것도, 뭐든 오빠가 원하는 대로 다
       했잖아.

영남   조용히 하랬지.

영은   큰 소리 치지 마. 온통 뒤죽박죽이 되어버렸다고.

영남   미안하다. 나도… 온통 뒤죽박죽이다….

아내   애들아. 그만. 그만.

사이.

영남   나 상병 막 달았을 때 아빠가 면회를 왔더라. 추석 다음 날 아침 일찍.

영은   좋았겠네.

영남   비아냥거리지 마. 넌 내 면회 왔어? 너, 니 남자친구한테 면회 몇 번 갔어?

영은   (말 못하고)

영남   넌 그래. 필요할 때만 가족이지.

영은   오빠가 오지 말랬잖아.

영남   오지 말란다고 안 와.

영은   남자 친구는 오라고 매일 편지 썼단 말이야.

엄마   (한숨) 난 여태 니 할아버지 산소에 다녀온 줄 알았는데….

영남   그냥 얼굴만 보고 가셨어. 오후에 훈련 일정이 있었거든.

엄마   대단하시다. 새벽부터 서너 시간 꼬박 운전했을 텐데.

영남   정말 딱 십분 봤을 거야.

위 조명.

아빠   십분, 그쯤 될 거야. 그냥 아들이 무진장 보고 싶더라고요. 얼굴 보러 갔는데, 막상 보니까 무슨 말을 해야 할지. 곰곰 생각을 해보니, 아들 녀석하고 변변한 대화라는 걸 해 본 기억이 없는 겁니다. 아주 어렸을 적을 빼곤, 그래 얼굴 보기도 벌줌하고, 먼 산만 보다 왔네. 훈련일정 때문에 더 시간을 비울 수 없다고 해서요. (내려온다) 영남아.

영남　(군모를 쓰고 있다)

아빠　제대하면 뭐 하고 싶냐?

영남　다 해야지. 뭐든. 다.

아빠　난 니들이 말썽 안 피우고 열심히 공부해줘서 좋다. 고맙고.

영남　아빠….

아빠　가끔 니 방에 가서 혼자 잔다. 니 냄새도 맡고.

영남　청소 한 번 안 한 방엘 왜.

아빠　이놈아, 니 엄마가 얼마나 부지런한 줄 몰라. 너 없어도 침대며, 창틀까지 하루가 멀다 하고 청소해. 너 나오면 여행하자. 그 흔한 바다 한 번을 못 갔구나.

영남　갔었어. 아쿠아리움.

아빠　그건 수족관이지.

영남　아빤 늘 바빴잖아요.

아빠　그러게 왜 바빴을까.

영남　(시계 보는) 저 들어가 봐야 해요.

아빠　그래. 들어가라.

영남　먼저 가세요. 제가 가는 모습 끝까지 지켜보고 있을 테니.

아빠　그럴래? 이놈. 다 컸다. 간다. 제대하면 너 좋아하는 제육볶음에 쇠주 한 잔 하자. 좋지.

영남　네. (거수경례)

아빠　(사라진다. 위로 올라가는)

영남　걸어가는 아빠 등 뒤가 왜 그렇게 작아 보이든지. 아빤 최소한 내게 엄청난 큰 산이었거든. 그런데 고등학교, 대학교, 군대를 가니까 아빠의 산이 점점 작아 보이더라고.

영은   맞아. 아빠 목마 타면, 내가 세상에서 제일 큰 사람이 되곤 했었는데.

위에만 조명.

아빠   아버지 당신은 그 긴 세월을 어떻게 보내셨습니까? 난 두 녀석도 감당하기 버거운데, 아버지는 다섯을 어떻게 키우셨어요? 가난한 농부의 아들, 변변한 텃밭도 논뙈기도 없이, 그러니 손 마디마디가 굵어질 수밖에. 왜 그걸 몰랐을까. 애비 되어보니 아버지 마음을 알겠더군. 아버지도 자식이고 뭐고 다 놔두고 도망치고 싶었을 거야. (사이) 종로 3가. 파도가 밀려들었어요. 난 파도에 밀려 막 떠밀려 내려갔지요. 아들이 제대하는 날인데, 내 꼬라지를 어떻게 보여주지. 나를 뭐라고 할까. 나도 그랬거든. 가난한 아버지가 싫어서 고래고래 소리를 지르고, 신발 사달라고 떼를 쓰고, 소 여물 쏜다고 꼴을 베어오라면, 그 속에다가 개구리도 잡아 오고, 철없고 속없던 시절이 마구 떠올랐습니다. 나도 그랬는데, 아들 녀석이 나를 애비로 볼까 싶더라고. 겁이 났어요. 덜컥. (사이) 그래, 가자. 바다를 보러 가자. 잠수함을 타야겠어. 심해에 떠도는 물고기들. 거친 파도 속에서 빵 하고 기차 경적이 들렸어. 틀림없어. 기차야. 그래, 기차를 타면 바다와 가까울 거야. 난 기차를 탔소. 그랬더니 어느새 난 방파제 끝에 와 있는 거야. (기차소리, 파도 소리) 바닷물이 발목을 넘실거렸습니다. 무릎, 허벅지, 배꼽, 가슴까지 차올랐어요. 그리고 더 깊이, 더 깊이 막 들어갔어. 목이 잠기고, 코가 잠기고, 크게 숨을 쉬었더니, 코로 짜디 짠 바닷물이 와락 들어오더라고. 맵더라고. 살아온 세월이 파노라마처럼 스쳐 지나가는 거야… 그때 엄마가 엄마가 보였어. 아버지, 죄송해요. 철없이 굴었던 그때를 용서해 주세요. (파도가 친다) 사람들이 달려왔어요. 구급차도 보이고. 빛이 가물가물거렸고. 그리고는….

아내   다 나 때문이다. 나 때문이야. 나는 니 아빠가 안 들어 오길래, 좋았다. 끙끙 앓았거든. 니 아빠가 주식 알게 되면 뭐라고 할까. 그땐 어떻게 말해야 하나. 머리채를 뽑혀도 무릎 꿇고 빌어야지. 이혼하자고 하면 뭐라고 하지? 헌데 니 아빠가 안 들어오는 거야. 그래서 좋았어. 그런데, 하루 이틀 사흘이 지나니까 잠을 못 자겠더라. 애들아 우린 어떻게 하냐. 니 아빠 어디로 간 거야. 응?

영남   정말 어디 갔을까 아빤.

영은   영영 우린 아빠를 볼 수 없을까?

아내   아냐. 부적가루를 아빠 베갯속에 잘 넣었으니까 그런 염려는 없을 거다.

아빠   난 분명 나약한 아버지였을 거야. (기침) 짠물이, 저 명치 끝에서부터 숨 쉴 때마다 올라와. (기침)

초인종. 경찰 다시 들어온다.

경찰   사건 당일. 기대치 씨의 행방이 담긴 CCTV를 확보했습니다. 스마트 폰 위치추적하고도 일치하고요

아내   (동시에) 여보!

영남   (동시에) 아빠!

영은   (동시에) 아빠!

가족들 화면으로 몰려든다.

경찰 오전 7시 32분. 서대문구 홍제역 3번 출구로 들어가는 남편의 모습.

아내 맞아요. 우산이며, 가방까지.

영은 걸음걸이까지 아빠야. 아빠. (울컥)

아내 여보….

영남 (화면에 손을 대보는)

경찰 그리고 정확하게 40분쯤 뒤인 오전 8시 05분 서울역을 빠져나가는 모습이 잡혔어요. 여기. 아마도 종로 3가에서 환승하신 걸로 보입니다.

아내 출근한다고 나갔는데.

아빠 (기침)

경찰 어디가 많이 아픈 것 같지 않습니까?

아내 불편해 보여요. 술 취한 사람 같고. 여보? 왜 그래? 어디 아파?

경찰 진정하세요.

영남 … 그런데 이건 어떻게.

경찰 신용카드를 교통카드 대용으로도 쓰셨더군요. 찍힌 순서를 역추적 했습니다. 과학수사.

영은 교통카드 조회는 초딩들도 다 알아요. 무슨 과학수사. 그래서요?

경찰 오후 3시 경 부산역을 통과하는 모습이 다시 포착됩니다. 여기.

가족들 서로를 본다. 안도의 한숨과 불안이 겹친다. 노트북을 가지고 오면. usb 넣는 경찰.

아빠 창가에 앉아 흘러가는 구름을 봤어요. 멀어지는 산도 보였고, 다가오는 하늘도 보였습니다. 모든 것이 고요하고 평온했어. 모든 것이 다.

영남 부산에는 왜 가셨을까?

영은 그래서, 그 다음은 어떻게 되셨어요?

아내 (부르르 떨고만)

경찰 잠시 뒤, 부산의 한 택시에서 카드로 결제하셨더군요. 요금으로 대강의 거리를 가늠해보니까, 해운대에서 내렸을 개연성이 가장 커서, 그곳 CCTV 분석 결과, 바로 이 장면. 방파제 걸어가는 모습을 끝으로 행방이 묘연합니다.

영은 방파제 옆으로 산더미만한 파도가 치고 있잖아요. 여길 왜?

거대한 파도가 무대를 휘감는다.

아빠 바다가 나를 부르고 있었어. 어서 와. 어서. 여기야 여기.

경찰 이날은 태풍의 영향으로 파도가 평상시보다 몇 배 더 컸답니다.

아내 (쓰러진다)

영은·영남 엄마, 엄마.

암전.

3.

어둠이 깔렸다. 택시가 달린다.

기사　부산엔 여행 오셨는 갚지 예?

영남·영은·아내　(말 없다)

기사　가족분이신가본데, 뭐 말 몬 할 사정이 있는 갚지 예?

영남·영은·아내　(말 없다)

기사　몬 사정인지는 몰라도, 부산 하면 해운대, 해운대 하몬 부산 아닙니꺼. 마, 푹 쉬셨다 가이소. (명함 내밀고) 가이드 필요하시면 콜 하이소. 신속 정확이 제 영업 모토라예.

영은　오빠, 이 기사님 그 경찰이랑 닮지 않았어. 말도 딥다 많고.

기사　오, 누가 지를 또 닮은 사람이 있는 갚지 예. 마, 그 사람도 억수로 잘 생겼는갚다 맞지예?

차가 멈춘다.

기사　다 왔심더. 살펴들 가이소. (사라진다)

영남　맞나?

영은　여긴 정신병원 같은데?

아내　니 아빤 어쩌다 이런 데까지 오게 되었을까.

영남　그래도 다행이네.

영은　무슨 말이야?

영남　무사해서.

영은　우리를 알아는 볼까? 아빠 덕에 부산을 와본다.

영남　왜, 니 남친이랑 같이 와야 하는데, 못 와서 섭하냐.

영은　나 그 자식이랑 헤어졌거든. 그 말 그만 꺼내.

아내　가자. 들어가자.

영남　여행 제대로 왔네.

영은　저기, 바다도 보이고, 경관도 아름답고.

들어서는데, 의사가 그들 앞을 막아선다.

의사　　혹시 기대치 씨 가족분들?

아내　　네.

의사　　오시는데 불편하신 점은 없으셨는지요.

아내　　아니요. 전혀.

영남　　아빠는 괜찮으시죠?

의사　　네. 일단 들어가면서 말씀드리죠.

영은　　엄마, 경찰서에서 봤던 경찰이랑 너무 닮았지 않아?

아내　　넌 왜 보는 사람마다 경찰을 닮았다고 그러니.

영남　　남자만 봤다 하면.

영은　　(흘겨보는)

의사를 따라 위로 올라서는 가족들.

위는 가족의 공간이고, 아래는 아빠의 공간으로 바뀌었다.

의사　　(가족들에게) 환자분께는 여러분들이 오신 걸 아직 말씀드리지
　　　　않았습니다.

아내　　왜?

의사　　의식이 없으세요.

영은　　위독하세요?

의사　　아, 저기. 의식이라는 게, 그러니까 사건 당일부터 이곳에 들
　　　　어오게 된 배경은 아주 또렷하게 기억하시는데, 정작 자신이
　　　　누군지, 무슨 일을 했는지에 대해서는 기억이 돌아오지 않고
　　　　있습니다.

영은　　휴, 빨리 보게 해 주세요.

영남　그러면 병실에서 저희랑 만나면 되잖아요.

의사　물론 쉽게 생각하면 그렇지요. 하지만 우선 환자분이 안정을 취하실 수 있도록 도와주십시오. 겨우 기억을 회복하고 있고, 어떤 충격에 빠져 있는 것 같습니다. 당장 가족들을 만나게 되면, 더 놀랠 수 있구요. 자칫 영원히 기억을 잃을 수도 있습니다.

영남　충격이라니요?

아내　아빠가 돈 날린 걸 다 아신 거야. 그걸 어떻게 모은 돈인데… (운다)

의사　쉿. 여긴 다른 환자분들도 아주 많으십니다. 정확한 소견을 말씀드리지 못해 죄송합니다. 예단하기엔 이르지만 저희들도 최선의 노력을 하고 있으니, 가족들께서도 시간을 갖고 환자의 기억이 돌아올 수 있도록 도와주셔야 합니다.

의사　참, (차트 주며) 여기에 환자분의 인적사항을 기입해 주세요.

아내　(받고 적는다)

의사, 아래로 내려가면 아빠가 들어온다.

의사　산책은 좀 어떠셨어요.

아빠　좋소. 아주.

가족들, 아래의 아빠를 본다.

아내　… 니 아빠 왜 이렇게 말랐다니….

의사　제가 보기에도 기분이 좋아 보이십니다.

아빠　아까는 저기 잔디밭에 누워, 흘러가는 구름을 셌어요.

의사　잘하셨습니다.

아빠   나를 닮아 못난 구름도 있었지만, 내 애들을 닮은 잘난 구름도 봤소.

영은   아냐. 아빤 못나지 않았어.

의사   산책하시면서 생각도 많이 하셨겠네요.

아빠   암, 했지. 이것저것.

의사   이것저것이요?

아빠   그래, 이것저것.

의사   야, 무슨 생각을 하셨는지 정말 궁금한데요?

아빠   난 자유인이 되고 싶었어.

의사   자유인이라면?

아빠   맘껏 날개를 펴고 허공을 날아보고, 바다 속도 들여다보고, 누구의 구속도 받지 않는 그런 사람 말이오.

의사   그건 누구나 꿈꾸는 거지만, 현실에서는 불가능하지 않습니까.

아빠   국민학교 3학년 때 일이야. 난 또래의 친구들보다 더 작았어요. 이유를 알겠소?

의사   (모르겠다는)

아빠   학교를 일찍 들어갔거든. 그러니까 작을 수밖에. 한번은 수업 시간에 철봉에서 놀이를 했지요, 녀석들은 정말 악착같이 매달리는데 난 매번 힘에 붙이니까 툭툭 떨어지는 거야. 마지막 힘이 달렸던 거지. 중학교 3학년 때는 고등학교 입시를 앞두고 죽어라 공부를 했어. 같은 반에 전교 1등짜리가 있었거든. 난 그 친구들 잡기 위해 코피까지 쏟으며 밤샘을 했지. 그런데 결과는 매번 2등이었지 뭡니까.

영은   우리 아빠 공부 잘했네.

영남   쉿! 조용.

아빠   그때 생각했어. 아, 난 어떤 결정적인 한 방이 없는가 보다.

의사	그럼 1등 한 친구는 지금 뭘 하고 있는지 아세요?
아빠	재작년엔가 동창회 갔다가 들은 소식인데, 미국 하와이로 이민을 가서 거기서 큰 슈퍼마켓을 하고 있다더군.
의사	그러면 그 친구분도 특별히 성공한 경우가 아니네요.
아빠	그럴 수 있지. 그러나 그 친구는 자신의 삶을 새롭게 바꿀 수 있는 용기는 있었잖아.
의사	선생님께서는 용기가 없으세요?
아빠	생각해보면 난 부족했던 거 같았어요. 그러니 십년 부장을 하고 있었겠지.
의사	그 강 상무님은 어땠나요? 입사 동기라던?
아빠	나랑 달랐어.
의사	어떤 부분이요?
아빠	명절 때마다 윗사람들 찾아다니고, 이사님, 상무님들 출국하면 인사드리고.
의사	그게 용깁니까? 선생님도 하시지 그러셨어요.
아빠	그건 용기가 아니야. 잘못된 처세술이야. 상식에 어긋나는 짓이지. 공과 사는 구분되어야 하고, 난 실력과 능력으로 당당한 승부를 하고 싶었어.
의사	결과는?
아빠	매번 좌절의 연속이었어. 승진에 미끄러지고, 또 미끄러지고. 매번 반칙에 패했다고. 원칙. 공정한 사회. 정의. 내가 세워둔 잣대들이 하나씩 무너졌지. 그렇다고 내 신념을 깰 순 없었어.
영남	아버지.

위, 영남 주먹을 쥔다. 눈물이 흐른다.

아빠   그리고 깨달았지. 세상은 나를 호구로 봤구나. 내가 호구였구
나. 내게는 확실한 한 방이 없는 것이 아니라, 세상을 살아가
는 그 어떤 한 방이 없었던 거구나. 그러니까 아무리 올라가려
고 애를 써도, 어느 정점에서는 멈춰있구나. 철봉에 다리를 걸
고, 어깨로도 매달릴 수 있었는데, 난 왜 두 팔로만 버텼을까.
그러니 힘에 부쳤던 것을 왜 몰랐을까. 전교 1등을 하고 싶었
으면, 1등 했던 친구 놈 등 뒤에서 돌을 던져서라도 녀석을 병
원에 입원시킬 것을, 그랬다면 최소한 한 번은 전교 1등을 하
지 않았을까. 이사님, 상무님 똥구멍이라도 핥아서 나도 승진
했으면, 지금 이 꼬라지는 아니었겠죠. 내가 호구가 되어 있지
는 않았겠지. 그랬다면, 남 등치고 악착같이 기어올랐더라면,
나는 자유인이 되었을 거란 말이지.

영남   아빠, 아냐. 아빤 호구가 아니라고….

영은   아빤 이미 자유인이야. 이젠 훨훨 날아. 아빠….

의사   가족들도 그렇게 생각할까요?

아빠   볼품없는 인간을 누가 좋아하겠어. 이름 석 자도 기억 못 하는
나를 누가….

영은   아냐. 그렇지 않아.

의사   가족들 보고 싶지 않으세요?

아빠   ….

의사   네?

아빠   떠올라. 모두, 선해. 그리워. 그런데 아른거리기만 해.

의사   기억나는 건 있으세요?

아빠   아내의 얼굴. 군에 간 아들, 그리고 사랑하는 내 딸.

의사   이름은?

아빠   차미순 떠오르는 이름이 하나밖에 없어. 아마….

의사   누구죠 그 이름?

아빠   나야. 나. 내 이름이라고.

위, 아내 눈물을 참는다.

의사   확실합니까?

아빠   아마도. 아냐, 확실해. 내 이름은 차 미 순 맞아.

의사   혹시 다른 이름 생각나는 건 없으세요. 군에 간 아들이나, 딸?

아빠   아니. 전혀.

의사   곧 기억이 나실 겁니다. 산책하시고 피곤하실 테니까, 쉬세요.

아빠   이보시오 의사양반. 난 여기 있으면 안 돼. 나가야 해.

의사   저희들도 곧 보내드릴게요. 하지만 내가 누군지도 모르고 밖
         에 나가셨다가 봉변당하시면, 저희들도 곤란하잖아요. 가족
         들 수소문을 하고 있으니 안정을 더 취하시기 바랍니다.

아빠   정말 기억이 돌아올까?

의사   그럼요. 저를 믿으세요. 백퍼센트 확신합니다.

아빠   기억이 돌아와서, 내가 추한 인간이라는 걸 알게 되면 어쩌지?

의사   기억이 돌아오지 않는 것보다야 낫지 않겠습니까. 쉬세요.

의사 나간다.

아내   당장 니 아빠를 만나야겠어.

영남   안 돼. 엄마 의사 말 듣자.

아내   미어지는데, 내 가슴이 이렇게 미어지는데 언제까지 이렇게
         보고만 있어야 하니.

영남   대체 우리가 아빠에 대해 아는 게 뭐지?

영은   미안해 아빠. 엄마, 아빠 너무 불쌍해. (운다)

영남   울지 마. 참아. 아빠는 더 힘든 싸움을 하고 있는 거라고.

아내   자기 이름도 기억 못 하면서, 왜 내 이름은 기억하는데, 바보 같이.

영남   아빠한텐 엄마밖에 없으니까 그랬겠지. 하다못해 물건을 살 때도, 차를 계약할 때도, 집을 계약할 때도 모두 엄마 명의로 했었잖아.

영은   통장도.

영남   맞네. 아빤 정작 본인의 명의로 된 통장도 하나 없네.

영은   엄마한테 용돈을 타고 다녔잖아.

영남   카드도. 다 엄마 거잖아.

영은   아냐, 하나 있어. 교통카드로 쓰는 신용카드.

영남   아빤 모두 다 우리들한테 주기만 했구나.

영은   그랬으니까 엄마가 주식해서 2억이나 말아 먹었지.

아내   두고 봐라. 반드시 그 돈 찾는다.

영은   엄마, 주식 다시 하기만 해.

아내   하면.

영은   내가 가만 두지 않아.

아내   니 아빠가 어떻게 번 돈인데. 그걸 다 날렸으니.

영은   그러니까 다시는 주식에 손대지 말란 말야.

영남   넌, 엄마한테 말버릇이 그게 뭐니.

영은   내 말이 틀렸어?

의사 들어선다.

의사   가족분들 여기서 큰 소리로 다투고 그러시면 안 됩니다. 환자분이 아시면 얼마나 섭섭하겠습니까.

아내 그런데 제 남편이 어떻게 여기까지?

의사 방파제 끝에 서 있던 한 남자가 갑자기 바다로 뛰어들더랍니다. 마침, 태풍 때문에 순찰을 돌던 구조대원의 손에 극적으로 구조되었고요.

아내 고맙습니다.

의사 잠시, 이 서류 좀 봐 주시겠습니까.

가족들 본다.

영은 이건?

영남 병원 기록인데?

아내 이게….

의사 아까 작성해 주신 환자 인적사항을 보고, 의료기관 전산데이터를 확인했어요. 그랬더니 기대치 씨께서 오랫동안 우울증 치료를 받으셨던데?

아내·영남·영은 ….

의사 모르셨어요?

영은 (동시에) 엄마?

영남 (동시에) 엄마?

아내 집 앞 병원인데 여긴.

영은 엄마가 어떻게 모를 수 있어?

영남 엄마?

아내 (버럭) 너희들은 왜 몰랐니 왜?

사이.

영남　… 우린 아빠에 대해서 아는 게 정말 하나도 없었잖아.

영은　다른 사람은 몰랐더라도 엄마는 알고 있었어야지.

아내　그래, 내가 바보 천치다. 내가 네 아빠를 저 꼬라지로 만든 바보 천치.

의사　이봐요. 여긴 병원입니다. 자중하세요.

의사, 아래로 내려간다.

의사　우울증을 앓고 있었다는 사실도 가족들에게 숨기셨죠?

아빠　(끄덕)

의사　우울증 증세는 언제부터 시작되었나요?

아빠　부장이 된 다음부터.

의사　부장이 되었다면 축하할 일 아닙니까.

아빠　그랬지. 그런데 이상하게 불안하더라고. 이게 끝일 것 같은, 내 말했잖소. 결정적인 한 방이 없으니까, 결국엔 좌절할 것 같았다고.

의사　그래도 최소한 가족들에게는 알리셨어야죠. 그러니까 더 곪아터진 겁니다.

아빠　(고개를 젓는) 알린다고 나아질 건 없잖소. 난 이게 금방 치유될 수 있다 믿었어.

의사　너무 방치해 두셨습니다.

아빠　애들이 커나가는 나이라 민감할 수밖에. 더구나, 아빠가 정신과 치료를 받는다면 좋아할 이유가 없잖소.

의사　자녀분들이 다 자랐을 때는?

아빠　(웃는다)

의사　왜 웃으시죠?

아빠	다 커서는 아빠에게 아무런 관심들이 없더군.

경쾌한 음악이 흐른다.
조명도 바뀐다.
영은, 아래로 내려온다.

아빠	어디 가니?
영은	(콧노래만)
아빠	산에 갈 건데, 같이 갈래?
영은	싫어.
아빠	어렸을 땐 아빠 목마 태워달라고 애걸복걸 하던 녀석이….
영은	약속.
아빠	또?
영은	아냐, 그때 그 친구하고는 헤어졌어.
아빠	그럼?
영은	이번엔 멋진 놈이야.
아빠	아빠보다?
영은	당근.
아빠	어떤 놈인지 궁금하네.
영은	딸내미 남자친구한테까지 관심을 갖는 건, 프라이버시 참해다. 난 우리 아빠가 매너 있는 신사라고 생각해.
아빠	이거 원 말도 못 꺼내겠구나. 소설은 잘 돼?
영은	그럭저럭. (멋을 부리는 데만 정신이 팔려)
아빠	그럭저럭이 뭐야. 소설 대박내서 아빠 호강시켜준다며.
영은	아빠.
아빠	왜? 또?

영은   아, 빠앙.

아빠   말해.

영은   (아빠의 목덜미를 주무르는)

아빠   없어.

영은   엄마가 아빠한테 달래.

아빠   내가 너 돈 벌어다주는 기계야?

영은   아잉.

아빠   남자친구 있잖아.

영은   어떻게 맨날 얻어먹기만 하냐. 한 번쯤은 쏴야지 시원하게.

아빠   아빠한테는 언제 쏠 건데 시원하게.

영은   (애교를 부리는)

아빠   졌다. 옛다. 녀석아 아껴 써. (돈 주는)

영은   땡큐.

뒤도 안 돌아보고 나가는 영은.

아빠   (등산화를 묶는)

이어서 영남 아래로 내려온다.

아빠   어디 가니.

영남   (귀에 이어폰을 꽂고 있어 안 들리는)

아빠   내 말 안 들려?

영남   어, 아빠. 왜? (이어폰 빼고)

아빠   아빠가 불렀잖아.

영남   미안. (영어를 중얼거리는)

아빠	야 이 녀석아. 쉬면서 해.
영남	어떻게 쉬어. 다음 주에 토익인데.
아빠	산에 갈 건데 갈래?
영남	아빠는? 지금 산에 가자는 말이 나와.
아빠	야, 난 누구랑 산에 가냐?
영남	직장동료들.
아빠	회사 사람들이 우리 집 앞까지 뭐 하러 오냐. 그러지 말고 나랑 산에나 가자. 하늘 죽이더라. 바람도 살랑살랑 불고.
영남	다른 집 아빠들은 자식들 공부 안 한다고 닦달이라던데, 우리 집은 바뀌었어.
아빠	난 너를 믿는다.
영남	믿지 마세요. 요샌 스펙 한두 개로 안 돼. 어학연수는 기본이고, 자격증도 최소한 서너 개는 있어야 명함이라도 내밀어.
아빠	가라 그러면.
영남	어딜.
아빠	가, 어학연수. 가, 너도.
영남	정말?
아빠	그, 그래.
영남	보내줄 거야?
아빠	어, 으응.
영남	아빠가 어떻게 어학연수를 보내줘. 내가 아빠 수입을 훤히 다 아는데. 아파트 대출금, 보험, 우리들 등록금, 생활비 들어가는 게 한두 푼이야. 아빠는 나랑 영은이한테 고마워해야 해. 우리가 무슨 말썽을 피워, 공부를 못 해.
아빠	아이고, 이래저래 난 걸리적거리는 신세구나.
영남	누가 그렇대. 그리고 곧 기말고사야.

아빠	니들이 무슨 죄냐. 이 사회가 웬수지.
영남	(영어를 외우며 사라진다)
아빠	어디 가는데?
영남	(밖에서) 영어 스터디.

아빠, 등산 가방을 챙기는데 아내, 아래로 내려온다.

아빠	여보, 우리 산에 같이 갈까.
아내	(치장을 하느라 말이 들어오지 않는다)
아빠	어디, 가?
아내	어, 걔 왜 있잖아. 은주.
아빠	의사 남편.
아내	그래. 걔가 오늘 거하게 쏘신대.
아빠	그래.
아내	당신, 당신은 우리 친구들한테 언제 제대로 쏠 거야. 난 만날 얻어먹기만 하고. 엉? 기대치 부장님, 제 말 안 들리세요?
아빠	어, 그거. 날짜 잡아 당신이.
아내	됐습니다. 마음만 받을게요.
아빠	늦어.
아내	응. 거, 냉장고에 찌개 넣어뒀으니까….
아빠	또 혼자 먹으라고.
아내	한두 번이야. 애같이 투정은.
아빠	당신이 지난주에 그랬잖아. 오늘은 같이 산에 갈 수 있을 거라고.
아내	은주 걔가 문제야. 글쎄 어제 연락한 거 있지. 뭐라더라. "애, 거기 식당 예약하기 힘들단 말야. 겨우 잡았어." 그러는데 안

갈 수 있어. 셰프가 이태리 유학파래. 찌개 싱거우면 소금 넣고. 간다.

아빠 (깊은 한숨)

아내 왜 이래 정말. 진짜 당신 애 같다.

아빠 (약을 털어 넣는)

아내 무슨 약이야?

아빠 어, 그냥 비타민.

아내 그런 거 있음, 같이 먹자. (한 알을 입에 쏙 넣는) 나 봐. 여기 피부. 눈가에 주름 늘어나는 거. 여보, 나 보톡스라도 한 대 맞을까.

아빠 맞으면 젊어지나?

아내 그걸 말이라고 해. 보니까 친구들 중에서 나만 안 맞더라.

아빠 (숨을 몰아쉬는)

아내 어디 아파?

아빠 아니, 그냥 좀 답답해서.

아내 그러니까 당신도 요령껏 회사 일 해. 야근 같은 건 아랫사람들한테 시키고.

아빠 (말이 없다)

아내 간다.

아빠 (겨우) 어, 그래. 늦지 마.

아빠, 숨을 몰아쉰다. 의사 다가와 약을 한 알 더 준다. 아빠 약을 먹고 진정을 찾는다. 가족들 다시 위에 올라가 아래의 아빠를 보고 있다.

의사 괜찮으세요?

아빠 (끄덕)

의사 약을 먹었으니 좀 나아지실 겁니다.

아빠 피곤하군.

의사 쉬세요.

아빠 쉬어야겠어. 결혼하고 지금껏 20년이 넘도록 달려만 왔어. 쉬질 않았어. 내 아버지가 그랬던 것처럼 하루도 편히 다리를 뻗고 잔 날이 없다고. 가족들을 위해 앞만 보고 달렸지. 기관차도 역에서 쉬는 법인데, 하긴 나도 지칠 때가 되었지. 아름다운 꽃중년이란 말 들어봤소? 그런 건 나한테 어울리지 않아. 텔레비전 드라마 따위에 눈물을 흘리는 지지리 궁상이야. (사이) 전쟁 끝나고 혼란한 틈에서 한 반에 70명이 넘는 콩나물 교실에서 공부를 했고, 유신독재와, 군부독재, 민주화다 세계화다, 단군 이래 최고의 호황도 누렸고, IMF를 거치면서 국가부도 위기를 맞이하면서도 정말 맨 주먹으로 버텼다고⋯ 그런데 명예퇴직? 이건 해고야. 살인이라고.

의사 그만큼 기대가 컸겠죠.

아빠 (벌떡 일어나) 기 대 치.

의사 네?

아빠 기대치! 내 이름이야. 내 아내 차미순. 영남이, 영은이 내 아이들⋯.

의사 기억을 찾으셨군요.

아빠 깨졌던 퍼즐들이 머릿속을 꽉 채우는 것 같네요.

의사 가족들 만나고 싶으시겠군요?

아빠 졸립군.

의사 약 때문이에요.

아빠 ⋯ 보고 싶어. 많이⋯.

의사 우선 쉬세요. 가족들은 곧 만나실 겁니다.

아빠   연락하지 마시오. 얼마나 실망할까. (잠에 들면서도 흐느낀다)

의사, 위로 올라온다.

의사   (약통을 내민다) 이 약 아시겠어요?
아내   남편이 먹던 비타민인데.
의사   남편이 지난 십년 동안 드시던 우울증 치료젭니다.
아내   (약통을 가슴에 품고) 미안해 여보.
의사   환자는 지금 많이 지친 상탭니다. 직장에서의 문제, 가장으로서의 중압감, 그리고 미래에 대한 불안. 여러 가지 복합적인 요소들이 겹쳐서 심신이 아주 피로한 상태죠. 거기다 아드님이 제대를 하는데, 덜컥 직장을 잃으신 거죠. 의학적으로 이런 경우가 정말 드물긴 하지만, 한 개인으로 보면 충분히 납득할 만한 사항입니다. 탈출하고 싶었을 겁니다. 이젠 여러분들의 몫이죠. 탈출할 수 있도록 도와주세요. 자신의 삶을 살 수 있도록 배려해 주세요.
영남   어떻게 하면 되죠 우리가?
의사   모여 보세요.

가족들 바싹 다가앉는다.

의사   사이코드라마를 하는 겁니다.
아내   네?
의사   심리극이라고도 하는데요. 쉽게 말해 연극치료를 하는 겁니다.
아내   연극이요?
의사   네. 연극.

영은   연극이라면?

의사   아빠를 위해 놀아달라는 겁니다.

영은   전 노는 건 자신 있어요.

의사   (아내 보는)

아내   할게요. 뭐든.

의사   지금 이 순간 아빠가 가장 하고 싶은 게 뭘까요.

영은   산에 가는 거.

의사   그건 다 나으시면 진짜로 가족들끼리 모두 다 같이 가세요. 아빠가 가장 즐거웠을 때, 가장 하고 싶었던 거….

아내   잠수함을 타고 싶어 했어요.

영남   그래, 맞다. 잠수함.

의사   기대치 씨께서는 가장 행복했던 그 순간으로 돌아가고 싶으신 겁니다. 가족들 도움이 절실히 필요하구요.

의사   아빠는 잠수함을 탔다.

영은   (눈물과 웃음) 나 이걸로 소설 쓸래. 아빠 이야기를 쓸 거야. 아빠는 오십에 잠수함을 탔다. 이 세상에서 가장 든든하고 멋진 남자. 우리 아빠 이야기.

가족들, 의사 웃으면 암전.

4.

신비한 소리.

고래소리.

바닷가에서 파도치는 소리.

갈매기들 우는 소리.

무대를 투영하는 빛과 빛.

영사기에서 쏟아지는 바다 속 그림들이 무대 전면에 투영된다.

청아한 대금소리까지 더해지면서, 무대 희미하게 밝아진다.

물고기 탈을 쓴 의사가 들어온다.

의사　기대치 씨. 일어나세요. 여태 주무시면 어떻게 합니까?

아빠　여기가 어딥니까?

의사　보세요.

아빠　(둘러보는)

의사　어디긴요. 잠수함이지. 선생님은 지금 잠수함을 타고 바다 속을 여행하고 있는 겁니다.

아빠　언제부터요?

의사　아주 오래전부터죠.

아빠　이건 꿈 같은데요. 꿈.

의사　꿈이라뇨. 현실입니다. 선생께서는 여행을 늘 하고 싶어 하셨잖아요. 자유인, 생각 안 나세요?

아빠　나.

의사　잠수함 운전을 잘하셔야 합니다. 그래야 가족들을 만날 수 있다고요.

영은　(역시 물고기 탈을 쓰고) 아빠.

아빠　어, 영은아. 네가 어떻게 여길.

영은　아빠? 나 기억나? 내 이름을 알아?

아빠　이 녀석아 내가 네 이름을 지었는데 그걸 까먹을까. 기영은 970311-2334567.

영은　우와.

아빠	기영남 950728-1339876.
영은	(박수)
아빠	어때. 기억 짱이지 아빠.
영은	우와. 아빠 잠수함도 멋지다.
아빠	(침대를 만지작거리며) 어, 그렇게 보여.
영은	당근.
아빠	너도 탈래?
영은	아니 난 물 속이 편해. 이따가 피곤하면 아빠가 태워줄 거지?
아빠	당근이지. 너 기억 안 나? 다섯 살 때, 아빠가 자전거 뒤에 태워서 한강도 가고 했잖아. 갔다 오는 길에 지쳐서 뒤에서 침 흘리고 자기도 하고.
영은	숙녀한테 그런 말을 하면 못 쓰지.

영은, 물속을 헤엄쳐 이리저리 다닌다. 경찰 역의 배우도 물고기 가면을 쓰고 유영한다.

영은	아빠 여기 예쁜 물고기가 아까부터 기다리고 있어.
아빠	그래. (그쪽으로 간다)

등지고 있는 물고기, 돌아보면 탈을 쓴 엄마다.

아내	여봇!
아빠	당신. 아가미가 언제부터 있었던 거요?
아내	태어날 때부터요. 실은 나 인어공주였어요.
아빠	거 신기하네. 왜 몰랐지. 나 어때. 내 잠수함 멋져?
아내	아주 좋아요. 최신형인가 봐요.

아빠	그럼. 이건 아무리 깊은 바다라도 들어갈 수 있다오.
아내	그럼, 나를 데리고 더 깊은 곳에 있는 고래를 보러 가요.
아빠	그래. 가자고. 부르릉 부릉.

고래 탈을 쓴, 영남 나타난다.

아빠	고래야? 넌 행복하니?
영남	넌?
아빠	난 행복하지 않아. 넌 행복해 보이는구나?
영남	아빠.
아빠	어, 고래가 영남이네.
영남	아빠, 나 알아보겠어?
아빠	알지. 너 제대는 잘 했냐?
영남	응.

아빠는 이게 꿈이 아니라 현실이라는 것을 조금씩 깨닫기 시작한다.
탈을 벗는 가족들.

아빠	… 미안하다. 너 제대하는 날 제육볶음에 소주 한 잔 했어야 했는데… 아빠가 그만.
영남	괜찮아. 내일도 있고, 또 그 다음날도 있잖아. 난 아빠를 기다 릴게.
아빠	아픈 덴 없고?
영남	아빠?
아빠	어, 나. 나도 물론 건강하단다.
영남	아빠, 이젠 아프지 마.

아빠	당연하지. 그래야 너 어학연수도 보내주고 하지.
영남	(크게) 아프면 아프다고 말을 해.
영은	(크게) 힘들면 힘들다고 말을 하고
아내	(크게) 가끔은 내 어깨에도 기대.
영은·영남	(크게) 결정적인 한 방, 그딴 거 없어도 우리 잘 살았잖아.
영남	(크게) 나도 군대까지 갔다 왔으니, 아빠의 어깨를 누르는 짐도 내게 내려놓고.
영은	(크게) 나도 남자친구 그만 만나고, 아빠랑 산에도 가고 그럴게.
영남	너 그 말 진짜다.
영은	어, 어.
영남	약속.

영은 도망간다. 쿨 〈해변의 여인〉 깔린다.

영남	왜 도망가는데.
영은	모르지 메롱.
영남	너 거기 안 서?
아빠	(애처럼 웃는다)
아내	당신 웃는 거 오랜만에 본다. (혼잣말) 영남 아빠 미안해. 그리고 사랑해.

영남, 영은 잡으러 다닌다. 할머니 나온다. 할머니는 멀리서, 멀리서 그들을 바라보고 있다.

| 아내 | 이제, 돌아와. 그만 아프고. |
| 아빠 | 그래야지. 나 받아줄 거야? |

아내　그런 말이 어딨어… 미안해. 정말 미안해.

아빠　… 내가 미안하지. 내가….

아내　나 실은 당신한테 할 말 있어….

아빠　하지 마. 그깟 돈. 잊어버려. 처음부터 없었던 거라 치자고.

아내　알고 있었어?

아빠　내가 왜 모르겠어. 돈 메꾸려고 이리저리 안절부절 전화했잖아. 다 부질없는 욕심인 것을….

아내　(아빠의 어깨에 기대는) 넓다 당신 어깨.

아빠　다시 받아줘서 고마워.

의사　잠수함 꽉 잡으세요. 잘못 하다 바다로 빠지면 정말 다 죽습니다.

아빠　애들아, 여보 꽉 잡아.

아빠, 할머니를 발견한다.

아빠　어머니!

할머니　(말없이 웃고만 있다)

아빠　어머니가 저를 살리셨어요. 못난 아들 용서하세요.

할머니　(입모양으로 '아니야. 아니야')

영남　(아빠를 잡는다)

영은　(잡는다)

아내　(잡는다)

할머니, 놀고 있는 아들의 가족을 오래도록 보고 있다가 들어간다.

아빠　난 니들하고 당신만 안전하면 돼. 자, 간다. 뭐가 보고 싶냐?

영은	해파리랑 상어 그리고 오징어랑 꼴뚜기.
영남	참치, 해삼, 낙지, 랍스타.
아빠	그건 네가 먹고 싶은 거고.
영남	하하, 그런가.
아빠	당신은? 당신은 뭐 보고 싶은 거 없어?
아내	난, 난, 당신만 있음 돼.
아빠	꽉 잡아라. 출발한다.

"꽃중년 기대치 파이팅!" 현수막 내려온다.

의사 기타를 치며 노래를 따라 부른다.

종횡무진 활보하는 잠수함 바다를 유영하는데, 막이 내린다.

하시마 섬의 은행나무

대한민국 연극제 서울대회
소월아트홀
2019년 3월 15일
제작 : 서울양천지부
　　　극단 은행목
연출 : 이승구
예술감독 : 이명희
무대감독 : 이경영
기획총괄 : 고명오
소품, 분장 : 정영신
의상 : 김영인
음향감독 : 양은영
영상디장인 : 유석원

연출자 : 이기석
어르신 : 김영웅
의사 : 지미리
마사토 : 손흥민
조선남 : 장용석
다나까 : 안재완
김요한 : 김민수
박철 : 이동현
강만식 : 김재경

등장인물

강만식 (14) : 56번
박 철 (15) : 57번
김요한 (22) : 55번
조선남 (33) : 54번
다나까 (20) : 53번
어르신 (86) : 강만식의 실존 인물.
마사토(真人)
연출
의사
경비
광부들
일본군인
배우들
— 배우들 53, 54, 55, 56, 57, 경비 등을 연기한다.

무대

몇 개의 둥근 나무 의자. 기본적으로 비어 있다. 상황에 따라 공간을 만들어 나가면 된다. 이를테면 허리를 펼 수 없을 만큼 낮고 깊은 갱도. 희미한 백열등. 갱도의 끝 막장. 마루가 깔린 조선인들의 숙소. 바닷가.
따라서 이 모든 공간은 사실적이지 않으며 상징적이다.

1.

막이 열리면 등을 지고 앉아 있는 배우들.
그들 앞, 백발의 노인 강만식. 무릎 위에 올려 둔 낡은 나무 상자를
쓰다듬는다. 그는 시력을 거의 잃었다.

어르신 열넷. 그때 내 나이 고작 열넷이야. 나이가 어릴수록 더 좋다
고. 허리도 펼 수 없을 만큼 좁은 갱도에서였으니 체구가 작은
소년들을 닥치는디로 끌고 갔제.

사이.

어르신 하시마 섬에서 한 것은 굴을 뚫어 가는 일인디… 더워서 못 견
뎌… 땀이 막 어찌 흐르는지… 이 땀이 흐르니까 탄가루 묻은
수건으로 닦아 싸니까 눈을 금방 못 쓰게 되더구만…

힘들어 호흡을 길게 뱉는다.
사이.
아주 천천히 말을 잇는다.

어르신 음력 유월이었으니… 한참 더웠지. 친구들하고 멱을 감고, 풀
밭에 누워 하늘을 올려다보고 있었소. 파란 하늘에 하얀 구름
이 둥 둥 흘러가고 있었어. 먼 발치에서 어머니가 손짓으로 나
를 불러… 만식아, 만식아… 다급한 목소리였는데 너무 멀어
뭐라고 하는지 통… 도망가라는 거였것제.

사이.

어르신 순식간이었제. 트럭에서 내린 일본 군인들이 내 또래 남자 아이들을 닥치는 대로 잡아가는 거여. 우리는 냅다 도망쳤지. 트럭이 신작로를 가로질러 흙먼지를 날리며 쫓아왔다. 둔탁한 몽둥이를 맞고 개처럼 (한숨) 트럭에 실렸소. 트럭 한 쪽에 쭈그려 앉아 멀어지는 어머니를 본 게 마지막이야. 밤새 달려 부산에 도착하니 내 또래 남자들이 아주 많았어. 탄광으로 끌려간다는 걸 그때 알았지. 어디로 가는지도 모르고 몇 날 며칠 배를 탔으니께.

사이.

어르신 지원? 누가 그래. 우리가 지원했다고. (버럭) 누가?

사이.

어르신 그렇게 참혹한 세상은 그 어디에도 없었어. 천척. 바다 속 천척 깊은 곳에서 잠자는 시간만 빼고 석탄을 캤소. 너무 좁아 바닥에 엎드리거나 옆으로 누워서 석탄을 캤어. 할당량을 못 채워 굶길 밥 먹듯 했제. 영양실조로 꺽꺽 우는 소리….

사이.

어르신 지하로 내려갈수록 뜨겁고 가스냄시 땜에 숨 쉬기도 힘들었지. 여름 겨울 없이 팬티 하나 차고서… 갱에서 나오면 구신

같어. 참혹해서 서로를 보덜 못해. 탈출? (손사래를 친다) 일본은
우리를 짐승 취급했어.

돌아앉는 배우들.

배우1 전쟁물자 생산….

배우2 증산….

배우3 공출….

배우2 황국신민….

배우4 강제징용….

배우3 창씨개명….

배우5 대동아공영권건설….

배우6 전체주의….

배우1 석탄전사가 되어 천황께 충성하자….

배우2 군함도.

배우5 군함도.

배우3 지옥섬.

배우6 지옥섬.

배우들 하, 시, 마.

배우5 한 번 들어가면 절대로 나오지 못 하는 섬.

배우1 죽어서야 나올 수 있는 귀신 섬.

배우6 축구장 두 개 크기의 작은 섬.

배우4 섬 전체가 탄광.

배우1 53번.

배우2 54번.

배우3 55번.

배우4 56번.

배우5 57번.

어르신 일한… 품값을… 노임 한 푼도 못 받고 그냥 빈 몸으로 돌아왔는디…. (한숨)

다시 돌아앉는 배우들. 연출 앞으로 나온다.

연출 (들어온다) 뭐야 이 자식은. 이런 산골짜기까지 사람을 불러내고. (스마트폰 내비를 보며) 길이. 여기 맞나? 가만, 저 건물인 것 같기도 하고.

연출 스마트폰 내비게이션 보고 나갔다 다시 들어온다.

연출 (나갔다가 다시 들어온다) 여기 맞는데.

전화하는.

연출 얌마. 먼저 나와서 형님 어서오십쇼 하고 있어도 모자랄 판에… 그래. 다 왔다. 아니 다 온 것 같아가 아니고 다 왔다고. 그래. 내비게이션만 따라 왔어. 우라질. 길은 또 왜 이리 꼬불꼬불이냐. 알았어. 빨리 튀어나와. (끊는) 짜식. (훑어보는) 경치 좋네. 공기도 맑고.

앉아 있던 배우 한 명, 경비모자 쓰고 나선다.

경비 저, 뉘를 찾으신가요?

연출	아, 예. (주머니 뒤져 명함 내민다) 이분을….
경비	(명함 보는) 거, 자원봉사 하러 오시는 의사선생님이신 것 같은디….
연출	예. 맞아요. 이 새끼 의사예요.
경비	네, 제가 얼른 호출해 드릴랍니다.

경비, 들어간다.

연출	뭐냐? 자원봉사? 짜식. 돈만 밝히는 의산 줄 알았더니… 꼴에….

배우 한 명, 의사 가운을 입고 나선다.

의사	어, 형. 미안. 오래 기다렸어?
연출	인마. 느닷없이 전화질을 해서 오라 가라 난리야. 뭔데?
의사	여전하네. 성질머리 하곤.
연출	뭐?
의사	알았어. 담에 술 살게.
연출	정말?
의사	그래.
연출	근데, 여긴 뭐냐?
의사	어. 요양원. 쉽게 설명하면 호스피스.
연출	호스피스.
의사	인생 마지막 길 가시는 분들 모시는데.
연출	그러니까? 네가 왜?
의사	오래됐어. 죽어 천당 가려면 착한 일도 하면서 살아야지.

연출   어쭈구리. 돌팔이 새끼가.

의사   좋잖아. 경치도 좋고, 공기도 좋고. 바람소리, 새 소리. 바람도
         쐬고.

연출   본론만 말해.

의사   성질 급하긴. 잠깐만 있어.

의사, 강만식에게 다가간다.
무릎에 놓인 상자를 만지작거리는 강만식.

의사   날씨가 좋으네요 어르신.

어르신 오. 왔소. 하늘이 노래를 부르네.

의사   아, 그러네요. (한참동안 듣는) 거창한 합창소리가 들리는데요.

어르신 내 기다리고 있었다오.

의사   아, 그러고 보니 이발하실 때 되셨구나. 이발 도구를 차에 두
         고 왔는데 갔다 오겠습니다.

어르신 아냐.

의사   (나가려다 멈춘다)

어르신 예전에 연극을 했다고 했지?

의사   예. 대학 때 싸가지 없는 형 만나서. 죽느냐 사느냐 이것이 문
         제로다. 햄릿도 하고, 암행어사 출도요. 이도령도 하고.

어르신 (상자를 건넨다)

의사   이게?

어르신 이 안에 많은 사람들이 있어. (위패와 낡은 수건. 오래된 손바닥 일
         기장 꺼내주는) 이 사람은 고향에서 연극을 했다고 했소. 노래
         를 아주 잘 불렀지.

의사   (건성으로) 네.

어르신   이 사람들 이야기로 연극을 만들어줘. 많은 사람들이 볼 수 있
　　　　도록.

의사　　아니 왜 뜬금없이 저한테….

어르신   그리고 기회가 되면 가족을 찾아 이 일기장을 꼭 전해주오.

의사, 상자를 연출에게 내민다.

연출　　(이게 뭐냐라는 투로 본다)

의사　　(끄덕)

연출　　갈수록 미궁이네.

의사　　죽은 사람 소원도 들어준다잖아.

연출　　(놀라 상자를 떨어트린다) 뭐야. 유품이야?

의사　　암만 생각해도 형밖에 안 떠오르더라고.

연출　　점점. 인마, 이걸 왜.

의사　　(웃는)

연출　　아는 분이야?

의사　　노. 여기 와서 몇 번 진찰도 해드리고, 이발도 해드리고.

연출　　이발? 네가?

의사　　봐. (하얀 가운 팔락이는) 이발사 같지.

연출　　그러니까 이걸 왜 나를 주냐고.

의사　　연극으로 만들어 달래.

연출　　누가? 일기장 주인이?

의사　　정확하게 말하면 이걸 주신 분.

연출　　돈 많은 사람이 엄청난 유산이라도 남겼나 보네. 유족들이 원
　　　　해. 얼마나 대단한 사람인데. 재벌이야? 제작비 얼마나 대준대?

의사　　(그냥 본다)

연출　이 새끼. 뭔가 수상쩍다 했어. 자원봉사는 개뿔. 너 제대로 물었구나. 병원장 시켜주는 거냐? 아님 개인 병원 차려준대? 인생 후반전 출세한다 너. 대단해.

의사　돈?

연출　응.

의사　내가 잘 되면 엄청 챙겨줄게.

연출　정말이지?

의사　속고만 살았나.

연출　이상하네. 못 믿겠네.

의사　대본은 형이 직접 쓸 거지?

연출　입금 되면 바로.

의사　우리 형. 세파에 완존 찌들었구나.

연출　말에 뼈가 있다 너.

의사　나 올라간다. 장례식 있어서. 형도 같이 갈래?

연출　그럴까 (상자 보며) 자료도 훑어보고.

의사　쓸쓸할 거야. 유족도 없고….

연출　재벌인데 유족이 없어?

의사　형. 연극의 첫 시작은 이렇게 해줘.

사이.

의사　여기 한 인생을 이름 대신 번호로 살다간 사람들이 있습니다.
더위와 배고픔과 죽음의 공포로부터
하루하루를 기적처럼 살다간 청춘들
차라리 이들에게 모든 것이 꿈이었다면
존재하지 않은 과거였다면 얼마나 좋았을까요.

음악이 흐른다.

알몸에 달랑 훈도시 차림의 김요한, 조선남, 다나까.

숯검댕이 그들, 램프가 달린 안전모를 쓴다.

어르신 자리로 간다.

2.

광부들　우리들은 천황폐하의 자식입니다. 우리들은 천황폐하를 위해 태어났습니다.

마사토　요시.

광부들　우리들은 천황폐하를 위해 기꺼이 목숨을 바치겠습니다.

마사토　일본인으로 황국신민의 길에서, 산업전사로 뛰어든 것을 영광으로 생각하라. 평상시보다 훨씬 더 많은 석탄 채굴기간 오오다시를 맞아. 아노, 보다 많은 석탄 채광을 통해 표면으로부터의 내가 아닌 내면 깊숙이 온 영혼을 담아 황민공작으로 거듭 태어나라.

마사토　53번.

다나까　하이, 다나까 미스아끼.

마사토　(완장 가리키며) 이것이 무엇이냐?

다나까　천황폐하의 은공으로 얻은 완장입니다.

마사토　그렇다 너는 분대장이다. 그 누구보다 모범을 보여라. 모범.

다나까　하이.

마사토　그리하여 최고의 석탄 전사가 되어야 한다.

다나까　하이!

마사토　출발.

그들 훈도시 위로 도시락 주머니 찬다. 채광에 필요한 곡괭이와 장비 든다. 위로 떨어지는 네모난 조명. 마사토는 조명 밖으로 나간다. 육중한 철문이 닫힌다. 그러면 수직으로 떨어지는 승강기. 지하 갱으로 빨려 들어가는 것이다. 기도하는 요한.

요한 주여. 우리를 지켜주소서. (기침) 오늘도 아무 탈 없이 부디 밖으로 나가게 해주시고. 고향으로 돌아가게 해 주시길 기도…. (기침을 흘린다)

선남 요한아, 괜찮혀. 어?

요한 예. (기침)

다나까 니미랄. 폐병 걸린 예수쟁이… 가뜩이나 할당량 채우기도 힘든 판에. 퉤!

선남 폐병 아니고, 진폐증.

다나까 그게 그거지. 꾸물대기만 해. 가만 안 둘 테니.

그들을 태운 승강기 지하에 도착한다. 안전모 캡램프 켜고 갱으로 향한다. 비좁고 낮고 경사진 막장에 도착한 그들. 두꺼운 검은색 고무로 서로를 묶고 수직이나 다름없는 곳을 기어 내려가 곡괭이질을 한다. 맨 앞에서 선남이 곡괭이로 탄을 캐면, 그 뒤에 요한과 다나까 탄을 운반한다. 허리도 못 펼 악조건이다. 갱도 안 희미한 백열등 아래 뿌연 검은색 탄가루가 사방으로 날린다. 캡램프를 켠 그들의 움직임은 마치 그림자처럼 보인다.

멀리 파도가 부서진다.

헐렁한 군복 차림의 강만식, 박철 들어온다. 겁을 먹어 금방이라도 울 것 같은 만식. 그와 대조적으로 적개심에 가득한 철.

마사토   어이. 차렷!

만식·철   (어찌할 바를 모르는)

마사토   차렷!

만식·철   (부동자세)

마사토   조또마떼. 대 일본 제국의 부름을 받아 충성스러운 신민의 일원이 되어 드디어 붉은 심장에 사쿠라를 품을 기회가 온 것이다. 하시마에 온 걸 환영한다. 차리엿!

만식   엄마….

마사토   칙쇼. 칙쇼. (채찍을 허공에) 너희들은 현해탄을 건너온 자랑스러운 지하전사가 될 것이다. 알았나?

만식   ….

박철   ….

마사토   (두 소년에게 채찍)

쓰러지는 두 소년.

막장에서는 탄을 캐느라 여전히 분주하다.

마사토   너희들의 공격목표는 미영의 잠수함이나 전투기가 아닌, 지하 일천 미터 갱도에 들어가 석탄을 캐는 일이다. 모든 산업의 기초. 석탄이 없으면 대일본제국의 에너지원은 그대로 멈춘다. 나 개개인이 바로 일국의 전사가 되어야 한다. 천황을 수호하는 사무라이가 되어라. 생산현장에 나와 있는 것을 자랑스럽게 여기란 말이다.

두 소년 멀뚱멀뚱.

마사토 하나가 되어서 온몸으로 부딪쳐야 한다. 오늘도 지금 이 순간에도, 태평양에서 인도차이나 반도에서 쓰러져가는 병사를 잊지 말아라. 나라에 남아 있는 자들이 여유로운 생활을 하고 있다는 것은 패배나 다름없다. 나태는 곧 패배다. 아노, 지금 이 시간에도 폭탄을 두르고 적군의 비행기를 향해 몸을 던지는 가미가제 정신을 잊지 마라. 너희들은 석탄을 캐는 화석전사가 되어라. 땅속의 잠수함이 되어라. 알았나?

만식·철 넵.

마사토 대답이 작다. 알았나?

만식·철 넵 석탄을 캐는 화석전사가 되겠습니다.

마사토 요시, 이곳 하시마는 일본 열도에서 가장 많은 석탄을 채광하는 곳이다. 하시마란 해안이 곱게 뻗어 있다는 뜻에서 붙여졌다. 얼마나 아름답나. 거대한 콘크리트의 벽. 하시마 섬은 에너지 개발과 군수물자 생산의 최첨병으로 낮이나 밤이나 갱모에 달린 캠램프 불빛이 꺼지지 않는다. 알았나?

만식·철 하이.

마사토 다시 한 번 하시마에 온 것을 환영한다. 이상. 선서!

박철 서, 선서, 합니다. 조선에서 건너온 박철.

만식 강만식.

박철 두 사람은 천황의 부름을 받아 목숨이 부서지는 한이 있어도 맡은 바 최선을 다할 것을 선서합니다.

만식 선서합니다.

박철 1944년. 소하 19년 8월 7일. 박철.

만식 강만식.

마사토 이곳에서는 이름 따윈 잊어라. 모자에 써진 번호가 곧 이름이다.

마사토 두 소년 앞에 훈도시, 캠램프 모자 내민다. 오래되어 낡았지만 희미하게 보이는 그들 모자의 번호 56, 57.

마사토　56번 57번. 하시마에 온 것을 자랑스럽게 생각하라. 훈도시로 갈아입는다. 어섯. (나가며) 어이. 신참 데려가라고 해.

어색한 훈도시. 그리고 안전 모자를 보는 소년.
사이.
파도 소리만 정적을 깬다.

박철　억수로 덥네. 땀이 비 오듯 쏟아진다. 니 개안나?
만식　어. 엉. 완전히 거시기 해붕만.

부끄러운 두 소년의 알몸. 서로 등을 보이며 옷을 벗는다.
만식 옷을 벗다 넘어지자, 박철 일으켜 세운다.

박철　내는 부산에서 온 철이다. 박 철. 반갑대이.
만식　(악수) 만식이여. 강만식. 해남. 전라도 해남. 걱서 끌려왔어. 울 엄니가 겁나게 찾을 것인디….
박철　내는 반드시 탈출할 끼다.
만식　옴시롱 봉께 파도가 겁나게 높던디.
박철　내 물개 아이가 물개. 까짓 거, 마 부산까지 헤엄쳐뻴믄 된다 앙카나.

파도 소리.
막장 앞에서 탄을 캐던 순남. 다카다의 연락을 받고 네 발로 기어 위로 오른다.

박철　쪽바리 개 쌍놈들. 이기 옷이가. 천 조각이제.

만식　… 어디가 앞이여….

박철　니 멧살이노?

만식　나?

박철　여기 니 밖에 더 있나?

만식　열넛. 니는?

박철　내는 니보다 한 살 많다. 열다섯.

만식　그라믄 성이네. 성.

박철　그래? 그럼, 그리 하든가.

만식　성. 철이 성.

박철　(다시 악수)

만식　우리 인자 우쪽케 되까?

박철　아까 안 그라더나. 지하 1000미터 들어가 석탄 캔다꼬.

만식　을매나 짚은 거여?

박철　십리가 4킬로 미터니께 한 이백오십 리쯤.

만식　그, 글믄. 바, 바다 속으로 이백오십 리나 들어간단 말여. 물은 안 샐까?

박철　니 무섭나.

만식　응.

박철　실은 내도 무섭다.

만식　성도?

박철　겁나게….

만식　성이 거시기 헝께 나는 더 거시기 항만.

박철　이기 꿈이믄 을매나 좋겠노.

만식	어무니도 보고 싶고, 동생들도 보고 자프고….
박철	내도 … (볼을 꼬집는다. 아프다) 꿈이 아니다 그쟈?
만식	(끄덕)

높은 파도가 친다. 바닷물이 숙소 안으로 들이친다.

박철	마, 쪽발이 저마들은 높은 건물에서 살고, 우리 조선 사람들은 이런 누추하고 냄새 나는 숙소를 주나. 이기 내선일체가. 원숭이 새끼들 두고 봐라 반드시 천벌 받을 끼구마.

사이.

만식	나는 복수할거여. 여까지 데꼬 온 놈들 모두 다.
박철	내도 그렇다.
만식	나락 한창 여물어 일손도 많이 딸릴 거인디… 엄니….
박철	만식아이.
만식	응.
박철	니캉 내캉 꼭 살아서, 고향 꼭 가제이 꼬옥.
만식	이. 꼭.
박철	(손가락을 건다)

파도가 친다. 움찔대는 만식. 그를 다독이는 철.
선남 들어온다.

선남	신참 들어왔다더니. 월래? 니들이 신참임메?
만식·철	….

선남 엄마 젖은 떼고 왔음?

만식·철 ….

선남 이놈들아. 여가 워디라고 지원들을 했슴?

박철 지는 지원 안 했심더.

선남 넌?

만식 나도 지원 안 했는디라우.

선남 그람? 워쩌다 여까지 왔으메? 어이?

박철 내는 끌려 왔심더.

선남 니도?

만식 모르것라. 납치당한 거 같은디….

선남 (안전모를 패대기치며) 이런 우라질 보랑이. 인자 호적에 잉크도 안 마른 어른애들까장 강제동원을 이런 씨부랄… 니들 여가 어딘 줄 알고나 왔음? 잡혔을 때 죽어라 도망쳤어야지비. 여긴 지옥섬임메. 지옥섬. 한 번 들어오면 못 나가는 지옥섬. 쪽발이 놈들. 앙이, 조선사람 씨를 말려 죽일 작정임네.

호루라기 불며 들어오는 마사토.

마사토 어이, 신참 인수하러 왔지?

선남 (건성으로) 하이.

마사토 좋다. 책임지고 석탄전사로 키워내도록. 알았나.

선남 ….

마사토 (차고 있던 칼등으로 툭툭) 왜 대답이 없나.

선남 아들 뻘 되는 놈들임메.

마사토 뭐?

선남 솜털 보송보송 한 거 안 보이십네까?

마사토　(구타) 내선일체는 융합도 악수도 아닌 몸과 마음이 하나가 되
　　　　는 것이다. 버러지 같은 조선 놈들에게 일본인들과 똑같은 평
　　　　등을 줬더니 감히 고맙다는 말은 못할지언정 뭣이 어째. 지금
　　　　은 전시총동원령이 내려진 비상상황이라는 것을 잊었나.

박철　　때리지 마이소. 소 돼지도 아이고 와 이람니꺼.

마사토　칙쇼. 56번 여기가 부산인 줄 알아. 어디다 눈을 부라려. 주먹
　　　　쓰는 깡패새끼 교도소에 안 쳐 넣고 갱생의 기회를 줬더니 기
　　　　어올라. 조센징은 맞아야 해. (박철을 무자비하게 때린다) 너는 악
　　　　질 불령선인이다. 하시마 섬에서 참회의 기회를 얻고, 새 마음
　　　　으로 천지를 열어 새로운 나라 만들기에 동참하라!

　　　　마사토, 옷매무새 정돈하며 군화 뒤꿈치를 소리 내어 부딪친다. 맨발
　　　　의 만식 그 소리가 위압적으로 느껴진다.

마사토　54번만 믿는다. 출발.

선남　　출발.

　　　　네모난 조명. 마사토 조명 밖으로 빠진다. 육중한 철문이 닫힌다. 그
　　　　러면 수직으로 떨어지는 승강기. 지하 갱으로 빨려 들어가는 것이다.

선남　　땅 속으로 들어가믄 귀가 먹먹할 거여.

만식·철　….

선남　　암것두 생각하지 마라.

만식·철　….

선남　　숨만 쉬는 거여. 숨만.

만식·철　….

선남	살아서 나갈 궁리만 하고.
박철	(분노의 주먹을 쥔다)
선남	내 이름은 선남. 조 선 남. 아재라고 불러도 좋고⋯.
만식·철	⋯
선남	환장할 놈의 시상.
만식	(들릴 듯 말 듯) ⋯ 엄마⋯.

어둠이 깔린다.

3.

둔탁한 곡괭이질. 갱내 희미한 백열등 불빛과 캠램프. 먹빛 그림자처럼 보이는 광부들.
허리도 못 펴는 낮고 좁은 곳에서 쉴 틈 없이 석탄을 캔다.
연출 그들 앞으로 나와 일기장을 보고 있다.

의사	어때? 좀 읽혀져?
연출	말 시키지 마라. 먹먹하다.
의사	천천히 봐.
연출	사기꾼 새끼. 뭐 재벌?
의사	난 재벌이라고 안 했다.
연출	하여간 나쁜 새끼야 넌.
의사	역사를 잊은 민족에게 미래는 없다. 단재 신, 채, 호.
연출	뭐 인마.
의사	형이 이 소재로 연극 만든다에 내 손모가지를 건다.

연출	시끄러 새꺄. 가만. 그러면 결국 이 유품을 주신 분은 강만식 할아버지니까 살아서 돌아 온 거네?
의사	그치.
연출	그리고 며칠 전에 돌아가셨다?
의사	빙고.
연출	오래 사셨네.
의사	부족한 생은 아니지. 여든일곱. 그렇다고 그 삶이 온전했겠냐?

어르신 나온다.

어르신	아들이 하나 있었소. 이유도 알 수 없는 병에 걸려 시름시름 앓다 열 살도 못 넘기고 죽었어. 충격을 받은 아내는 집을 나간 뒤 소식도 없고. 잘 됐지. 평생 병에 시달려 사는 남자를 바라보고 살 여자가 어딨겠나. 다 내 업보지. 업보.
의사	어르신 일은 안 하셨어요? 돈벌이 같은 거.
어르신	입에 풀칠을 하려면 어쩔 수 없응께 했소만 변변치 않았소. 탄가루 후유증 때문에 자꾸만 시력을 잃었제. 그래도 공사판, 시장잡부, 고깃집 숯불 관리, 음식배달, 찜질방 청소, 많은 직업을 전전하다가 나이 들어 이렇게 됐네.
연출	왜? 무슨 병이라도 앓았던 거냐?
의사	차분하게 쭉 봐. 그러면 이해가 돼. 그리고 이건. (usb 건네는) 짬짬이 인터뷰할 때 녹음했던 거야.
연출	주도면밀한 놈.
의사	그 일기장에 좋은 대사다 싶은 덴 내가 라벨을 붙였으니 참고하고.
연출	짜씩. 웃겨. 야, 대본은 내가 쓰거든.

의사	오. 안 한단 말은 안 하시네.
연출	너 계속 깐족댈래?
의사	어쩔 건데?
연출	너 거기 안 서.
의사	(도망간다)
연출	(잡으러 나간다)

어르신 일하는 광부들 한참동안 바라보다 나간다.

4.

박철, 캐낸 탄을 가지고 갱도를 오르다 넘어져 다나까 위에 쏟는다.

다나까	얌마. 신참.
박철	네.
다나까	정신줄 조선반도에 두고 왔어?
박철	네?
다나까	다 쏟잖아. 눈 똑바로 안 떠.
박철	죄, 죄송합니다.
다나까	할당량 못 채우면 밤샘 작업. 몰라? (툭툭 머리를 때린다)
박철	(그를 빤히 본다)
다나까	어쭈. 뭘 꼬나봐.
박철	(오기로 맞는다)
다나까	눈깔 안 깔아. (계속 때린다)
박철	….

다나까   어린놈의 새끼가.

박철   왜 때립니꺼.

다나까   마빡에 피도 안 마른 놈이. 일 똑바로 못 해.

박철   숨 쉬기도 힘들어 죽겠는데 왜 때리냔 말임더.

다나까   (발로 짓이기는)

박철   (몸을 말아 발길을 피한다)

다나까   시키면 시키는 것이나 잘 해. 구더기 같은 새꺄.

박철   ….

요한   신참이 뭘 알겠어. (기침)

다나까   예수쟁이. 내 앞에서 기침 흘리지 말랬지.

요한   콜록. 콜록. 전염되는 거 아냐. 콜록.

다나까   날마다 천당행 기도하는 놈이 지옥 굴에 들어와서 기침질이
여. 퉤!

요한   (기침을 흘리며 박철 일으킨다)

다나까   신참.

박철   네.

다나까   야, 거기 신참.

선남 뒤에서 바구니에 탄을 옮기던 만식 돌아본다.

다나까   너 귓구멍 막혔어.

만식   예. 예.

다나까   니 둘. 여기 쌓아 둔 것. 갱도입구 탄차까지 옮겨. 알았어.

박철, 만식 탄을 옮겨 경사진 갱도를 오른다. 둘은 미끄러지지 않도
록 고무로 서로의 몸을 묶는다.

만식   (울고 있다)

박철   만식아. 니 우나?

만식   아니.

박철   울지 마래이. 니 울믄 내도 따라 울기다.

만식   알았어.

박철   아무 생각 하지 말라 안 캤나.

만식   답답해.

박철   말하지 마래이.

만식   터질 것 같단 마시.

박철   힘 빠진대이.

만식   배깥에 나가서 시원한 공기 원 없이 맡고 잪네.

박철   살 궁리만 하라 안 카드나.

만식   죽을 것 같어.

박철   죽긴 와 죽노.

만식   엄마….

박철   울지 말라캐도.

만식   (주저앉아 운다)

박철   (낑낑대며 긴다)

만식   (그를 밀어준다) 미안해.

박철   호랭이한티 물리가도 정신만 채리믄 산다 했다.

길고 지루한 시간. 말없이 반복적으로 탄을 캐는 광부들.
종소리.

다나까   (외친다) 시마이.

광부들   (땀을 닦고 한숨을 몰아쉰다)

다나까　뺀또 먹고 다시 한다.

요한　신참들. 이리와. 같이 먹자. 고생했다. 형님도 이쪽으로 오세요.

또 다른 광부 다가와 어울린다.

다나까　뭐여. 너 울었어?

만식　….

다나까　우쭈쭈. 엄마 젖 먹고 싶어서 울었어요?

선남　분대장. 그런 소리 말라우. 아직 어린 애들임메. 땀 닦고, 이짝
으로 둘러들 앙거. 같이 묵자.

박철　석탄가루 풀풀 날리는 여서 밥을 묵는다꼬예?

다나까　먹기 싫음 굶든가.

만식　(도시락 풀면 정체 모를 시커먼 덩어리)

선남　그나마 할당량 못 채우믄 이긋도 없음. 꾹 참고 먹어. 어여.

만식　(한 입 먹다 뱉어낸다)

박철　이 뭐꼬. 냄시가 와 이랍니꺼?

요한　콩기름 짜고 난 찌꺼기.

박철　콩찌꺼기예?

다나까　(아무렇지 않은 듯 잘 먹는다)

요한　목이 메이면 물 마셔. 첨엔 삼키기 힘들 거야. (성호를 긋는) 주
여….

선남　먹어. 냄새도 맡지 말고, 맛도 보지 말고. 그냥 삼켜.

박철　짐승들도 안 먹는 것을 먹으라꼬예.

만식　(꾸역꾸역 입에 넣는다)

요한　(기침)

다나까　아, 씨발. 밥맛 떨어지네 거.

요한   미, 미안.

다나까   신참.

만식   네?

다나까   노래 한 곡 쭉 뽑아봐.

만식   네?

선남   그려. 쉴 땐 쉬어야지비. 앙이 한 곡조 뽑아 봅세.

요한   이왕 할 거면 조선 노래로 해.

박철   (만식에게 먼저 하라는 눈짓)

요한   박수.

광부들   (안전모를 두드린다)

만식   …. (목이 멘다)

다나까   분대장 명령이다. 노래 실시.

만식   … 아리랑 아리랑 아라리요 아리랑 고개로 넘어 간다 (먹던 음식이 흘러내린다. 악에 받쳐) 나를 버리고 가시는 님은 십리도 못 가서 발병난다…. (하는데)

다나까   아, 씨. 궁상맞게.

만식   (악으로) 아리랑 아리랑 아라리요….

다나까   된장 마늘 냄새 풀풀 풍기는 그딴 노래 집어치워.

박철   조선놈이 된장 마늘 냄새 나는 기 뭐가 우째서 그랍니꺼.

다나까   (발로 찬다) 주둥아리 닥쳐라.

박철   내 건들지 마소. 한 성깔 합니더.

다나까   어쭈. (철의 머리를 때리기 시작)

박철   그만 하이소.

다나까   그만 안 하면 어쩔건대?

막철   개길낍니더.

다나까   어쭈. 개겨? 그래 개겨봐. 겁대가리 상실한 새꺄. 개겨?

박철	(주먹으로 순식간에 다나까 얼굴을 날린다)

다나까 맞고 씩씩거린다.

다나까	너 내가 누군 줄 알아?
박철	내 건들지 마라 캤소 안 했소. 와요? 한 대 더 맞을란교?
다나까	이 자식이. 너 두고 보자.
박철	두고 보잔 놈 안 무섭습니더.
다나까	놈? 놈?
박철	(곡괭이 들고) 내 여 우째 들온 줄 아십니꺼. 건방지고, 싹수대가리 없는 일본학생 작신 두들겨 패고, 내 끌려온 깁니더. 내한테 상을 줘도 시원찮을 판에, 와 내가 이딴 굴에서 석탄이나 캐야 합니꺼. 예? 내 건들지 마소. 조선 사람들끼리 돕진 못할망정 일본놈 꼬붕 노릇이나 하고? 조상님 부끄럽지도 않는교? 씨발. 퉤!
선남	(키득키득 웃는다)
다나까	웃어? 이런 씨발. 너 두고 봐. 반드시 후회하게 해줄 테니.
박철	하모요. 내도 함 두고 보입시더. (곡괭이로 위협) 우짤낀데? 어?
다나까	나 분대장 다나까야. 다나까 미스야끼!
박철	다낚아? 물고기 잡는 어분겨? 다낚게?
광부들	(웃는다)
다나까	웃지 마? 웃지 말라고!
광부	낙반. 대피. 대피. 피해!

비명소리. 백열등 불빛이 어두워졌다 켜졌다 반복한다.

선남	엎드려. 나가. 빨리. 쉬지 말고. 기엇!
요한	탈출. 탈출.
광부	갱이 무너진다. 탈출하라.
선남	까스다. 까스.

서로 의지하며 갱을 빠져 나간다.

박철	만식아, 어딨노. 내 손 잡으래이.
만식	성, 성. 나 여깄어.
박철	(손 내민다)
만식	고마워.
선남	나가. 나가. 그러다 다 죽어. 어섯!

다나까 살기 위해 다른 광부를 밟고 올라선다. 그 바람에 광부 막장
으로 굴러 떨어진다. 무너지는 갱. 갇혀버린 광부 머리로 흙더미가
덮친다. 아비규환. 비명소리 길게 이어진다.

5.

산새 소리.
휠체어를 탄 어르신. 보자기를 씌우고 이발을 해주는 의사.
의사에게 건네받은 usb 스마트 폰에 꽂아 이어폰으로 듣는 연출.
한 무대에 두 장면이 동시에 진행된다.
조선인 광부들의 숙소에 희미한 빛이 들어와 있다. 숙소에 누워 천장
을 올려다보는 박철. 벽에 정(正)자 획을 긋던 요한 성호를 긋고, 만식

새우처럼 몸을 말고 꼼짝 않는다. 일기를 쓰는 선남 그러다 가족사진을 본다.

어르신 밤이 되면 더 무섭고 더 외로웠소. 뜨거웠던 한여름. 덥고, 배고프고… 그랬지만 같은 방에서 잠을 자던 우리는 항시 서로를 위해주고 의지했제. 하나님을 믿었던 요한이 형님은 죽은 조선 사람들 숫자를 셌고, 매일 매일 일기를 쓰던 선남 아재는 가지고 온 가족사진을 닳도록 보고는 했응께.

의사 열심히 가위질만.

의사 희망을 버리지는 않으셨네요.
어르신 희망 말이여? 희망? 암. 살아 돌아갈 수 있는 희망은 절대로 포기 못하것더라고. 오살라게 배는 고픔서도, 어머니는 미치도록 보고 잪등만. 가야 혀. 죽어도 내 고향으로 가야 혀. (사이) 그란디 다 돌아오덜 못했네.

손거울을 내민다.

의사 자, 다 됐습니다. 마음에 드세요?
어르신 (거울 속 모습 꼼꼼하게 본다) 오늘은 사진을 한 장 남겨야 것소.
의사 마음에 드셨구나.
어르신 그려.
의사 그러세요. 영정사진 예쁘게 찍어놓으셔야지요.

휠체어 밀고 나가는 의사. 그와 동시에 파도 소리 요란하다. 연출도 사라진다.

6.

늦은 밤.
창으로 달빛이 새어 들어온다.
파도친다.

선남　눈들 붙여. 새벽같이 갱에 들어가야 하니…

박철　날마다 사람들이 죽어나가는, 인자는 갱에 들어가기 무섭심더.

선남　콩찌꺼기래도 얻어 묵을라믄 그 수밖엔 없음메.

박철　내는, 죽어도, 탈출할 깁니더.

선남　쉿! 누가 듣슴.

박철　듣긴 누가 듣습니꺼.

선남　목소리 낮춰.

요한　(벽에 정자 새긴다)

박철　요한이 형.

요한　….

박철　몇 획 쨉니꺼?

요한　… 한 획이 한 사람의 모든 생이지. 그들의 기록들. 이것밖엔
　　　　못 해줘서 미안할 따름.

박철　백 명이 넘었습더.

요한　내가 오기 전에 죽은 이들은 이 숫자에 없어.

만식　(애벌레처럼 몸을 말고는 움직이지 않는다)

사이.

요한　(기침) 철아, 나 죽으면 여기에 한 획을 더 긋고, 조용히 성호를 그어다오.

박철　싫슴더.

요한　부탁이다. 나도 편안하게 눈을 감아야지. (기침)

박철　(나직이 방백처럼) 두고 보이소. 반드시 탈출할 깁니더. 만식아, 니도 내 따라갈끼제?

만식　(흐느끼기만 할 뿐 여전히 굼벵이처럼 몸을 꼬고 움직이지 않는다)

파도가 친다.

선남　그짝으로 바닷물 들친다. 만식아 이짝으로 바싹 당겨서 자라.

만식　(우는지 흐느낀다)

선남　바람 한 점 안 불어오네. 습하고, 후덥지근하고….

만식　(몸을 공처럼 더 만다)

선남　잘 생긴 내 아들. 잘 있나? (한참 사진 꺼내보는)

박철　몇 살입니꺼.

선남　두 살. 아니, 여서 추석을 두 번 보냈으니 네 살 되었네. 아른 아른허네 우리 아들… (긴 한숨) 만식아이?

만식　….

박철　만식아, 아재가 니 부른다. 와 대답 안 하노.

선남　귀찮은 갑제. 냅둬.

만식　(꼼지락)

선남　니들. 여 들어온 지 을매나 됐슴?

박철　오늘로 딱 일년쩝니더.

선남 벌써? 꼭 어저께 들어온 것 같네. (일어나 앉아) 참, 일본 사람들 하는 얘기 들어보니 엊그저께 히로시마에 큰 폭탄이 떨어졌다던데.

요한 형님… 어쨌든 최근 들어 공습이 훨씬 더 많아진 건 틀림없어.

선남 쪽바리 망할 날 얼마 안 남았음. 아이고, 허리 어깨 무릎 팔 더 수기 안 아픈 디가 없음메.

박철 (선남 흉내) 아이고, 허리 어깨 무릎 팔 더수기 안 아픈 디가 없음메.

파도 소리.

박철 선남 아재여. 아재는 어쩌다 여 왔심니꺼.

선남 앙이, 신문 광고를 봤지비. 미쓰비시 광업 하시마 탄광 광부 모집. 돈 많이 벌 줄 알고.

박철 돈예? 벌었는교?

선남 그런 소리 하지 말라우. 속았다. 새빨간 거짓말.

박철 일가친척 중에 아제 맹키로 돈 번다꼬 후카이도로 떠난 삼촌이 있심더. 돈 한푼 안 나라오고 소식도 끊겼습더.

선남 허믄 내 마누래두 내가 살았는지, 죽었는지, 당췌 모르갓구만… 마누라….

요한 (기도를 한다)

선남 나직이 〈눈물 젖은 두만강〉 노래를 시작한다.

선남 두만강 푸른 물에 노 젓는 뱃사공 / 흘러간 그 옛날에 내 님을 싣고

떠나간 그 배는 어데로 갔소 / 그리운 내 님이여
그리운 내 님이여 / 언제나 오려나

노래에 취한 그들 한동안 말이 없다.

요한 캬. 좋다.

박철 우와. 아재여 노래 억수로 잘 합니더. 가숩니더. 가수.

요한 고향에 있을 때 연극을 했잖아. (엄지 척)

박철 연극예?

선남 음. 악극. 내 배우였으메.

박철 배우? 참말로 아재가 배우였는교?

선남 와? 못 믿간? 내가 무대에 서면 말이디, 관객들이 구름 박수를 쳤어야.

그의 환상으로 들리는 박수소리.
선남, 악극단의 배우가 되어 신파조로 남자 여자를 번갈아 연기한다.
그러면 푹 빠져서 보는 박철, 요한. 어느새 만식도 일어나 넋을 놓고 본다.

남자 이제 난 가야하오. 흙먼지 휘날리는 만주 벌판 한 치 앞도 모르는 곳으로 떠나야 하오. 그곳에 동지들이 기다리고 있소.

여자 가세요. 잡지 않겠어요. 큰 뜻 이루시고, 부디 다시 만날 수만 있다면.

멀리 개 짖는 소리 들린다.

남자　반드시, 내 반드시 돌아오리라. 어려움을 무릅쓰고 나를 숨겨 준 이 은혜 꼭 갚을 날 올 것이오.

여자　조국이 독립되는 날 모든 것은 물거품처럼 사라질 거라 믿어요.

남자　(여자를 포옹한다)

여자　약속해 주세요.

남자　약속하오.

여자　살아서 반드시 살아서 돌아오세요.

쏙 빠져드는 요한, 철, 만식.

선남　강물로 달밤이면 목메어 우는데 / 님 잃은 이 사람도 한숨을 쉬니
추억에 목메는 애달픈 하소/ 그리운 내 님이여
그리운 내 님이여/ 언제나 오려나

박수.

요한　형님, 고향에서 배우하지 뭐 하러 예까지 왔습니까. 재주가 아깝네. (기침)

선남　악극단 대표가 구속됐지비.

박철　구속예?

선남　악극이 독립군을 숨겨주는 내용이라고 검열에 걸려서… 그러자 악극단 식구들도 하나둘 흩어지고, 딸린 식솔은 늘고. 그때 앙이 신문 광고를 봤음메.

박철　고향은 어딥니꺼?

선남　함경도. 동네 어귀에 큰 은행나무가 한 그루 있으메. 한 천년

은 더 살았을 기야. (나직이) 철아?

박철 와 예.

선남 나 죽거든 백골이라도 고향 내려다뵈는 은행나무 아래 묻어주 지 안 칸네?

박철 갑자기 와 이라심꺼. (귀를 막는)

선남 은행나무는 생명력이 강해서 수 천 년을 살디. 그 아래 묻히믄 은행나무로 오래도록 살겠지비.

박철 아 아 아 아 아. 내는 아무것도 안 딕깁니더.

요한 캬. 저도 거기에 묻히고 싶네요. 철아 나도. 부탁하자. (콜록콜 록. 더 심해진 기침. 입을 가리고 남에게 피해가 가지 않도록 한다)

박철 요한 형님은 거가 고향도 아님서….

요한 인마, 조선팔도가 내 고향이다.

박철 마, 그런 험한 일은 만식이 시키이소. 지는 절대로 안 할 낍니더.

요한 만식이 운다. 야? 왜 울어 또?

선남 내 연기에 감동 받았지비. 맞슴?

만식 (고개를 젓는)

요한 그럼 왜?

만식 배가 고파라우. 배에 거시랑치가 들어앙것는가… 하루 종일 배만 고프당께라우… 아침에도 낮에도 밤에도…. (운다)

사이.

박철 만식아, 내도 고프다. 배….

만식 흰 쌀밥에 뻘건 김치 한 조각 얹어 묵었으믄 원이 없것어라우.

선남 (울컥한다)

박철 내는 돼지 국밥.

만식 쑥떡.

박철 재첩국.

선남 쇠말뚝도 씹어 묵을 땐디 억케 배가 앙이 고프겠음.

요한 (기침을 흘리며) 나, 나는 얼큰한 매운탕.

선남 막걸리. 돼지머리 편육. 새우젓 넣고….

요한 추어탕, 미역국, 북엇국, 청국장, 조개무침, 새우튀김, 잡채, 해물탕, 불고기, 갈비, 백숙, 콩나물, 참나물, 고추장… 시원한 얼음물… 쑥떡, 인절미, 팥떡… 주여… (울음을 터트린다) 언제 죽을지도 모르는데, 실컷 배불리 먹고라도 죽으면 원이라도 없겠네. (기침)

만식, 박철 먼 산 바라본다.

선남 어드래. 그만 하라우. 울면 열나고 열나면 더 덥지비. 모두 비키라우. 여 누워봐. 내레 시원하게 해주갔어.

선남, 일어나 수건을 펼쳐 그들 몸 위로 부채질을 한다.
요한, 박철, 만식 누워서 바람을 맞는다.

박철 으, 아제여 무진장 시원합니더.

만식 (웃는다)

선남 내레 이거 선수야. 막둥이 좋늬.

만식 시원해라우.

선남 (더 세게)

박철 아제, 아제. 여 누소. 지가 할낍니더.

선남 그간?

박철   야.

선남   그라믄. (눕는다)

요한   (일어나서 수건을 높이 들어 부채를 만들어 시원한 바람을 만든다)

선남   <u>으흐흐흐</u>. 시원타.

박철   좋습니꺼?

선남   암은.

만식   하하하.

요한   허허.

박철   만식아.

만식   응.

박철   니 해방돼서 집에 가믄 울 엄니도 보고, 선남 아재 고향에 가 노란 은행잎 달린 은행나무 아래 앉아가 풀피리도 불고 그래 놀자 어.

만식   그래야제. 히히.

박철   (만식과 손을 마주친다)

선남   위따 시원타.

만식   나도.

요한   <u>으흐흐흐</u>.

만식   조선으로 돌아가고 싶어라우.

다나까 들어선다.

다나까   씨발, 쳐 자라는 잠은 안자고 뭔 날궂이야. 뭣이 좋다고 희희 낙락이냐고. 아, 씨발 더워! 노예근성에 절어있는 거지새끼들. 나 다나까 미스야끼야. 너희 버러지들이랑 차원이 달라. 나는 내지인처럼 여기서 결혼해서 가정도 꾸리고, 저기 아파트 맨

꼭대기 구층에 신혼살림 차릴 거라고. 정종 마시고, 스씨 먹고, 덴뿌라 먹고. 반드시 최고의 반도인이 되어서 일본 여자랑 결혼할 거다. 양반 상놈도 없는 하시마에서 천황 폐하의 자식으로 당당하게 살고 싶으니까 망해버린 조선 타령 그만하고. 퍼질러 자라. 자.

요한 다나까. 니가 아무리 용을 써도 너는 조선사람 황덕주다. 잊지 마라.

다나까 아가리 닥쳐라. 거지발싸개 같은 미개한 새끼야. 죽은 예수 그만 믿고, 살아 있는 신. 천황을 따르라고.

요한 네 목숨을 천황에 바친다 해도 배고픔이 해결되진 않아.

다나까 불쌍한 새끼.

요한 불쌍한 건 너야.

다나까 덥다. 떨어져라. 꺼져. (몸을 돌려서 눕는다)

긴 호루라기.

마사토 (소리) 기상! 기상! (본능적으로 일어나서 외친다) 기상!

광부들 (일어나 선다)

마사토 들어온다.

마사토 번호.

다나까 53번.

선남 54번.

요한 55번.

박철 56번.

만식	57번. 번호 끝.
마사토	동작 그만. 바보 같은 놈들. 이런 엄중한 시기에 왜 다나까 분대만 할당량 미달인가?
다나까	….
마사토	입이 있으면 말해 봐라.
다나까	갱이 무너진 사고로 일이 지연되었습니다.
마사토	그건 핑계다. 다른 분대는 할당량 그 이상을 해냈다. 지금 전시상황이란 말이다. 석탄이 없으면 모든 산업이 멈춘다. 대동아건설의 핵심은 마음도 피도 육체도 하나의 무기가 되어 석탄백성이 되는 것이다. 기를 쓰고 석탄을 캐라. 맡은바 최선을 다하란 말이다. 알았나?
광부들	네.
요한	(기침을 한다)
마사토	55번. 너 같은 나약한 자 때문에 노동력이 떨어진다. 좋다. 서로가 채근을 한다. 57번, 53번 앞으로.
박철·다나까	(앞으로 나선다)
마사토	서로 마주 본다. 실시!

마주 본다.

마사토	석탄전사를 외치며 서로의 뺨을 때린다. 실시!
박철	….
마사토	정신이 번쩍 들도록 세게 어서!
다나까	(철의 뺨을 때린다) 석탄전사!
박철	(머뭇거린다)
마사토	(주먹으로 박철의 뺨을 가격한다)

박철   (휘청거리며 뒤로 물러났다 제 자리로 돌아온다)

마사토   어서!

박철   (요한의 뺨을 가볍게 두드린다) 석, 탄, 전, 사….

마사토   다시.

박철   (조금 더 힘을 주어) 석탄, 전사….

다나까   (철의 뺨 때리며) 석 탄 전 사!

마사토   요시!

박철   (고개 떨군다)

마사토   (일본도를 꺼내 철의 목에 댄다. 섬뜩한 장검)

박철   지는 몬 합니더.

마사토   57번. 넌 목이 두 갠가? 목을 베어 바다에 던지겠다.

마사토 칼을 높이 치켜든다.

박철   (요한의 뺨을 툭 친다)

마사토   명령이다. 더 세게.

박철   (힘주어 때린다)

마사토   더!

박철   (미친 듯이 요한의 뺨을 후려친다) 석탄전사. 석탄전사. 석탄전사.

요한 쓰러진다. 어르신, 요한을 오래도록 안고 있다.

마사토   다나까!

다나까   하이.

마사토   석탄 채굴 1미터 전진이 곧, 대동아건설을 향한 1미터 전진이
다. 알았나?

사이렌 소리 요한하게 울린다.

밖에서 들리는 "공습" "공습" 소리.

광부들 일사분란하게 모든 전등을 끄고 몸을 웅크린다.

마사토 운 좋은 줄 알아라. (나가며) 등화관제. 소등하라.

광부들 소등. 소등.

어두워진다.

마사토 (소리) 53번

다나까 (소리) 하이. 다나까 마쓰야끼.

마사토 (소리) 공습 끝나면 야간조와 함께 더 많은 석탄을 캐야한다.

(나간다)

다나까 (소리) 하이!

박철 형. 요한 형. 미안해. 미안해.

요한 괜찮아. 나는 정말 괜찮아. (기침한다. 쓰러진다)

박철 요한을 깊게 끌어 안는 모습 희미하다. 멀리 낮게 비행기 날아

가는 소리.

대공포 터지는 소리 겹치며 암전.

파도 소리 높다.

7.

달빛에 취해 잠든 광부들.

식은 땀 흘리며 끙끙대는 요한.

박철, 그 소리를 듣고 일어난다.

박철   행님아. 와 그라노. 어?

요한   ….

박철   이 땀 좀 보래이.

요한   (더듬거리는 그의 손)

박철   (그의 손에 성경을 쥐어준다)

요한   물. 좀….

박철   (물을 준다)

요한   (힘들게 물을 흘려버린다)

박철   아제여. 보소. 인나 보이소.

선남   어? 뭐드래?

박철   형님이 요한 형님이 이상합니다.

선남   앙이 되겠음. 온 몸이 불덩어리메. 분대장. 분대장.

다나까   야, 씨. 뭔데 또? 좀 자자고… 밤새 할당량 채우고… 겨우 잠 들었는데.

선남   일어나 보라우. 요한이가 심각해. 온 몸이 불덩어리임메. 빙원 으로 옮기든가, 약을 타오든가, 죽을 쒀서 먹이든가, 뭐라도 해바야디.

다나까   씨발. 기도해. 기도. 그러면 낫잖아.

선남   메? 간나 새끼. 오기 부리지 말라우. 그라다 사람 죽슴메.

다나까   죽는 사람 한둘 보나.

선남   네레 사람 새끼가?

박철   대가리를 뽀사뻰다. 분대장 완장을 찼으모, 값을 해라.

다나까   뭐?

박철　사람이 죽는다는데, 그기 할 말이가?

다나까　니가 가서 말 해. 약 달라고 새끼야.

박철　(나간다)

어느새 만식 일어나 요한 몸을 주무르고 있다. 그러거나 말거나 잠을 자는 다나까.

선남　아인된다. 요한아 니 정신 차려보라우. 아까 야간작업할 때 요한이를 쉬게 했어야 했디.

요한　(선남의 손을 꼭 잡는다)

선남　알디. 니 맴 다 알디.

요한　(뭐라고 한다. 그러나 들리지 않는다)

만식　(귀를 댄다) 잠이 너무 많이 온다고. 자고 싶다긍만요.

선남　정신 채리라우. 자믄 죽슴메. 숨을 쉬라우. 약 개지러 갔으니께 조금만 힘을 내봐야디.

요한　(만식 귀에 대고 뭐라고 한다)

만식　⋯. (고개를 젓는)

선남　요한아. 요한아.

요한　(귀에 대고)

만식　아, 씨. 철이 성은 워째 이라고 꾸물댄다냐. 오메, 사람 잡것네이.

선남　(눈물)

요한　(눈물)

만식　⋯.

요한　(숨을 몰아쉰다)

선남　요한아.

만식	… (한참을 듣고 있다) 아제여. 아제 고향에 은행나무 아래 꼭 묻어 달라는디.
선남	흐미, 흐미.
요한	꼬… 옥….
선남	음. 그래. 그래. 꼭. 내레 약속하갔어.
요한	(성경을 가슴에 끌어 안는다. 숨을 쉬지 않는다)
선남	(천장만 올려다본다)
만식	성. 성. 요한이 성. 숨을 쉬어. 이라고 죽으면 안 돼.
선남	(눈을 감겨 준다) 징긍징글한 놈의 시상. 어. 어. 어.

눈물도 말라버린 선남.
박철, 마사토 들어온다.

박철	위째 그려. 어? 아재여….
선남	흐미, 흐미.
박철	행님, 요한 행님 눈 떠 보소. 행님아. 행님.
마사토	55번. 죽었잖아. 밖으로 끌고 가.
다나까	네.
선남	조금만 더 누워있게 해주시라요. 끙끙 거니라고 며칠째 통잠을 못 잤습네다. 이제사 편안하게 자는듸….
마사토	전염병 걸리면 다 죽는다. 어섯!
다나까	하이.
마사토	화장터에 버리고 불로 태워.
다나까	하이.
박철	….
마사토	뭘 꾸물대. 어서.

만식   방금까지도 숨을 쉬고 있었는디… 오메, 오메….

마사토   (코를 싸쥔다) 지독한 냄새. (나간다)

선남, 요한의 몸에 수건을 덮고 그 위에 성경을 올린다.

선남   요한아. 김요한 존 세상으로 가라우. 죽어서 하시마 섬을 떠나
네. 불쌍한 놈. 잘 가라우.

다나까, 선남, 요한의 머리와 다리를 들고 밖으로 나간다.
사이.
박철, 만식만 남는다.
만식 슬픔과 두려움이 교차하는지 멍하게 앉아 있다.
박철 순간 벌떡 일어나 밖을 살피고 만식에게 다가와 속삭인다.

박철   만식아. 니 내캉… 탈출하자.

만식   성….

박철   니 파도 소리가 나나? 안 나제?

만식   … 조용헝 것 같기도 허고….

박철   기횐기라. 기회.

만식   ….

심장 뛰는 소리 크게 들린다.

박철   앞잽이 다나까도 없고, 달빛도 구름에 가려 칠흑같이 어둡대이.

만식   성… 그라다가 잽히믄….

박철   이래 죽으나 저래 죽으나 매 한 가지다. 퍼뜩.

만식	….
박철	와?
만식	(안 가겠다고 머리를 젓는다)
박철	만식아이.
만식	성. 그라믄 요한이 성님 죽은 표시는 해 놓고 가야제.
박철	… 그라몬 내가 먼저 가 망을 볼꺼구마. 따라 올기제?
만식	이.
박철	방파제 끝에서 보자.
만식	(끄덕)
박철	서두르래이. 이?
만식	이!

박철, 나간다.
만식, 요한의 자리에서 바를 정(正)자 획을 긋는다.
정적.
밖으로 나가는 만식.

8.

파도 소리.
어둠이 내려앉은 방파제.
박철, 자세를 낮춰 앞으로 기어간다.
한참동안 아주 신중하게 주위를 살핀다.
뒤이어 만식의 모습도 보인다.
경비 초소의 강렬한 헤드라이트 불빛이 좌우를 경계한다.

박철, 만식을 보고 손을 흔들며 몸을 일으키는 순간, 초소의 헤드라이트 불빛이 그를 잡는다. 마치 거미줄에 걸린 곤충처럼 얼어붙는다.

만식, 몸을 숨기고 왔던 길로 도망친다.

순간 울리는 사이렌 소리.

이어서 길게 울리는 호루라기.

박철 헤드라이트를 빠져나가려고 하는 순간, 그 주위로 탕 탕 탕 타당탕탕 파편처럼 박히는 총알들.

모든 것을 포기한 박철.

손을 들고 선다.

더 강렬하게 빛을 품는 헤드라이트.

박철, 눈이 부셔 손으로 빛을 가린다.

일본군인 하나 그에게 다가와 개머리판으로 머리를 가격한다.

서서히 아주 서서히 어두워진다.

높았던 파도 소리도 잦아든다.

9.

어둠 속, 날카로운 채찍질 소리.

긴 비명.

밝아지면 알몸의 박철 고깃덩어리처럼 거꾸로 매달려 있다. 채찍질에 너덜너덜 살점이 터진 그의 등. 핏물이 흐른다.

마사토 채찍으로 박철의 등을 내려친다.

꿈틀대며 비명을 지르는 박철.

눈을 감고 있는 선남, 고개를 떨구고 있는 만식, 비웃고 있는 다나까.

마사토 천황폐하의 자랑스러운 아들이 되겠다는 맹세를 잊었나. 배신자는 절대로 용서치 않는다. 53번!

다나까 하이!

마사토 왜 너희 분대만 매번 말썽이지? (주먹으로 얼굴 가격)

다나까 죄송합니다.

마사토 57번은 천황폐하의 명을 거역한 미꾸라지 같은 놈이다. 모두들 연대책임이다. (박철 채찍으로 때린다) 누가 체벌하겠나.

아무도 앞으로 나서지 않는다.

마사토 (선남의 가슴을 주먹으로 때린다) 54번. 저놈이 도망치면 네놈 할당량이 많아진다. 그걸 몰라?

선남 ….

마사토 왜 대답이 없지. 알았나 몰랐나?

선남 아, 알고 있습네다.

마사토 그런데 왜 도망치도록 내버려 뒀지?

선남 (말을 못 한다)

마사토 54번 네놈이 도망치라고 했나?

박철 (악으로) 내 혼자 했다. 혼자.

마사토 (만식 가슴 친다) 너는 곤조가 틀려먹었다. 56번?

만식 네….

마사토 너는 57번이 탈출 할 거라는 것을 알고 있었지?

만식 … 모 , 몰랐는디요.

마사토 거짓말. (밖에 대고) 어이, 탈출할 것을 미리 알리지 않는 56번도 같이 묶어서 매단다.

박철 허, 허. 마, 만식이, 만식이는 참, 참말로 몰랐심더.

마사토 만식이. 만식이. 만식이가 누구냐? 이곳 하시마에서는 번호가 니놈들 이름이다. (채찍)

박철 (비명)

마사토 누가 체벌하겠나. 나와라.

다나까 마사토 사감님. 제가 체벌하겠습니다.

마사토 요시. 53번 맘에 든다. 앞으로!

다나까 하이! 다나까 미스야끼 천황폐하의 명을 따르겠습니다.

마사토 좋다.

다나까 채찍을 받는다.
채찍이 허공에서 춤을 추더니 박철의 등 위로 떨어진다. 너무나 큰 고통 속에 비명조차 들리지 않는다.

10.

모든 것이 정지한다.
그 앞으로 연출 일기장을 들고 나와 낭독한다.

연출 마사토는 고무 채찍 끝에 쇠를 박아 놨다. 고놈 채찍을 한 번 맞으면 살점이 터지고 곪아서 낫지를 않는다. 그러면 상처는 여름 내 고름으로 줄줄 흘렀다. 그러다 치료도 못 받고 죽는 사람이 한둘이 아니었다. (사이) 나는 부끄럽고 미안했다. 나도 탈출하려고 했다. 그러니 나도 때려라. 이 말을 했어야 했다. 용기가 없었다. 그랬더라면 박철이 이렇게 비참하게 매질을 당하지 않았을 텐데… (사이) 우리는 다시 갱으로 들어가 석탄을 캤고, 박철은 하루 종일 물 한 방울 먹지 못한 채 거꾸로 매달렸다. 그렇게 며칠이 흐른 뒤 정수리에서 피가 뚝, 뚝, 뚝 떨어졌다. 차마 눈 뜨고는 못 볼 광경이었다. (숨을 고른다) 그래도 박철은 절대 기죽지 않았다. 조선사람 끈기. 질경이 같은 끈기와 오기로 버텼다. 그는 목숨 따윈 구걸하지 않았다. 어떤 폭풍우가 몰아쳐도 꿈쩍 않는 은행나무 같은 사람이었다. 박철 나이 겨우 열다섯.

스피커를 타고 흐르는 일본의 군가. 다시 움직이는 배우들 연출 나간다.

마사토 53번, 54번, 56번.
선남·만식·다나까 하이.
마사토 너희들은 석탄전사가 될 준비를 하라.

사이.
군가 소리 높아진다.

마사토 뭘 꾸물대나. 구호 준비. 구호 시작.
모두들 (다나까는 큰 소리지만 두 남자는 풀이 죽었다) 우리들은 천황 폐하의 자식입니다. 우리들은 천황폐하를 위해 태어났습니다. 우리들은 천황폐하를 위해 기꺼이 목숨을 바치겠습니다.
마사토 출발!

선남, 만식, 다나까 연장을 챙긴다.

마사토	57번에게 물 한 방울 주지 마라. (나간다)
선남	철아. 견디라우. 절대로 죽으믄 안 돼. 알간?
박철	(신음)
다나까	(철에게) 꼴좋다. 야, 손이 발이 되도록 잘못했다고 빌어. 그러면 내가 마사토 사감님께 한 번만 용서해 달라고 부탁해 볼게. 어?
박철	… (그의 얼굴에 침을 뱉는다) … 니 뽕이다….
다나까	이런, 씨.
박철	… 마사토 똥구멍이나 핥아라 쪽발이 개새끼야….
다나까	이런, 씹탱구리가.

다나까 박철을 발로 차려는데, 만식 다나까를 밀치고 그 위에 올라서서 마구 때린다. 다나까, 만식 서로 뒹군다. 엎치락뒤치락 주먹질을 주고받지만, 주로 다나까에게 만식이 맞는다. 선남 두 사람을 뜯어 말린다.
순간,

꽝!
꽈과광 꽝 꽝!
작은 창으로 엄청난 밝은 빛이 들어온다. 그리고 굉음을 동반한 폭발음 '끄르렁끄르렁' 거리는 소리가 귀청을 때린다. 출입구 쪽으로 돌과 흙더미가 들어와 막힌다.
정전. 완전한 어둠.

다나까	(소리) 지진이다. 엎드려.
만식	(소리) 철이 성. 철이 성.
박철	(소리) 나, 여기 있다. 여기.

안전모 캠램프 불빛을 밝히는 선남. 불빛 속에 어른거리는 광부들. 다나까도 자신의 모자를 쓰고 램프 불을 밝힌다. 아비규환 소리를 지르는 밖의 사람들.

선남　움직이지 마! 조용!

파도가 거칠다.
만식, 캠램프 켠다. 박철 풀어준다.

다나까　(흙더미에 다리가 깔렸다) 아. (흙을 판다)
선남　가만. 꼼작 마.
다나까　(고함소리)
선남　이놈의 새끼레. 인마, 황덕주 가만있으라우.
다나까　씨발. 누가 황덕주래? 나 황덕주 아냐. 나는 다나까야. 다나까 미스야끼.
선남　메? 어드래? 간나 새끼. 알았어. 알았으니깐 주둥아리 닥치라우.

선남, 곡괭이로 흙을 파서 다나까 구해낸다.

다나까　(고통에 신음)
선남　지진이 아님메. (바닥에 귀를 댄다) 보라우 진동이 하나도 없듸. 봐? 지진이라면 땅이 흔들려야 하지 안칸?
박철　물. 너무 더워.
만식　(물을 건넨다) 응. 여기.
선남　왜캐 덥지비?

만식   아궁이에 장작불을 지핀 것 같어라. 아재. 쩌 죽을 것 같당게.

다나까   (다리를 절며 일어난다. 수건으로 상처 부위를 묶는다)

선남   황덕주. 내레 구해줬는데 고맙다는 말도 안 칸?

다나까   황덕주 아니라고 씨발.

그들 곡괭이로 입구 흙더미 파낸다. 서서히 열리는 공간. 캠램프로 보이는 그들의 모습.

빗소리.

마사토   (소리. 확성기를 대고) 알린다. 조선인 노무자들은 숙소에서 한발 작도 밖으로 나오지 마라. 명령을 어길 시에는 이유 여하를 막론하고 발포하겠다. 다시 알린다. 밖으로 나오는 자는 무조건 발포한다.

멀리서 폭발 소리 간헐적으로 들린다.

연출 나와서 일기를 읽는다. 빗물이 떨어진다.

잠시 멈춘다.

연출, 다시 usb 스마트 폰에 삽입한다. 이어폰을 끼면, 자연스럽게 등장하는 어르신. 휠체어를 타고 있고, 의사가 밀고 나온다.

어르신   일천구백사십오년 팔월 구일 오전. 우리는 지진이 난 줄 알았제. 나가사키에 원자폭탄이 떨어진 것을 전혀 알지 못했소. (빗물소리 더 크다) 천장에서 떨어진 석탄 물을 받아먹고 이틀을 버텼제. 박철 형은 온몸이 붇고 열이 났지만 변변한 약도 없이 겨우 버텼소. 그렇게… 시간이 지나고 나서 마사토가 문을 열어줍디다.

출입구 문이 열리며 마사토 들어온다.

역광의 마사토. 눈부시다.

마사토 너희들에게 특별 외출이 허용됐다.

연출 뛸 듯이 기뻤다. 드디어 바깥으로 나갈 수 있다니. 우리 모두 는 흥분했다.

다나까 예?

마사토 못 들었나. 천황폐하의 명으로 너희들에게 특별 외출이 허락 됐다.

다나까 텐노 헤이까 반자이! 감사합니다. 천황폐하 만세!

마사토 너희들 모두는 나가사키 시내로 나가 미화사업에 투입된다. 특별 외출이다.

선남 참말? 참말입네까?

마사토 귀가 먹었나.

선남 (기뻐한다)

사이.

의사 어린아이처럼 아주 기쁘셨겠네요.

어르신 암. 뛸 듯이 기뻤지라. 드디어 밖을 나가다니 심장이 뛰고, 모 두들 흥분했지. 선남아재, 나, 박철 형. 심지어 원수 같았던 다 나까까지. 그래, 소풍. 꼭 소풍을 가는 것 같았어.

사이.

마사토 다른 조원들과 함께 배를 타고 나갈 것이다. 명심해라. 나간

인원과 돌아온 수가 맞지 않으면, 대기하고 있는 다른 조원들을 죽일 것이다. 탈출은 꿈에도 꾸지 마라.

어르신 설레었지. 밖을 나가면 뭘 할까? 혹여 나가사끼 시내에 나가 나를 아는 사람을 만나게 되면 고향에 계신 어머니께 안부라도 전하지 않을까 하고 말야.

사이.

선남 (손을 든다)

마사토 뭔가?

선남 여기, 57번이랑 같이 나가도 괜찮겠습네까?

마사토 좋다. 데려가라. 분대장?

다나까 하이.

마사토 낙오자 없이 돌아오도록. 일등 반도인이 될 좋은 기회다. (나간다)

다나까 감사합니다.

선남 야. 꿈 아니디? 내 볼 좀 꼬집어 보라우.

만식 (꼬집는)

선남 야, 야. 꿈 아니다. 어이.

만식 형, 들었제. 우리 배같에 나간당게.

박철 으, 응.

다나까 일본 여자들 실컷 구경하고 와야지. 서둘러. 어서. (다리를 전다)

만식 아제. 국수 사먹어요. 국밥도.

선남 그런 소리 말라우. 돈이 어딨습메….

박철, 훈도시 깊숙이 숨겨놓은 꼬깃꼬깃 지폐를 꺼낸다.

사이.

한참동안 돈을 들여다보는 그들.

끼득끼득 웃는 그들.

선남 일없다. 그 돈은 니 약을 사야디.

박철 야, 야, 약, 약 사고 추, 충 충분합니다. 만식이 니는 우동이랑
국밥. 아제는, 뭐 뭐 먹을랑거?

선남 나, 나는 시원한 냉면.

만식 배 터지게 먹것네.

박철 내, 내는 된장국에 밥 말아묵을끼다. 으흐흐흐.

선남 철아, 네레 위째 말을 어눌하게 하니?

박철 괘, 괜안심더. 너, 너무 오래 거꾸로 매달려 있어가 그, 그, 그,
그런 깁니더.

만식 (철에게 뽀뽀) 원제 요런 돈을 꼼차뒀어. 성은 천사랑께… 요한
이 성도 있었으믄… 같이 나가는 것인디… 냉면 묵고 철이 성
된장국도 뺏어 묵고, 나는 국밥도 묵고 떡도 묵을랑만. 사과랑
배. 포도. 으흐흐. 흐흐.

선남 약방부터 가야지비.

11.

연출, 일기장을 접어 던진다.

연출 아이 씨발. 열불나서.

의사 (나와 본다) 왜?

연출   이게 말이 돼. 너무나 충격적이다.

의사   (어깨를 토닥이는)

연출   얼마나 들떴을까. 얼마나 희망찼을까. 그런데, 그런데… 와 말
         문이 탁 막히네.

의사   같은 심정이야.

연출   아무런 장비 하나 없이 원자폭탄이 떨어진 곳에 맨몸으로 청
         소를 하라고 보냈단 말야? 방사능에 그대로 노출되라고. 내가
         총알받이라는 말은 들어봤어도 방사능 청소는 처음 들어본
         다. 아, 열 받아.

         사이.

연출   지랄. 이게 말이 돼?

의사   이건 정말 모욕적이다. 너무나 화가 난다. 섬에 갇혀 하루 종
         일 석탄을 캐다가 드디어 밖으로 외출을 했으니 얼마나 설레
         이고 좋았을까.

어르신 암. 말도 못 하게 좋았지.

연출   그런데 거기가 결국. (무릎을 꿇고) 죄송합니다. 이런 중요한 일
         을 이제야 알게 되어 정말 죄송합니다. 야.

의사   말해.

연출   내가 이거 꼭 연극으로 만들게.

의사   돈 안 되는 거 안 한다며

연출   농담할 기분 아니다. 우리가 언제 돈 보고 연극 했냐.

         사이.
         미소 짓는 그 위로, 뱃고동 소리.

다나까 (다들 한 눈 파는 사이. 박철의 지폐 몇 장을 훔친다) 자, 출발. 나가.

12.

폐허의 땅. 나가사키 거리.

어르신 국수도… 된장국도… 시원한 냉면도… 국밥도… 약방도… 아무것도 없었소. 불에 타버리고 검은 잿더미만 남은 거대한 도시. 사람들 시체가 산을 이뤘소. 치워도 치워도 끝없는 사람들의 시체. 세상이 끝나 분 것 같습디다. 쇳덩어리들은 엿가락처럼 휘어져 있었고, 온전한 건물은 한 채도 없었지라우. 팔월 땡볕 나가사키에는 구더기 한 마리도 없습디다. 피폭 방사능에 구더기도 다 죽었닥 글등만….

사이.

의사 들어가. 영결식 봐야지.
연출 그러자.

어르신 일어나 그들과 나가사키 거리를 걷고 청소를 한다.
사이.
선남, 박철, 만식, 다나까. 좌우상하 자리를 잡고 청소를 한다. 그들 위로 각각 떨어진 조명.
바람이 먼지를 훑고 지나간다.

박철　(구토를 한다)

만식　천지가 시체네. 시체가 산더미처럼 쌓였어.

박철　(쪼그려 토한다)

만식　어. 더워. 목말라. 물이라도 실컷 마셨으믄 좋것네.

박철　(실실 웃는다)

선남　도시가 유령임메. 보라우 일본은 천벌을 받았디. 나는 좋아.
　　　　일본이 패망해서 나는 좋아.

다나까　여기 있던 멋진 양복점이랑 영화관 골목은 어디 갔을까. 이건
　　　　꿈이야. 절대로 일본은 망하지 않아. (뺨을 때린다) 아, 꿈이야.
　　　　꿈. (다친 다리를 끌고 걷는다)

만식　아재, 무서워라. 나는 언녕 하시마 섬으로 들어갔으믄 쓰것네.

박철　(구토를 하며 웃는다) 으흐흐. 만식아. 국수대이. 국수. 퍼득 온
　　　　나. 퍼지믄 맛 탱이 없대이.

만식　여기가 워다다요 시방. 아재. (크게 부른다) 선남 아재?

선남　(만식에게 다가간다) 워째 그려? 어?

만식　아재 시방 여기가 워다다요?

박철　으, 추워. 야 니는 안 춥나?

만식　온 몸이 땀 범벅인디 뭣이 추워.

박철　… 나는 억수로 춥습니더.

선남　(박철 본다) 철아, 철아.

박철　<u>흐흐흐흐</u>. 사람이 검은 숯이대이. 쌔까만 숯.

만식　… 뭔 폭탄이 떨어졌는디 이랄께라우… 아재 무섭소 난….

박철　니 봤제. 아까 이라고 웅크려 죽은 사람을 치울라고 들었더니,
　　　　그대로 가루가되뻘드라. 가루. 바람에 사람이 시커먼 석탄 가
　　　　루처럼 사라져 버렸대이. 우하하하. 하하.

만식　아재여?

선남	철아. 네레 실성 했네?
박철	(뭔가 주워 먹는다) 만식아, 이리 온나. 니캉 내캉 국수 먹을라꼬 국수 시켰다. 아재도 이로 오소. 같이 앉아가 먹읍시대이. 와, 달다. 그쟈?
만식	성, 그거 흙이여. 묵으믄 안 되야. 어째 그려. 어째?
선남	철아….
박철	만식아. 니 배고프다 안 했나? 국수 먹고 국밥도 묵는다 했제. 자자, 여 국밥 묵자. 어.
선남	(가슴을 친다) 흐미, 흐미. 정신 차리라우.
박철	아재, 냉면 무러 가입시더. (돈 꺼낸다) 퍼득 따라 오이소. 저 언덕빼기만 너머가믄 쥑이는 냉면집 있심더. (다나까에게) 여, 보소. 시원한 냉면 말아주소.
다나까	이런 미친 새끼가.
박철	뭐하는 겨. 퍼득 안 내오고. 가만, 수육이랑. 맞다. 아재 막걸리도 시키입시더.
다나까	(멍하게 앉아 하늘만 보는)
박철	내가 묵는다 했소. 아재. 아재는 자셔야 안 하겠습니꺼.
다나까	미칠라면 곱게 미쳐라.
박철	보소, 보소. 마 있는디로 가와 보소. 배 터지게 먹어보자.
다나까	(절뚝거리며 앞서 걷다 돌아와 발로 박철 찬다)
선남	이 간사 새끼. 그만 하라우. 쟈 인제 열다섯이여. 열다섯. 정신 줄 놓기에는 너무나 아까운 나이임메. 철아, 니 워째 그러냐. 워째? 철아.
박철	아재여, 내 귀 안 먹었디다. 귀청 떨어지것네. 음식 다 식는다. 묵읍시더.

박철, 흙을 주워 먹는다.

만식 성, 철이 성.

박철 배부르쟈? 이?

만식 이. 배부르네.

박철 아재는여? 아재도 배 부르지예?

선남 응. 우리 철이 덕에 엄청 많이 먹었음. 봐라. 내 배. 툭 튀어나왔지비.

만식 참말 맛나더라.

박철 이히히히… 머리가… 아픔니더. 어지룹고.

선남 기래, 기래. 내 등에 업히라우

박철 (업히는) 아부지 등 갔심니더. 넓은 등.

정처없이 걷는다.

박철 … 노래 블러 주이소. 노래.

해가 지고 노을이 진다. 그들의 긴 그림자 유난히 어둡다. 선남의 노래는 허밍에 가깝다.

선남 두만강 푸른 물에 / 노 젓는 뱃사공….
그리운 내 님이여….

한바탕 흙바람이 몰아친다. 그들 바람을 등지고 한참동안 서 있다.
다시 걷는다.
박철을 업고 걷던 선남 불에 탄 나무 앞에 선다. 박철 내려놓고 그 나무를 한참동안 바라본다. 흙을 거두고 나무의 뿌리를 본다.

만식	신기하다. 겉은 다 타부렀어도 여태 쓰러지지 않고 있는디.
선남	철아, 철아. 이 나무 니 보이나?
박철	(해맑게 웃는다) 머리가 아파. 머리가.
만식	아재 뭔 나문디라우?
선남	은행나무기라.
만식	은행이요?
선남	살아있는 거이라고는 다 파괴 돼버린 이 도시에 유일한 생명체 아니네. 어 보라우. 뿌리. 분명 안 죽었어지비. 은행나무는 불이 나도, 번개를 맞아도 절대로 죽딜 않는다. 우리들처럼 절대로 안 죽을끼야. 두고 보라우. 여서 꼭 새순이 돋아 날 기니끼.
어르신	신기혔제. 원자폭탄이 떨어진 도시에는 살아있는 것이라고는 암것도 읊었어. 그 뜨거운 여름. 시체가 산을 이루고 있었고, 무시무시한 방사능 땜시 구더기도 다 녹아버렸는디. 그란디 은행나무는 살아 있드란 마시. 일본 놈들은 그 은행나무를 평화의 나무라 함서 지금도 관리를 한다고 글등만.

사이.

만식	참말로 신기항만요이.
선남	만식아 니 은행나무 고향이 어딘 줄 알간?
만식	몰라라. 나무도 고향이 있다요?
선남	암만. 은행나무 고향은 한반도지. 조선. 그러니끼 이 나무도 우리덜 맹키로 오래 전 조선에서 건너온 거이야. 조선 사람 은행나무 맹키루 절대 안 죽어야. 조선 사람 조선 민족 끈질겨.

박철   (따라 한다) 조선 사람 조선 민족 끈질겨.

선남   암. 끈질기지.

박철   (따라 한다) 암. 조선 사람은 끈질기제.

다나까   다 쉬었음 가자. 배 시간 맞출라믄 서둘러. (혼잣소리) 일본이 망했다. 그렇다면? 그렇다면….

선남   (박철 업는다)

다시 걷는다.
하늘을 선회하는 까마귀 소리. 까마귀를 올려다보는 그들.
암전.

13.

조명 속 어르신. 배우들 의자에 앉아 있다.
연출 일기를 읽는다.

연출   이제 더 이상 탄광에 들어가지 않는다. 소문에는 곧 고향으로 돌아갈 것이라고 했다. 일본 관리들 감시도 없다. 그런데 나가사키를 다녀온 뒤로 힘이 없고 이유 없이 아프다. 온몸은 지렁이가 기어 다니는 것처럼 간지럽다. 만식이는 집에 갈 희망으로 버티고 있다. 오늘도 우리는 여전히 배가 고프다.

어르신 영정을 들고 나오는 의사. 그를 보는 연출. 빈 휠체어에 영정을 올린다.

연출	초라하네.
의사	그러게.
연출	제목을 정했어.
의사	벌써. 빠르네.
연출	제목이 작품의 모든 것이잖아.
의사	(고개를 끄덕이며 뭐냐 묻는)
연출	하시마 섬의 은행나무.
의사	하시마 섬의 은행나무라. 나쁘지 않네. 상징성도 있고.
연출	술 한 잔 따라 줄 사람이 없다니.
의사	통계를 보니까 하시마 섬에서만 돌아가신 조선인들이 공식집계 134명. 누락되거나 은폐된 사망자 수는 이보다 훨씬 많을 것으로 추정되지.
연출	많이 아프네. 후. 난 일기 마저 보면서 작품 구상을 더 해야겠다. 넌?
의사	돌아가신 강만식 어르신을 불러와야겠지. 그래서 술 한 잔 올리자고.
연출	좋아. 그래.

의사 나간다. 연출 일기장을 본다.
사이.

선남	(몸 구석구석을 긁는다)
만식	아재 또 갠지랍소?
선남	힘도 없고, 요상타. 나가사키 다녀온 뒤로 계속 이러니 억케 살간.
만식	그만 긁어요. 피나잖아요.

선남 니 대패 있나? 빡빡 밀었음 좋갈어야.

만식 아재까장 워째 이라신다요.

선남 한 번 갠지럽기 시작하믄 멈추덜 않으니. 차라리 죽어부렀으
믄 딱 좋겠다야.

만식 괜찮아질 테니께 바닷물이라도 발라봐요.

선남 기래? 기러면 좀 낫갈지. 바닷가로 가보자야.

만식 야.

선남, 만식 나간다.

연출 다나까 이 개새끼. 악마 같은 놈.

파도 소리 높다.

다나까 야, 박철.

박철 (실실 웃는다. 실성 수순이 아니라 미치광이가 되어있다)

다나까 너 고향에 가고 싶지. 엄마 만나러.

박철 부, 부산.

다나까 그래. 부산. 저 바다 건너가 부산이야. 알아?

박철 가, 가. 가야지. 가. 내 갈끼다.

다나까 좋아. 너 수영 잘 하지?

박철 물개, 나 물개.

다나까 부산까지 가려면 배가 든든해야 해. 더 먹어 이거. 응.

박철 고파. 나 배 많이 고파.

다나까 (방파제에 부서진 자갈을 그에게 준다) 먹어. 밥. 어서.

박철 (돌을 삼킨다)

다나까 더 먹어. 더. 이것도 먹어. (석탄을 뭉친 것을 내민다)

박철 와. 많다.

다나까 어때?

박철 불러. 배. 많이.

다나까 아냐. 더 먹어. 더.

박철 봐. 배가 불러. 빵빵해. 억수로.

다나까 너 수영하다가 배고프면 물에 빠져 죽어.

박철 죽어?

다나까 그래. 그러니까 더 먹어.

박철 배고프면 죽는기다. 배고프믄 죽어.

다나까 당연히 죽지. 그러니까 더 먹어.

박철 고마워. (웃으며 먹는다)

박철을 부르며 들어오는 만식, 선남.

만식 성. 여깄었네. 몸도 성치 않음서 뭘라고 바닷가에 나왔어.

다나까 (슬쩍 도망친다)

선남 덕주 이 종간나 새끼. 너 죽구 나 죽자.

다나까 내가 뭐?

선남 너 지난번에도 철이한테 석탄 먹였지 않늬?

다나까 니미, 내가 언제?

만식 뱉어. 성. 뱉어내.

박철 (꺼이꺼이 토한다)

만식 (입에서 토사물을 빼낸다)

선남 (몸을 긁는다)

다나까 아, 씨발. 저리 가서 긁어 피부병 옮아.

만식　같은 조선 사람끼리 참말 너무 항만이. 시방 철이 성 제 정신 아닌 거 아요 모르요?

다나까　조선? 조선이 어딨어. 지도에서 없어진 지 오래됐어. 역겹다. 진작에 망해버린 조선타령 그만 해라.

어둠이 내려앉는다. 파도 소리가 처량하다.

만식　성 대체 을매나 먹은 거여.

박철　배 아파. 배.

만식　성. 여름 지나고 가을 되믄 고향갈 수 있어. 인자 쪽발이들 망할 날 얼마 안 남았당께. 정신잔 차려. 좀. 해방 되서 집에 가믄 성 엄니도 보고, 선남 아재 고향에 가서 노란 은행잎 달린 은행나무 아래 앙거서 풀피리도 불잠서. 이래갖고 우쯕케 집에를 가것는가.

선남　병원으로 앙이 옮겨야 하지 안 칸?

만식　형. 토해 내랑께.

선남　배를 갈라서 안에 들어있는 돌멩이를 꺼내야자비. 안 그러믄 야 죽어.

만식　(돌을 들어 다나까를 때리려 한다)

다나까　쳐라. 쳐.

선남　만식아. 그 돌 내려놔.

만식　(내려놓는) 너는 사람도 아녀.

다나까　병원? 어디 병원? 병원이 어딨어? 의사도 죽고, 병원도 불에 타버렸어. 미쳐버린 조선 놈 하나 죽는다고 세상이 달라질 거 같아. 웃기지 마. 나도 너희들도 다 사람이 아냐. 우린 다 미쳤다고. 여기가 바로 미친 세상 지옥이라고 알아? (다리를 절며)

나도 병원에 가야 하는데 어디로 갈까? 어?

그 사이, 방파제 끝으로 박철 오른다.

박철 (너무나 평화롭게) 만식아. 선남아재. 내 고향 갈낍니더. 갈매기
맹키로, 휘이 휘이 날아서 고향 갈낍니더. 배가 느므 아픔니더.
내는 갈매기가 될 낍니더. 내 몬저 갑니대이. (바다로 뛰어든다)

만식 성. 철이 성….

선남 철아. 철아. 박철….

파도 소리만 높다. 의사 술을 가지고 온다. 어르신 휠체어에 앉아 자
신의 영정을 든다.
일기를 보는 연출.

어르신 시체도 떠오르지 않았습다. 뱃속에 돌멩이가 너무 꽉 들어
찼응께. 쯧쯧쯧. 아마 파도를 타고 혼령으로나마 고향 바닷가
에 갔제 싶소.

의사 어르신께서 박철 선생님, 김요한 선생님 제사를 계속 지내셨대.

연출 대단하시네.

어르신 묘비명도, 무덤도, 자식도 없응께 지내쳤소. 경기도 용문산 큰
은행나무 절에 위패도 모시고.

14.

만식 벽에 바를 정(正) 아래, 날일(一)을 긋는다.

멀리 파도 소리.

간간이 풀벌레 소리가 들린다.

만식, 선남, 다나까만 누워있다.

만식   아재, 철이 성은 요한이 성 있는디로 잘 갔것지라우.

선남   ….

만식   저 짝 창에서 바람이 솔솔 불고, 곧 가을이 올랑개비여라우.

선남   ….

만식   이라고 풀벌레도 울고. 아니 웃는 것인가? 찌르르르 찌르르르….

선남   ….

만식   하긴 오늘이 8월 15일잉께, 입춘이 지났것네.

선남   ….

만식   아재? 주무시오? 나는 철이 성이 죽어서 슬픈디, 워째 배가 고프게라우?

선남   ….

만식   배에 거시랑치가 또아리를 틀었는 갑서라우. 맨날 배만 고파. 속창아리가 없응께 글것제이.

선남   ….

만식   철이 성 좋은디로 갔것지라우?

선남   ….

다나까   거, 새끼 구시렁구시렁 배급 끊겨 배고파 힘도 없는데, 그냥 디비져 자라.

만식	나 당신이랑 말 섞기 싫소.
다나까	너 말이 짧다. 당신?
만식	내깐에는 최대한 예를 갖춘 것잉께 건들지 맛쇼.
다나까	어린놈의 새끼가.
만식	조선에서 내 눈에 띄지 마라. 그라믄 내 손에 죽는다 너.
다나까	너?
만식	왜? 나도 돌멩이 밑일라고?
다나까	나 아직 분대장이야.
만식	씨발, 가서 일러. 마사토 똥구멍 핥아줌서 일러바쳐.
다나까	좋아. 오늘 채찍질 한 번 또 시원하게 해 보자.
만식	(주먹을 내민다) 니미 뽕이다.
다나까	(나간다)

파도 소리.

만식	해가 중천에 떴어라. 전기도 안 들어오고, 토굴 같은 디 있응께 시방 밤인지 낮인지 도통 모르것네. 아재여?
선남	….
만식	참말로 꼼짝도 않고 주무신개라우?
선남	….
만식	오메, 그란디 오늘은 한 번도 안 긁네. 다 나승 거여?
선남	….
만식	글제라? 다 나섯제라우?
선남	….
만식	아재?

갑자기 들리는 사이렌 소리.

이어서 "짐은 깊이 세계의 형세와 제국의 현상에 비추어 보아 특단의 조치로서 시국을 수습하려고 하여, 이에 충성스럽고 선량한 그대 백성에게 고한다…"로 시작되는 히로히토 일왕의 항복 선언문이 울려 퍼진다.

만식   뭐여. 시방 요것이.

다나까   (들어온다) 조용히 해. 일본이 항복 선언을 발표하고 있잖아.

만식   항복. 참말로 항복을 한다는 것이여? 만세, 만세. 대한민국 만세다. 아재 들었소. 아재?

만식, 선남을 깨운다. 그러나 선남 가족사진 품에 안고 죽어 있다. 히로히토의 음성은 계속되고, 만식은 선남을 부여잡고 운다. 반대쪽에 마사토.

마사토   (무릎을 꿇고 통곡을 한다) 견딜 수 없는 것을 견디고 참을 수 없는 것을 참으라니요. 억울합니다. 항복을 거둬주소소. 텐노 헤이가 반자이.

사이.

다나까   일본이 항복을 했어. 절대로 안 망할 것 같은 일본이 망했어. 그러면 미국, 미국이라는 나라는 얼마나 힘이 센 거여. 그래, 미국. 인자는 미국이여. (보따리 들고 나간다) 나는 간다.

만식   갈 데는 있소?

다나까   나? 아메리카. 존, 맥, 로버트. 미국 사람 이름으로 바꿔서 살다보면 좋은 날 오겠지.

만식   (다른 이들의 유품을 챙긴다)

다나까 살아있음 또 만나고.

만식   살아있어도 마주치지 맙시다.

다나까 그러던가.

만식   (삑큐를 날린다)

다나까 (다리 절며 나간다)

사이.

만식   아재. 눈을 떠봇쇼. 눈을 떠. 인자 떳떳하게 고향에 갈 수 있단
          말요. 그란디 위째 이라고 존 날 눈을 못 뜨요. 오메, 오메. 위
          째 이라고 누워 계시오. 인나시오. 인나서 인자 집에 갑시다.
          은행나무 보러 집에 가잔 말이요.

사이.

어르신 일본사람들도 태어나서 처음 천왕으로 신봉하는 한 남자의 목
          소리를 들었다고 헙디다. 일본은 그때나 지금이나, 패전과 전
          쟁 책임 언급이 없는, 모호한 태도를 보이고 있소. 진정한 사
          과나 반성도 없고….

사이.

만식   (선남 품에 가족사진을 올려준다) 아재, 존 디로 갔쇼. 거기서는 가
          족들이랑 헤어지지 말고 잘 사시고라우. 갑시다. 우리도 집에

가야지라우.

만식, 바를정(正) 아래 또 다른 획을 그으며 그의 일기장 상자에
넣는다.
하얀 탈을 쓴 죽은 김요한, 박철, 조선남, 어르신 주위로 다가온다.

15.

연출, 술을 따라 영정 앞에 놓는다.

어르신 (마신다) 아따. 맛나다. 내가 다른 건 다 혔는디, 선남 아재 유픔
은 가족한티 못 전해줬소. 그것이 맴에 걸리요.
연출 이 일기장 말이야.
의사 응.
연출 우리가 가족들 품에 전해 드릴 수 있을까? 함경도라는데.
의사 그러게.
연출 아까 돌파리라고 한 거 사과할게.
의사 참. 플롯은 짰어.
연출 그냥. 먹먹해. 53번 54번 55번 56번 57번으로 얼마나 많은 사
람들이 이름 대신 번호로 살다가 죽었을까. 그냥 (가슴 때리는)
여기가 아프다.

하얀 탈 어르신과 거리를 둔다.

박철 만식아.

어르신 성. 철이 성. 바닷가에서 아무리 지둘려도 성이 안 떠올랐어.

박철 난 이렇게 여기 있잖아.

어르신 많이 추웠제?

박철 아니. 내 제사 지내줘서 고마워.

어르신 너무 늦게 찾아서 미안혀. 난 비겁자였네. 탈출해서 잡혔을 때도 무서워서 뒤로 숨어버렸어. 용서해 줘.

박철 뭔 소리고. 니 내캉 약속지켰다 아이가.

어르신 우리를 하시마에 끌고 간 놈들한티 복수한다고 한 약속을 못 지켰는디.

박철 그기 뭔 소리꼬. 니는 진즉 약속 지켰다.

어르신 용기가 없어서….

박철 오래도록 산 거 그기 복수다. 니 오래 안 살고 진즉 죽어뻤으믄 우리 이야기 누가 알았겠노. 고맙대이.

어르신 성.

요한 만식아.

어르신 요한이 성.

요한 나도 고맙다.

어르신 폐병은 다 나았는가?

요한 음. 봐. 멀쩡하잖아.

어르신 (본다)

요한 니 덕에 나도 은행나무로 살고 있다. 가을에는 열매를 맺고, 봄에는 새순이 돋고. 겨울에는 움츠렸다가 여름에는 활짝 피어난다. 고마워.

어르신 선남 아재가 그렇게 해 달라고 혔응께.

선남 만식아.

어르신 선남아재.

선남 　내레 왔으메.

어르신 　아재여, 거긴 우짜요?

선남 　여긴 좋지비. 푹신하고, 부드럽고, 평화롭고, 몸이 간지럽지도
　　　　않고….

어르신 　나도 가야 하는디, 눈이 침침해서 찾아 갈랑가 어쩔랑가 모르
　　　　것네.

만식 　만식아.

어르신 　만식이. 내 청춘 강만식.

만식 　응. 나야 강만식.

어르신 　열닛 강만식이가 인자 훌훌 털고 가야것다.

만식 　난 니가 자랑스러워.

어르신 　(만식을 안는다)

연출, 술을 따른다.

의사 조촐하지만 제상에 음식을 차린다. 〈눈물 젖은 두만강〉 깔리
고….

어르신 　어서 와. 오늘은 실컷 묵어보세. 여, 술이랑 떡이랑 과일이랑.

선남 　그러까.

어르신 　이, 아재도 오지게 드시오. 요한이 형도, 우리 철이 성도. 그라
　　　　고 만식이 니도. 응.

그들 왁자지껄 웃으며 음식을 나눠먹는다.

연출 의사 그 장면을 오래도록 응시한다.

막.

사돈언니

한국국제2인극페스티벌
2018년 11월 03일 ~ 04일
대학로 후암스튜디오
제작 : 푸른연극마을
연출 : 오성완
드라마트루그 : 손민규
무대 : 정봉환
소품 : 김명대
조명 : 송한울
음향 : 오새희

박복자 역 : 이당금
서말래 역 : 김수현

등장인물
박복자 (68)
서말래 (64)

무대
아파트 거실.
가운데 소파. 화장실, 방, 현관의 경계는 있으나 객석에서 다 보이
도록 한다. 따라서 특별한 장치나 소품은 필요치 않다.

1.

세련된 양장차림의 서말래 소파에 앉아 숨을 몰아쉬며 전화.

말래　(스마트폰으로) 그랴. 왔다. 방금 도착했다. 숨 몰아쉬는 거 보믄 모르긋나. 됐다. 듣기 싫다. 고맙긴. 입 바른 소리 작작 하래 이. (한참 듣고) 니들 여행 가는데 와 내가 집을 봐야 되노? 영숙이가 퇴근하고 이리 온다꼬? 와? … 지 앞가림도 몬 하는 아가… 황금 같은 금요일 밤에 갸는 남자친구도 없다더냐. 뭐? 시집을 안 가? 하이고야 돌아가신 니 아부지가 아시믄 고마 다리몽둥이를 꽉 분질러 놨을 끼다. (변한다) 오야. 오야. 우리 강아지. 그래 할미대이. 내도 보고 싶대이. 오야. 엄마 아빠 말 잘 듣고 잘 놀다 오래이. 고래, 고래. 뽀뽀? 할미도 쪽! 엄마 바꿔 도. (변하며) 미안하믄 앞으로 이런 부탁 안 하믄 된다. 밥? 밥은 내 알아서 먹을 끼다. 모처럼 내도 좋은 시간 갖을라고 했드마 이기 뭐꼬? 집 지키는 개새끼 맹꾸로. 이 나이 묵고 여행간 딸래미 집 지키는 사람은 대한민국에 나밖에 없을 끼다. 다음번에는 니 시어머니한티 부탁하래이. 니 시어머니가 와 집을 못 찾아오노. 택시만 타믄 다 댈다주는 세상인데. 뭐? 한 선생? 내가 그 사람 잘 있는지 우찌 아노. (뜨끔) 인자 안 만난다. 참말이다. 듣기 싫다. 재혼? 얼어 죽을. 이 나이에… 니 아부지 하늘에서 벌떡 일어나시것다. (변하며) 오, 강서방이가. 으. 으. 으. (한참 듣고) 뭐가 미안하노. 재미나게 실컷 놀다오믄 됐지. 모처럼 쉬는 긴데, 젊었을 때 노는 기다. 결혼 십 주년 아이가… 선물? 선물 필요 읎네. 내 신경 쓰지 말고 푹 쉬었다 오게. 아 둘까지 신경 쓸라믄 자네가 참말 고생이 많네 그랴.

그려. 어. 강 서방 드가구로. 영은이? 뭐하러 바꿔. 됐다카이.
그래. (끊는)

사이.

말래   (바로 울리는 전화벨) 영숙이가? 누구긴. 언니제. 참말 니 언니대
이. 사이판에 잘 도착했다고 전화 왔더라. 한 선생님이랑 인자
안 만난다꼬 내 몇 번을 말해야 하.… 뭐, 야근? 니는 연애 안
하나? 일 그만 하고 연애 좀 해라. 니 만나는 남자는 있나? …
다들 시집가서 아 낳고 잘 사는데 니는 와 결혼하기가 싫노.
니, 니 혹시 그기가. 거 레지비언인가 하는… (폰을 귀에서 멀리
뗀다. 상대방이 시끄럽게 항변을 하나보다) 알았다. 알았다. 귀청
떨어지긋다. 밥은 먹고 다니제? 엄마가 니 밥 먹었나 안 먹었
나 물어 보는기, 그기 와 성질낼 일이노. (끊었다) 영숙아. 영숙
아. 써글놈의 가스나. 엄마가 오랜만에 서울에 올라왔음 퍼득
와야제. 내가 지를 우찌 키웠는데….

긴 한숨을 내쉰다.

말래   혼자 먹는 밥이 얼마나 외로운데… 나쁜 년들. 키워놔 봐야 아
무짝에도 쓸모없는 것들. (사이) 시집이라도 가야 한시름 놓을
낀대.

다시 전화.

말래   오늘 전화통 불난다. 불.

폰 보면서 받을까 말까 고민한다. 끈질기게 울리는 말래의 폰.

복자 이, 여그 맞네. 맞어.

현관 밖, 한복차림으로 머리에 보따리를 인 박복자 들어선다. 오줌이
마려운 복자 안절부절.

말래 한 선생님… 서울 올라온단 말을 몬 했는데…. (받아야 하나 말
아야 하나)

복자 현관 벨을 누른다.
전화벨과 초인종 겹친다.

말래 올 사람이 없는데.

말래, 거실 폰을 들어 밖의 화면을 확인한다. 보면 사돈 박복자다.

말래 아이고, 사부인께서.
복자 워메, 아이 안에 암도 없냐. 오줌 싸게 생겼다야. 문 잔 열어주
라이.
말래 왜 하필 이럴 때 전화를 해서는 사람 어렵게 할꼬. (받고) 네, 한
선생님.

복자 문을 두드리기 시작한다.

말래 (상냥, 우아함, 나근함, 여자다움으로) 제가 급한 일 때문에 서울에

올라왔니더. 큰딸 집에. 네, 네. 너무 급해서 약속을 몬 지켰슴
다. 아니라예 뭐 나쁜 일은 아니고… 며칠 있을낍니더.

문 두드리는 소리 더 크다.

말래   한 선생님. 지금 쪼매 바쁩니더. 이따가 상황 봐서 꼭 전화 드
릴게요. 네. 약속합니더. 네. (끊는)

말래 안절부절.

말래   우야노? 사돈께서 올라오신다는 말은 없었는데….
복자   오메, 오줌보 터지것네… 암도 없다냐….
말래   (전화 건다) 어, 영은아. 너 왜 말 안 했노. 니 시어머니 지금 밖
에 와 계신대이. 너 내가 여기 왔단 말 했노 안 했노. 우짜지?
(사이) 어, 강 서방. 응. 그래. 그래. 밖에 사부인께서 와계시네.
여행 간다는 말씀 안 드렸더나? 그래야지 안으로 모셔야지.
알았네. 그래, 그래. (끊는)

말래 집안을 후다닥 후다닥 대충 정리한다.

복자   (풀어진 보따리 꽉 묶으며) 나가 참말로 이라고 집 나올지는 몰랐
을 것이어. 이날 이때까장 밥하고, 빨래하고, 밭일에, 논일까
지, 허구헌날 일만 함서 살았는디… 툭하믄 큰소리고 툭 하믄
잔소리여. 나가 소여, 여물이여… 석구 아부지 나 없이 어디
밥 잘 챙겨 자신가 봅시다. 나도 인자 석구 집서 두 다리 쭉 뻗
고 며느리가 해 준 밥 묵고 오지게 살라요. 택도 없는 생각 마

쇼. 절대로 안 내려갈팅께. 그나저나 에미는 워디 갔다냐. (사이) 연락도 읎이 왔다고 거시기 항거 아닌가 몰라. (사이) 전화가 있어야 연락이라도 할 것인디. 조선팔도에 핸드폰 없는 사람은 나랑 집에서 키우는 백구밖엔 없을 것이여. 멍멍 개새끼도 아니고. 이 나이 묵도록 그 흔한 핸드폰도 없이… (다리는 더 꼬아지고) 워메, 참말로 나오네 나와. 싸게 생겼어.

말래 (화면을 계속 본다. 복자의 행동이 좀 수상쩍다)

복자 (한쪽에 쭈그려 앉아 치마를 잡고 곧 오줌을 쌀 기세다)

말래 (문 열고 나간다)

복자 오메. 놀래라.

말래 아이고 이게 누구시이꺼. 사돈 아이니꺼. 제가 깜박 잠이 들어가….

복자 … 오메, 오메. 잔 비켜 봇시오.

복자, 총알보다 빠르게 화장실로 들어간다. 한참동안 앉아서 일을 본다. 물 내리는 소리 시원하게 들린다. 옷매무새를 다듬고 화장실 나오는 복자. 그 사이 말래는 복자의 보따리 짐을 안으로 들인다.

말래 사부인. 오랜만입니더.

복자 … 나는 여 계신지 몰랐소. 사돈 잘 계셨지라이.

불편한 두 사람. 안절부절. 예를 갖춘다.

말래 예, 예.

복자 을매나 급했는가. 나 흉 본 건 아니지라우?

말래 그럴리가예.

복자　아따, 거시기 여라서….

말래　아닙니더. 열없긴예. 지도 급할 때 없었겠습니꺼. 여잔대.

복자　글지라이.

말래　예.

복자　티미널서 변소를 잔 댕겨올 거인디… 짐이 있어 논께, 훔쳐갈
　　　　까 무서서, 어따 맽기도 못 하고… 인자봉께 내 짐.

말래　저기.

복자　나가 요것을 가꼬 오니라고 아조 끙끙 댔소이. 그나저나 이것이
　　　　을매 만이요. 우리 지민이 돌날 봤웅께, 칠년이 지나 부렀소이.

말래　예, 예. 시간 참 빠르지예. 그때나 지금이나 사부인께서는 참
　　　　고우십니더.

복자　뭔 소리다요. 쭈글쭈글 찌글찌글 하루가 다르게 늙어간디. 곱
　　　　기는 사부인이 훨씬 더 곱소. 나는 항시 촌시런디, 사부인은
　　　　은제 뵈도 선녀 같네요.

말래　호호호호. 과찬이십니더.

복자　참, 재작년에 사장 어른 돌아가셨을 때 내가 찾아 뵙고 머리를
　　　　조아렸어야 했는디. 그때 못 가서 죄송합니다.

말래　와, 와, 와 이라십니꺼.

복자, 말래 앞에서 절을 한다. 말래, 엉겁결에 맞절을 한다.

말래　사장어른도 잘 계시지예?

복자　모르것소 잘 있는가 우짱가?

말래　와 예? 싸우셨는겨?

복자　….

말래　살다보면 싸움도 한다 아닙니꺼.

복자	… 사부인 계신 줄 알았으믄 안 올라왔을 건디… 동네방네 영감이랑 싸운 티만 내고….
말래	사부인. 지는 싸울 영감도 없심니더.
복자	아이고. 요 주둥이가 말썽이랑께. 근디, 여그는 우짠 일로?
말래	강 서방이 말씀 안 드리신던가예.
복자	뭣을….

하는데 말래에게 전화.

말래	(사돈 앞이라 부드럽게) 여보세요. 아, 강 서방. 응 여기 계시네. 방금 들어오셨어. 사부인 잠깐. 받아보세요. 아드님.
복자	(받는) 이, 나다. 방금. 택시타고 왔제. (나직이) 느그 아부지랑 대판 싸우고 왔제. 내가 아냐. 나는 인자 느그 아부지랑 절대로 같이 안 살란다. 툭 하믄 화만 내고, 툭 하믄 성질부리고. 말 한마디를 이삐게 안 하냐 안. 밥을 채려 자시든지 죽을 쑤어 자시든지 나는 모르것다. (듣고 있다) 모레? 워디? 싸이파안? (풀이 죽어) 그라믄 나가 괜히 왔는 갑다야. 이? 지민이? 그려 바꿔봐. (듣고) 오냐. 우리 갱아지 잘 있었어. 이, 바다? 오메, 좋것네. 지민아, 엄마랑 아빠랑 재미지게 놀다 와. 지은이랑 싸우지 말고이. 할머니? 집이여. 이, 느그 집. 그려 서울. 보고자파? 나도 우리 지민이가 보고자파요. 그려. 오냐. (끊는다) 오메 내 손주새끼 많이 컸다.
말래	(폰 받는다)
복자	그랑께 시방 집 봐주실라고 올라오셨구만이라이.
말래	예. 영숙이가 으찌 성환지.
복자	아이고, 나는 그것도 모르고. 눈치 없이. 그라믄 내가 가야제

랑. 일어 나야제.

말래 아니, 이 시간에 어디를 가신다고….

복자 큰딸 집에 가믄 되제 우짠다요.

말래 큰 따님예?

복자 야. 천안에 큰딸이 상게 글로 갈라우.

말래 여서 천안까지 우찌 갑니꺼. 아닙니더. 갈라믄 지가 가야지예. 사돈은 예서 주무시고, 나는 둘째딸 집으로 가믄 됩니더.

말래, 둘째 영숙에게 전화를 건다. 그러나 받지 않는다.

말래 야는 와 전화를 안 받노.

그때 울리는 전화. 보면 한 선생이다. 말래 눈치를 보다가 전화를 꺼버린다.

복자 누군디 전화를 안 받으쇼. 따님 아닙디여?

말래 (다시 전화가 걸려온다)

사이.

말래 (다시 끊는) 이상한 전화네. (거는) 야는 왜 전화를 안 받는 겨?

복자 (가기 싫어서) 흠. 흠. 거시기 천안까지 택시가. 택시 타고 천안 가자고 하믄 가것지라이? 택시비가 을매나 나올랑가?

말래 가긴 어딜 가신다고 그럽니꺼. (전화벨) 영숙아. 전화 좀 받지. 뭐? 안 들려 크게 말해. 어디? 홍 뭐? 홍대? 크, 클럽? 니 아까 야근 있다 안 했나. 뭐? 미안. 그럼 거짓말 했나. 이놈의 가

스나가 모처럼 엄마가 서울에 올라왔는데 한다는 소리가 뭐
클럽. 니 언제 오는데? 영숙아 나 니 집으로 가끼다. 영숙아.
영숙아이. (끊어졌다) 오지마 함서 팍 끊습니더. (사이) 엄마는
안중에도 없고. 쯧쯧쯧. 나쁜 놈의 가스나.

복자   시집 안 간 지민이 이모제라?

말래   예.

복자   냅둿쇼. 남자하고 있는 개비요. 잘하믄 둘째 사위 보시것는
      디….

말래   (버럭) 이놈의 기집애 시집 안 간답니더.

복자   (놀라서 벌러덩 뒤로 넘어지는)

말래   사부인 제가 홍분을 해서 죄송합니다.

복자   … 때가 되믄 저절로 짝이 생길 것잉게 너무 심녀 마시오.

말래   요즘 젊은 애들은 당최 속을 모르겠심더.

사이.
두 사람의 어색한 웃음.

복자   지민 애비 좋아하는 김치 잔 담궈왔는디.

보따리 푼다. 김치 통에 빨간 김치.

말래   어머나. (감탄) 전라도 김치. (군침)

복자   입에 맞을랑가 모르것소?

말래   (먹는) 음. (음미) 예술입니더.

말래 말없이 복자를 빤히 본다.

복자	위째. 그라고 보시오? 낯바닥에 뭐 묻었소?
말래	사부인.
복자	예. 말씀허시오.
말래	지랑 에서 하룻밤 같이 주무십시더. 천안 가시지 말고. 예?
복자	긍게 그것이. 뭣이냐. 거시기. 태, 택시를 타, 타믄 천, 천안까지 겁나게 멀 것지라… 글믄, 그라께라우?
말래	예. 예? 얼마나 좋습니꺼.
복자	작것. 그랍시다.
말래	아이고야 마 고맙심더. 지랑 같이 밥도 먹고. 김치 보이께네 하얀 밥에 올려가먹고 싶슴더. (먹고) 음, 어쩜 이리 김치를 맛깔라게 담슴니꺼. 마, 지는 손재주가 없어가 뭘 만들어도 영 맛이 신통찮다 아닙니꺼. (변하며) 맞다. 강 서방이 작년 가을께 사부인께서 만드신 된장을 쪼매 가져다 줬는데, 을마나 구수하고 만나던지, 둘이 먹다 하나가 죽어도 모르겠던데예.
복자	우리 동네 사람들은 그냥저냥 막 해서 먹어라. 물도 좋고, 콩도 좋응게. 맛나게 자셨당게 좋소.
말래	(번뜩) 드라마. 드라마 보시지예? 연속극.
복자	영감이랑 밤에 할 것이 뭣 있것소. 연속극이나 보제? 나는 그냥 텔레비 속으로 쏙 들어가부요.
말래	그라믄 밥 먹고 드라마 보입시더. 편안하게 옷도 갈아입고 예?
복자	요놈의 한복은 보기에는 좋제만… 거추장스러워서 원….

울리는 전화벨. 말래 한 선생인 듯, 복자 눈치를 살피다 탁 꺼버린다.

복자	누군디 안 받소?
말래	아, 아무것도 아닙니더. 잘 못 걸려온 전화라예. 요즘은 은행

대출해라, 물건을 사라. 귀찮은 전화가 한둘이 아닙니더.

복자 안으로 들어가 옷을 갈아입는다. 뻥 뚫린 공간 옷 갈아입는 것도 훤히 다 보인다. 돋보이는 꽃무늬 내복. 그 위에 헐렁한 일자바지 일명 몸빼로 쫙 빼입는다.

말래 (한쪽으로 가서 폰 든다. 나직이) 예, 한 선생님 접니더 서말래. 와 자꾸 전화하십니까. 지가 할긴대. 자꾸 이라시믄 저 참말 안 만납니대이. (듣고) 예? 그라지 마이소. 어제 봤는데 뭐가 또 보고 싶습니꺼. 예. 예… 목걸이는, 맘에, 쏙, 들었심더… 서울을 예. 안 됩니더. 뭐할라꼬. 싫습니더. 올라오지 마이소… 실은 딸들한테 한 선생님 안 만난다고 했습니더. 그라믄 우짭니까 자꾸 묻는데. 봐서 천천히 말 할낍니더. 서두르지 마이소. 지한테도 시간을 쪼매 주시면 안 되겠지겨. (놀라며) 어마야. 여서 우찌 그 말을 합니꺼. (듣고) 예. 예. (더 나직이) 한, 선, 생, 님, 지, 도, 보, 고, 싶, 습, 니, 더… 문자 할게예. 예. 예….

순간, 복자와 눈이 딱 마주친 말래 마네킹처럼 굳는다. 놀라서 전화를 끊는다.

복자 은행 대출 전화를 겁나게 질게 하시요이.
말래 아, 아닙니더. 아닙니더. 아무것도.
복자 ….
말래 (손부채)
복자 묘하시. 묘해.
말래 예? 뭐 말입니까?

복자	연애하시오 사부인?
말래	(펄쩍 뛴다) 예? 큰일 날 소리 하지 마이소.
복자	음마, 얼굴 뻘개지는 거 봉께 맞는 개비요.
말래	(변하며 말이 빨라지고) 옷이 잘 어울리십니다. 진즉 이래 입으실 것을… (부엌으로 가는) 사부인 시장하시지예. 식탁에 앉지 말고, 거실에서 연속극 보면서 식사 하입시더. 괜찮지예?
복자	(방백 따라하며) 한, 선, 생, 님, 지, 도, 보, 고, 싶, 습, 니, 더.
말래	(안에서) 그냥 문화센터 노래 교실에서 만난 은퇴한 교장 선생님입니다.
복자	누가라우?
말래	방금 전화한.
복자	아. 보,고,싶,습,니,더, 그 양반.
말래	(놀라서 나온다) 들었는교?
복자	들을라고 한 것이 아니고, 소리가 으찌나 큰지….
말래	지가 그리 크게 말했습니꺼.
복자	심장 소리가 쿵 쿵 쿵 함서. 가슴에서 큰 북소리가 딕킵디다.
말래	창피하게. 사부인, 우리 애들한테는 말하지 마이소. 그냥 친구 맹쿠로 그래 가끔 보는 사입니더.
복자	친구처럼 만나믄 좋제라우. 사부인은 아직 젊고, 이뿌시고, 상냥하싱께 노래 교실에서도 인기도 많으시것는디 글지라우?
말래	예.

사이.

말래	총각입니더.
복자	누가라우?

말래   ….

복자   설마?

말래   맞니더.

복자   교장 선생님이 총각?

말래   (끄덕)

복자   복 받았으셨소. 사부인.

말래   여태 독신이었답니다.

복자   천연기념물을 맛나셨소야.

말래   아이구야 챙피스러워라.

복자   요새는 연애가 흉도 아닙디다. 서로 좋으믄 만나고, 살림도 합
       치믄 좋제라. 옛날 구닥다리 시상도 아니고. 사부인이나 그 짝
       선상님이나 손가락질 받을 일도 읎을 테고….

말래   예. 지한테 참말 잘 합니다. 자상하고, 인자하시고, 부드럽고.
       얼마 전에는 (목걸이 보이며) 이걸 다….

복자   어쩐지 얼굴이 폈습니다. 사부인 부럽소야. 나는 이날 이때까
       지 큰 소리치고 밥 내와라 술상 내와라 하는 사람 곁에서 주눅
       들고 눈치만 보고 살았소. 목걸이 캥이는 그 흔한 가락지 하나
       못 얻어 꼈소. 나도 인자 그라고는 도저히 못 살것습디다. 그
       랑께 사부인께서도 하고 자픈 디로 허시고 사시오. 두 딸 눈치
       보덜 말고. 아셨지라.

말래   우리 영숙이 영은이 아빠한테 미안해서….

복자   뭣이 미안해라. 죽은 사람은 죽은 사람이고, 산 사람은 살아야
       제라. 그라고 돌아가신 사장어른께서도 속으로 좋아하실 거
       요. 입장을 바꿔놓고 생각해 봇쇼. 사돈께서 먼저 저 세상으로
       가시고, 사장어른 혼자 남으셨음 우짜시것소.

말래   저도… 재혼하길 바랐을 것 같네예.

복자 근당께라. 아직은 젊소. 나를 잔 보시오. 얼굴 목 손 발 요것이 사람 몰골이요. 쭈굴쭈굴 영락없는 할망구제.

말래 당치 않습니더. 사부인이 어때서예. 거 노래도 안 있다 아닙니꺼. (사철가 한 대목) 봄아 왔다가 가려거든 가거라/ 니가 가도 여름이 되면/ 녹음방초승화시라… 했슴더. 사부인은 노랫말 그대로 아직 한창 여름입니다. 여름.

복자 사부인께도 그 어느 꽃보다 향기롭게 우거진 푸르른 나뭇잎 같으시오.

말래 그라믄 우린 아직 청춘입니더 청춘.

복자 야. 청, 춘.

집 전화.

말래 네, 홍제동입니다. 어마야. 사장어른 안녕하셨는거. 예, 예. 잠깐 딸집엘 들렀니더. 네 잘 있지예. 강녕하셨지요? 네, 네. 여 계십니더. 바꿔드릴까예. 예, 예. (바꾸는)

복자 여봇쇼. (한참 듣고 있다)

말래 (자리를 피해준다)

복자 뭣이 잘 났다고 또 큰 소리요. 내가 못 올 데를 왔소… 싫소. 안 내려갈라. 내가 당신이 밥을 자시든 죽을 자시든 뭔 상관이다요. 입때까장 밥 챙겼으믄 인자 손수 차려서 자셔도 봇시오. 위째? 내가 옰응께 아쉽소? 오, 그라요. 싱간이 편안하니 좋소. 그라믄 오래도록 편안하니 계시쇼… 예. 그랬소. 나 바람 났소… 어떤 놈인지 당신이 알아서 뭣 할라요. 위째 오늘은 읍내 꽃다방 마담이 오락 안 합디여. 가서 죽치고 앉아서 희희낙락거리시제 뭔 일로 집에 계시오… 뭣이라? 오해? 내가 한두

번 본 줄 아쇼. 여태 참고 살아줬음 고맙닥해야제. 유제 부끄
라서 어따 말도 못하고. 그놈의 꽃다방을 내가 진즉 꼬실라 불
렀어야 하는디… 예, 그랄라요. 나도 부드럽고, 자상하고, 인
자하고, 목걸이 선물해주는 남자 만나서 남은 여생 잘 살아볼
라우. (한참을 듣고 있다가 버럭) 백구 밥은 당신이 줏쇼. 시방 서
울에 있는 사람한티 개새끼 밥 주라고 내려오란 말이, 고것이
말이요 막걸리요. 됐소. 끊으시오. (더 버럭) 나가 시방 목걸이
가 없어서 투정부리는 줄 아쇼. (끊고) 평생 부드럽게 말 한자
리를 할 줄 몰라. 염병할 놈의 인간.

복자 전화를 끊고 가슴을 쥐여 잡는다.

복자 끙. 가심이 또 지랄이네….
말래 괜찮으신겨.
복자 (가슴을 문지른다)
말래 (물을 내민다)
복자 (마신다)

암전.

2.

밝아지면 하얀 마스크 팩을 붙이고 드라마 삼매경에 빠져있는 두
여자.

복자	쯧쯧쯧….
말래	(손뼉 치고 맞장구)
복자	(손뼉 맞장구)
말래	(앞으로 당겨 앉으면)
복자	(똑같이 앞으로 당겨 앉고)
말래	(한숨을 쉬면)
복자	(더 깊게 한숨을 쉬고)
말래	아이고, 또 나쁜 짓을 하네….
복자	우짜까.
말래	어, 허.
복자	지 낳아준 엄마도 못 알아보고
말래	기억상실증 걸려서 그러지예.
복자	… 교통사고를 심하게 당했등만.
말래	결혼할 여자가 어렸을 때 헤어진 친동생입니더. 쯧쯧쯧.
복자	쯧쯧쯧… 불쌍한 인생이네.
말래	아이고야 두 사람이 친엄마 병원에서 딱 만났네.
복자	야, 그 여자가 니 동생이여.

한참동안 눈도 깜박이지 않고 뚫어져라 텔레비전을 본다.

말래	끝 나쁘네.
복자	흐미, 애간장 타서 원.
말래	… 꼭 결정적일 때….
복자	사부인이랑 같이 봉께 금방 끝나부요야. 영감이랑 볼 때는 옆에서 같이 봄서도 우쪽케 된 거냐고 설명 하느라 눈으로 보는지 귀로 보는지 모르것등만….

말래	남자들이 좀 둔합니더.
복자	둔하기만 하간디 눈치도 없어라우.
말래	큰 소리나 빽빽 치고….
복자	입으로 다 해. 이것 좀 가져와라 저것 좀 가져와라.
말래	손끝 하나 까딱 안 합니더.
복자	반찬이 싱겁네 짜네….
말래	양말은 휙휙 던져놓고.
복자	변기통에 함부러 오줌 질질 싸서 지린내 풀풀 날리고….
말래	그래도 사부인은 사장어른 계시니까 좋지예.
복자	… 좋긴 뭐시가 좋다요.
말래	….
복자	어쩔 수 없응께 사는 것이제.
말래	그래도 없는 것보다는 있는 게 안 났겠습니꺼.
복자	(그녀를 본다)
말래	잘 해 드리이소. 가시믄 많이 허전합니더.
복자	….
말래	….
복자	아이고, 내가 괜한 말을 꺼냈는 갑소.
말래	아, 아닙니더.

어색한 사이.

복자	이것은 은제 뜯는다요.
말래	이래 붙여 놓으면 혈액 순환도 잘 되고, 여드름도 없어지고, 보습도 좋고, 각질도 제거되고 일석 사좁니더.
복자	참말로 피부가 고와질게라우?

말래	당연하지예.
복자	(팩을 탱탱하게 펴서 곱게 눌러 바른다)
말래	(손가락으로 얼굴을 튕긴다)
복자	(따라서 손가락으로 얼굴을 두드린다)
말래	촉촉한 느낌이 들지예 사부인.
복자	이라고 둘이 바라보고 있응께 꼭 구신들 같소야.
말래	그랍니꺼. 지도 웃음이 나오는 거를 꾹 참고 있다 아닙니까.
복자	(웃는다)
말래	(웃는다)

말래, 스마트 폰으로 복자를 찍는다.

복자	오메, 이뻐도 않는 낯바닥 뭣 한다고 찍소.
말래	가만 계시소.

말래, 셀카봉을 연결해서 높이 든다.

말래	웃으시소. 김치.
복자	기임치.
말래	(찰칵)
복자	나이 먹고 뭔 주책이끄나.
말래	가만 계시이소. 누가 뭐락카는 사람도 없고.

그들 누워서 앉아서 일어나서 여러 각도로 사진을 찍는다.

말래	(찍은 사진을 보여준다) 자, 보이소.

복자   아이고 참말로 허연 귀신이 따로 읎네.

말래   가만, 이것을 강 서방한테 보내주믄 좋아라 하것지예.

복자   뭘라고 보내라우.

말래   와 예? 니들만 여행 중이냐, 우리도 신나게 놀고 있다, 뭐 그라
는 기지요.

말래, 사진 전송한다.
회신 음성 '캐톡 캐톡' 들어온다.

복자   뭐라고 하요.

말래   강 서방이 이래 보냈심더. (읽는다) 장모님 고맙습니다. 어머니
좋아 보이시네요. 엄마, 아부지 잊어버리고 그냥 며칠 푹 쉬었
다 가세요. 금방 갈게요.

복자   … 내가 은제 즈그 아부지 신경이나 썼간디….

말래   사진도 보내왔습니더.

두 사람 폰 속 사진을 본다.

말래   신났네. 물놀이도 하고. 우리 지민이랑 지은이 잘 놀고 있습
니더.

복자   아이고 내 갱아지들. 은제 이라고 많이 컸을꼬? 장하다. 장혀.

말래   … 우리 영숙이를 닮아가 이래 이쁘다 아닙니꺼.

복자   … 음마. 뭔 소리다요 섭섭하게.

말래   와예?

복자   야들은 우리 석구를 탁했제라우. 눈, 코, 입, 귀 전부 다.

말래   아닙니더. 야들 턱선이랑 눈매는 영락없는 외가집입니더.

복자	음메. 여, 여봇쇼. 워디가 엄마를 탁했는가. 아빠랑 붕어빵이제.
말래	우리 영숙이 안동에서 최고 미인 소리 들었습니다.
복자	석구도 나주에서 인물 좋단 말을 귀에 딱지가 앉게 듣고 살았어라. 똑똑하고, 공부 잘 하고, 나를 빼 닮아서….
말래	강 서방 공부 잘 했지예 그만하믄.
복자	그랑께 서울서 대학 나와 좋은 직장 들어가 이만큼 살제라.
말래	우리 영숙이도 서울로 대학 올라오기 전까진 안동에서 전체 일등을 한 번도 놓친 적이 없는 수재 소리 듣고 자랐심더. 얼굴 이쁘고 몸매 반반하고. 내 딸이지만서도 참말 대견합니더.
복자	글지라우. 우리 며느리제만 워디 흠잡을 디가 있습디여. 싹싹하고, 예의 바르고, 웃어른들 공경할지도 알고.
말래	현명하고.
복자	근검절약하고, 특히 애기들 잘 챙기고. 요즘 시상에 직장생활 함서 애를 둘씩이나 낳는 여자가 워딨다요. 나는 동네방네 우리 며느리 칭찬하고 돌아댕기요.
말래	고맙심더. 그래도 딱 하나 내 맘에 안 든 기 있다 아닙니까.
복자	뭔디라우?
말래	내를 닮아가 요리를 몬 합니더.
복자	고것이사 시간이 지나만 차차 해결되는 것이고. 또 못하믄 우짠다요 사먹으믄되제.
말래	그래도… 된장 고추장은 담글 줄 알아야 하는 긴데 여자가….
복자	음마, 사부인 하나만 알고 둘은 모르시요이.
말래	네?
복자	옛날 같이 촌구석에서 모다들 농사짓고 사는 시상도 아니고, 요런 아파트서 우쩍케 장을 담근다요. 인자는 변한 시상에 맞게 사는 것이지라. 그래야 촌에서 된장 맹글고 고추장 맹그는

사람들도 먹고 살제라.

말래 사부인은 고지식하지 않아서 참 좋습니다.

복자 시집와서 시어무니한티 으쪽케나 구박을 당했던가 지금도 생각만 하믄 이가 갈리요. 아침에 애기 낳고 점심 때 호미 들고 밭으로 나갔소… 옛날에는 집집마다 수도가 있는 것도 아니고, 물이 귀한 동네라 동트기 전에 그 컴컴한 샛길 따라 혼자 물을 뜨러 가믄 을마나 무서웠는지. 그 물 받아다 밥 앉히고, 정통에 설거지하고, 빨래하고… 마늘밭, 고추밭, 깨밭, 콩밭, 거기에 논일까장. 아이고 징헌놈의 시상. 살아온 인생을 소설로 쓰믄 열 권도 더 나올 것이오.

말래 저 살아온 세월도 장편소설입니다. 안동 양반집 제사는 으찌나 많던지. 술, 생선, 고기, 과일, 전, 나물, 떡… 손에 물기 마를 날 없었네예. 불행인지 다행인지 지는 며느리가 없어서 물려줄 제사도 없고, 또 요새는 문중에서 한꺼번에 시제를 다 모시니께 여자들도 예전보다 덜 고생하고….

복자 그래서… 나는 며느리 들이믄 절대로 고생 안 시키고, 지가 하고 자픈디로 살게 해줄란다 하고 골백번 더 다짐을 헸어라.

말래 우리 영숙이가 복이 많은 압니더. 사부인 같은 시어머니 만나. 고맙심더.

복자 집 장만할 때 며느리가 모아둔 돈 보태서 내가 더 고마웠지라. 우리가 해준 것도 없는디… (사이) 팩이 갠지란디 띠어도 쓰것소.

말래 예. 예. 여, 누우이소.

복자 눕는다. 말래 팩을 곱게 뗀다.

말래　우짜니꺼. 기분이?

복자　피부가 숨을 쉬는 것 같소. 아조 낯바닥이 탱글탱글 해져서, 쪼르르르 미끄럼을 타도 되것소야.

말래　고새 마 피부가 뽀해졌니더. 꿀피붐니더. 꿀.

복자　요런 호사를 다 누리고. 참말로 좋소. 좋아.

말래　십 년은 젊게 보이네예.

복자　그라요… 호호호….

말래　아니, 아니. 한 이십 년.

복자　놀리지 맛쇼.

말래　꽃 한 송이 보실랍니까?

복자　꽃이라우?

말래　(손거울 내민다)

복자　꽃은 꽃인디 할미꽃이네….

말래　누가 꺾어 가겠심더.

복자　요런 할망구를 누가 꺾어 간다우.

말래　사장어른께서 꺾어가지 안겠습니꺼.

복자　… 연지곤지 바르고 꽃가마 타고 시집을 가니께, 신랑 될 석구 아부지가 을매나 좋아하던지. 입이 귀에 걸려서. 지금은 이라고 볼품없어도 그때는 나도 한 인물 했어라.

말래　지금도 이쁘십니더. 마음에 드시지예?

복자　… 우리 영감이 보믄 못 알아 보것는디…. (웃음)

말래　사장어른 걱정되니겨?

복자　뭣이 걱정 되야라. (사이) 솥에 된장국 양씸 낄여 놨응께 드셨것제.

　　　사이.

말래   된장국 끓여 줄 사람이 있다는 거 을매나 좋습니꺼.

복자   내가 읍내 꽃다방 마담 생각을 하믄, 된장국이 아니라 소금국을 낄여 줘도 시원찮을 거인디.

말래   사장어른께서 바람을 폈습니꺼.

복자   차라리 바람이라도 났음 덜 챙피하제. 추수해서 번 나락값 홀라당 사기 당했다요. 불여우 백여시 같은 년이 오빠 오빠 함서, 다방으로 살살 꼬드겨서 술도 주고 커피도 공으로 줌서, 돈을 빌려주라고 혔는갑습디다.

말래   그래서요?

복자   싹 날려 먹었다요. 딸년 뻘 되는 년이 어디 남의 영감한티 오빠 오빠를 해. 오빠 오빠 한다고 참말 자기가 오빠라도 된 줄 알았는 갑제. 돈 받으러 간 날 아침에 읍내 가봉께 꽃다방 처분하고 딴 디로 튀어붓다요.

말래   저런. 경찰에 신고는 했어예?

복자   부끄럽게 어따 신고를 해라우. (변하며) 그래놓고도 나한테 미안하단 말 한마디를 안 해. 죽자 살자 뼈 빠지게 쌀농사 지어서 놈 존 일만 시키고… (가슴을 잡는다) 나가 이 일만 생각하믄 울화통이 터져서… 홧병이여….

말래   (등을 때려준다)

복자   석구한티는 절대로 말하지 맛쇼이.

말래   (끄덕)

복자   나이 먹고 뭔 우세스라서.

말래   사부인이랑 저랑 비밀이 하나씩 생겼네더. 절대 말하지 말기. 약속.

두 여자 손가락을 건다.

복자	도장.
말래	도장.
복자	복사.
말래	복사.
복자	그 다음 또 뭐가 있는디. 지민이가 갤차줬는디.
말래	스캔.
복자	맞다. 스캔.
말래	… 어렸을 때, 평상에 누워 밤하늘 올라다 보며 언니들이랑 푸른 하늘 은하수 하얀 쪽배에 부름서 약속 참 많이 했습디다… 그때가 생각이 나네….
복자	나도 동생들이랑 오래도록 행복하자고 약속 참 많이 했지라우… 그 동상들은 어디서 뭣들 함서 살꼬.
말래	… 오늘 밤은 사부인이 꼭 언니 같습디다….
복자	언니라우? 사돈인디.
말래	사돈언니.
복자	사돈언니?

두 여자 웃는다.

| 복자 | 오메, 으찌나 웃었던가 얼굴이 땡기네. |
| 말래 | … 탱탱한 피부 다시 축 처집니다. 가만, 립스틱이…. |

말래, 화장품을 꺼내 복자 입술에 발라준다.

| 복자 | 할미꽃에 줄 긋는다고 장미가 될 것이오, 진달래가 될 것이오. |
| 말래 | 어디가 할미꽃입꺼. 자, 보이소. (거울 내민다) |

복자   ….

말래   우짜니겨?

복자   (여기 저기 살핀다)

말래   한 여름 소나무보다 더 푸르고, 대나무보다 더 단단해 보입니더.

복자   (마음에 들었다)

말래   곱지예.

복자   … 돌아가신 울 아버지, 평생 복 받음서 살라고, 박복자라고 이름 석 자 지어 주셨는디, 일흔이 다 되서 이라고 이쁘게 화장을 다 해보고. 오늘 사부인 덕에 박복자 복 많이 받으요.

말래   (타령조) 세월아 세월아 세월아 가지마라 아까운 청춘들이 다 늙는다.

복자   (따라서) 세월아 세월아 세월아 가지마라 아까운 청춘들이 다 늙는다.

말래   사진을 찍어서 나중에 사장어르신께 보내드려야 되지 않겠습니꺼.

복자   그랍시다. 깜짝 놀래게.

말래, 복자 사진을 찍는다. 소녀처럼 맑게 웃는 복자.

복자   꽃다방 마담보다 훨씬 이쁘게 잘 찍어줏쇼.

찰칵.

복자   사부인도 화장하쇼. 내가 사진 찍어 드릴게.

말래   그럴까예.

말래, 가볍게 립스틱, 볼에 터치.

화장하는 거 바라보는 복자.

복자 사부인은 나보다 젊어서 긍가 피부도 훨씬 좋고, 보드랍소.

말래 밤에 주무시기 전에 달걀노른자를 얼굴에 발라주믄 피부가 좋아집니다. 피부도 영양분을 먹어야 한다 아닙니꺼. 그 다음에 물로 씻어 내면 애기 피부처럼 보들보들해집니다. 함 해보이소.

복자 오늘 많이 배와서 가네. (스마트폰 받아) 쥐봇쇼. 요것은 또 어떻게 한다요. 이것을 이라고 찍으믄 되요.

말래 네.

복자 시상 참 편안해졌소이. 이것으로 못 하는 것이 없담 서라이.

말래 은행일도 그걸로 다 합니더.

복자 이 좋은 것을… 동네에서 나랑 백구만 없당께….

말래 날 밝으모 지랑 장만 하입시더. 얼마 안 해예.

복자 돈이 읎어서 근다요. 쓸 줄 모릉께 글제….

말래 배우믄 됩니더. 나이 드신 어른들 쓰는 전화기 따로 있니더.

복자 그라믄 그라께라우. (사진기를 누른다)

찰칵.

말래 한 장은 섭섭한께 한 장 더.

찰칵.

복자 어짜요 잘 나왔소?

말래 네. 맘에 듭니더.

복자	그라믄 언넝 보내붓쇼.
말래	예? 어따가예?
복자	거, 총각한티….
말래	어마야 남사스럽게….
복자	우짠다우. 언넝.
말래	….
복자	언넝이라우.
말래	(망설인다) 너무 늦은 시간이라….
복자	늦긴 뭣이 늦어라. 아직 초저녁잉만….

말래, 사진을 보낸다.

말래	괜히 보냈는가 싶네예.
복자	아니라. 잘 하셨소. 좋아할 거요. 나이를 먹고 누군가를 만난다는 것은 보통 애로운 일이 아니요. 그란디 그 짝에서 사부인이 맘에 들었응께 자꾸 연락도 하고, 선물도 하것지라. 남자들은 맘에 없는 여자한티 절대로 내색 안 해라우. 글고 사부인께서도 한 선생님인가 하는 양반이 내 남은 여생을 같이 할 수 있것다 싶으시믄… 거시기 해붓쇼.
말래	예?
복자	아따… 거시기….
말래	거시기예? 지는 잘 모르겠습디다.
복자	남 눈치 보덜 말고, 딸들한티도 당당하게 말하고. 석구는 내가 잘 말 할팅께 걱정 마시고.
말래	사부인 고맙습디다… 남편 저 세상으로 먼저 보내고부텀, 불 꺼진 까만 밤이 참말로 쓸쓸했습디다. 눈을 감아도 잠은 안 오고.

세상이 다 끝나버린 거 마냥 막막하고. 모든 것이 다 멈춰버린 것 같았심더. 그렇게 건강하던 사람이 너무나 허망하게 세상을 떠나니께 의욕도 없고, 밥맛도 없고, 뭘 해도 신이 안 나고, 세상 사람들이 남편 잡아먹은 년이라고 욕하는 거 같고… 어디 하소연도 몬 하고….

복자 사람이 그리운 자리는 사람으로 채워야제 우짜것소. 나도 우리집 영감이 그라고 미움시롱도 잠을 자다가 안 일어나고 죽어불믄 우짤까, 겁이 덜컥덜컥 난당께라.

복자 손을 잡는 말래.

말래 제가 든든한 후원자를 오늘 만났심더.

복자 우린 여자 아니요. 천상 여자.

말래 (손을 잡는다)

복자 (말래의 손을 쓰다듬는)

말래 (꽉 잡는다. 아니 그녀에게 동생처럼 안기는 것 같다)

복자 … 사돈.

말래 말씀하이소.

복자 나도, 노래교실 따라 댕기까라?

말래 가믄 좋지예. 박수도 많이 치고, 노래도 부르고, 사람도 만나고, 또 건강해지고, 요새 젊은 사람들 말로 힐링됩니더. 힐링.

복자 … 아니.

말래 그럼?

복자 내 말은 노래교실을 댕겨야 남, 자, 를 만날 수 있것구만이라.

말래 예? (웃는)

복자 농이오 농.

웃는 그녀들.

말래 노래 교실 참말 좋습더. 모르는 노래는 새롭게 알아서 좋고. 알던 노래는 제대로 부를 수 있어서 더 좋고.

복자 모르는 남자는 새시로 알아서 좋고, 알던 남자는 더 짚이 알아서 더 좋고.

말래 사부인 자꾸 놀리실랍니꺼.

복자 어디가 그렇게 맘에 드신답디까.

말래 그냥… 뭐… 첫 눈에 반했답니다. 이상형이라나… 늙어가지고 주책없이…교장 선생님으로 정년하시고, 아는 선생님 따라서 노래교실에 왔다가 지를 만났니더.

복자 노래는 잘 부릅디여?

말래 음칩니다. 음치. 박자도 맨날 놓치고….

복자 그라믄 사부인은?

말래 지는 노래교실 우등생임더.

복자 그걸 우쪽케 안다요 안 봤는디.

말래 아니, 그것이… 참말입니다. 저 노래 잘합니다.

복자 음마, 나는 통 못 믿겄는디….

말래 그라믄 내 여서 불릅니대이.

복자 그라시오.

말래 요샌 텔레비전이 스마트 기능이라 노래방도 됩니더.

복자 그란다요. 나는 몰랐소.

말래 사부인. 가만 보니께 지 노래 듣고 자파가 그라시지예.

복자 오메, 내 맘을 앵겠붓소이.

말래 응큼합니다. 그럼, 빠른기 좋은 겨 늦는 기 좋은 겨.

복자 신나는 것이 좋제라우.

말래　　그라몬 내 참말로 부룹니대이. 노래교실 실력 갑니더.

말래, 리모컨 들고 노래방 기계모드로 들어간다.
반주음 〈울릉도 트위스트〉.
복자 일어나서 춤을 춘다. 사돈지간 두 여자 체면도 예절도 잊고 관
광버스 막춤의 절정판으로 들어간다. 소파 위로 아래로 뱅글뱅글 돌
기도 하고… 조명은 나이트클럽으로 바뀌고….

말래　　울렁울렁 울렁대는 가슴안고 / 연락선을 타고가면 울릉도라
　　　　　뱃머리도 신이 나서 트위스트 / 아름다운 울릉도
　　　　　붉게 피어나는 동백 꽃잎처럼 / 아가씨들 예쁘고
　　　　　둘이 먹다가 하나 죽어도 모르는 호박엿
　　　　　울렁울렁 울렁대는 처녀가슴 / 오징어가 풍년이면 시집가요
　　　　　육지손님 어서 와요 트위스트 / 나를 데려가세요

　　　　　울렁울렁 울렁대는 울릉도길 / 연락선도 형편없이 지쳤구나
　　　　　어지러워 비틀비틀 트위스트 / 요게 바로 울릉도

　　　　　평생 다가도록 기차구경 한 번 / 못 해보고 살아도
　　　　　기차보다 좋은 비행기는 / 구경 실컷하며 살아요
　　　　　싱글벙글 생글생글 처녀총각 / 영감마님 어서 와서 춤을 춰요
　　　　　오징어도 대풍일세 트위스트 / 사랑을 합시다

　　　　　울렁울렁 울렁대는 가슴안고 /연락선을 타고가면 울릉도라
　　　　　뱃머리도 신이 나서 트위스트 / 아름다운 울릉도
　　　　　붉게 피어나는 동백 꽃잎처럼 / 아가씨들 예쁘고

둘이 먹다가 / 하나 죽어도 모르는 호박엿

울렁울렁 울렁대는 처녀가슴 / 오징어가 풍년이면 시집가요
육지손님 어서 와요 트위스트 / 나를 데려가세요
나를 데려가세요 / 나를 데려가세요- 오

복자   늙은 총각 선생님. 우리 사부인 서말래 여사 꼭 데려가붓시
요이.

말래   놀리지마이소.

복자   노래 맛갈라게 잘 하시오.

말래   자, 사부인도 한 곡 뽑아 보이소.

복자   나는 노래교실 안 다닌디라우.

말래   그런게 어딘는 겨. 어서예.

복자   옆집서 시끄럽다고 뭐락 하것는디.

말래   방음 잘 됩니더. 이 집.

복자   그라믄 친정 어무니가 좋아하셨던 노래 한 곡 할라요.

말래   무슨 노랜교. 번호 누를랍니더.

복자   봄날은 간다.

말래   (선곡 누른다) 전라남도 나주에서 올라오신 박복자 여사님을 소
개합니다.

전주 깔린다.
두 여자 블루스 모드.

복자   연분홍 치마가 봄바람에 휘날리더라
오늘도 옷고름 씹어가며

산제비 넘나드는 성황당 길에

꽃이 피면 같이 웃고

꽃이 지면 같이 울던

알뜰한 그 맹세에 봄날은 간다

새파란 풀잎이 물에 떠서 흘러가더라

오늘도 꽃 편지 내던지며

청노새 짤랑대는 역마차 길에

별이 뜨면 서로 웃고

별이 지면 서로 울던

실없는 그 기약에 봄날은 간다

말래   사부인 노래 잘 하십니더.

복자   친정 어무니 이 노래만 나오면 하염없이 따라 부르시던 모습
이 자꾸 떠올라 못 부르것네.

말래, 마이크 잡고 같이 부른다.

복자·말래   열아홉 시절은 황혼 속에 슬퍼지더라

오늘도 앙가슴 두드리며

뜬구름 흘러가는 신작로 길에

새가 날면 따라 웃고

새가 울면 따라 울던

얄궂은 그 노래에 봄날은 간다

말래   그 좋은 시절, 봄날 다 갔네. 다 갔어….

복자 아까는 봄날 가믄 여름이 온다케놓고 그라요. (사철가 한 대목) 봄아 왔다가 가려거든 가거라／ 니가 가도 여름이 되면….

복자 · 말래 녹음방초승화시라….

웃는다.

말래 맞습니다. 아직 우리 인생에서는 겨우 봄 지났습니다. 우리는 아직도 한창 여름입니다. 그러지예. 백세 인생 아닙니꺼.

복자 (가슴을 다시 잡는다) 저녁 먹은 것이 없췄는가 영 답답한 것이….

말래 소화제가 있을 깁니더. (부엌으로)

복자 (가슴을 만진다)

부엌에서 전화 벨.

말래 황 선생님, 서말랩니더. 아이고 사진 봤으예. 밉게 나온 걸 괜히 보냈나 했음더. 고맙습더. 말씀 몬 드리고 서울 올라와 죄송해서 그냥 보냈습더. 뭘라고 바탕화면에 제 얼굴을 깝니꺼… 예? 노래교실 사람들 한티 자랑을 한다꼬요. 부끄럽게시리… 부탁입니더 그라지 마이소. (사이) 워디십니꺼? 산책. 날이 찬데 조심하이소. 예. 예. 잘 주무시소. (폰에 대고 뽀뽀) 사부인께서 계서가 그랍니다. 다음에 크게 하께예. 드가이소.

약을 가지고 온다.

복자 (약 먹고 길게 하품)

말래   (길게 하품)

두 여자 웃는데 암전.

3.

잠을 자며 뒤척이는 복자.
다른 공간에서 잠을 자는 말래.
두 공간에 희미하게 떨어진 조명.
가슴을 문지르는 복자.
자다가 눈을 뜬 말래, 스마트폰을 켜놓고 남편 사진을 본다.
지루하리만큼 오래도록 멈춘 듯 이어지는 정적.

말래   … 내가 미운겨… 영숙아빠… 인자는 마 꿈에서도 희미하게
보입니더… 내두고 혼자 그 먼 길 떠나니게 우얀겨? 좋으니
꺼? (사이) 당신은 여전히 웃고 계시니더 그려. 거긴 좋습니꺼.
(사이) 그 사람, 당신은 우짠겨? 당신 마음에 안 들몬 내 안 만날
낀데, 한 선생님하고 같이 있으몬 이상하게 당신 생각이 자꾸
납니더… 미안해요 영숙아빠. 당신은 (가슴에 손) 여기 그대로
있어예. 보고 싶습니더. 다음 생에 만나몬 우리 더 오래 오래
같이 사입시더. 꼭이예. 당신 손길, 눈빛, 말소리, 너무나 그립
습더….

복자 통증이 있는지 앉아서 오래도록 가슴을 만진다.
거실 전화벨 울리면 복자 받는다.

이하 동시진행.

복자　여보시오. 나요… 아침 일찍 뭔 일이다요. 뭣이 허전해라우…
　　　입에 침이나 바르고 공갈칫쇼.

말래　… 영숙아빠 내 딴 남자한테 개가해도 되겠너겨. 용서해 주실
　　　랍니꺼.

복자　… 내가 여기 뭐 놀러 온 줄 아쇼… 우쩍케 사십 년을 같이 살
　　　아놓고도 그리 눈치도 없다우….

말래　이왕 할라몬 조금이라도 젊고 인기 있을 때 해야 안 되겠습
　　　니꺼.

복자　또 술 자셨소. 간도 안 좋은 양반이 뭔 술을 또 마셨소? 뭣이
　　　쪼금 마셨어라. 술 냄시가 역까지 풍긴다… 그요. 내 코가 개
　　　코요.

말래　영숙이랑 영은이도 내심 개가하길 바라는 눈치고….

복자　안 내려 갈라. 못 내려 가것소. 내가 큰 소리 친다고 내려갈 줄
　　　아요.

말래　걸리는 거는 영은입니다. 딸은 시집 안 간다고 버티는디, 늙은
　　　엄마는 남편 떠난 지 삼년 만에 또 시집을 간다고 남들 손가락
　　　질 할까봐. 그기 걱정입니더

복자　아침 댓바람부터 큰 소리나 치고… 그놈의 버릇 고치기 전까
　　　지 꼼짝 안 할팅께 두고 보쇼.

말래　(사진을 가슴에 댄다) 우리 잘 살도록 도와주이소. 하늘에서 날마
　　　다 보고 있지예. 영숙이, 영은이, 강 서방, 그리고 당신이 눈에
　　　넣어도 안 아프다고 제일 예뻐하셨던 지민이랑 지은이도 건강
　　　하고 씩씩하게 잘 크도록 예?… 여보… 보고 싶습니다… 사랑
　　　해요… 여보….

말래, 눈물 닦으며 밖으로 나오다 전화 하는 복자를 본다. 방해 될까 봐 조용히 있다.

복자 … 시방 내가 여그 놀러 온 줄 아쇼. 읍내 병원에서 급다. 가슴에 몽올이 잡힌 것이 아무래도 유방암 같다고 서울 큰 병원으로 가보라고… 나도 첨에는 그냥 소화가 안 되서 근지 알았제라… 내가 말했으믄 당신이 큰 병원에 가라고 했것소. 된장물이나 풀어서 마시라고 혔것제… 모르것소 끊으시오. 끊어. (수화기 놓는) 염병할 놈의 인간 아침부터 박박 긁어 놓기나 하고….

서 있던 말래와 눈이 마주치는 복자.

말래 (뻘쭘해서 헛기침)
복자 잘 주무셨소.
말래 죄송합니더. 공교롭게 엿들었니더….
복자 괜찮해라.
말래 많이 아픕니꺼.
복자 아팠다 안 아팠다….
말래 사부인, 잘 올라오셨습더. 강 서방한테는 알려야 안 되겠습니꺼.
복자 빙원에 가 보고라.
말래 그런 것도 모르고 달랑 소화제 하나 갖다 드렸네예.
복자 그 덕에 소화도 잘 되고 푹 잤소.
말래 아들 집에 오시니까 잠이 잘 온 거지예. 아침 먹고 저하고 병원에 가입시더.
복자 병원 가믄 괜찮것지라?

말래	… 요샌 의술이 워낙 발달했다 아닙니까.
복자	한평생 병원하고는 발길 끊고 살았는디, 의사 말을 들응께 가심이 덜컥 내려앉았습디다.
말래	맘 단디 자시이소.
복자	… (가슴 만지며) 한 쪽을 도려내도 될랑가….
말래	아직 정확한 진단도 안 나왔다 아입니꺼.
복자	아무리 쭈굴쭈굴 해도… 이것이 있어야….
말래	….
복자	나도 여잔디….
달래	….
복자	없는 것보담 있는 것이 낫것소 안.
말래	… 사부인….
복자	읍내 의사가 수술해야 할 것이라고 급디다.

사이.

말래	마음고생이 이만 저만 아니였겠네예.
복자	망할 놈의 영감은 그란 줄도 모르고 맨날 술이나 묵고….
말래	그래도 사부인께서 계시니께네 술도 자시고, 큰 소리도 치시는 깁니더. 여자는 몰라도 남자가 혼자 사는 기, 그것처럼 초라한 것 없디더. 남자는 젊으나 늙으나 마누라 없으몬 물가에 나간 앱니더. 얼라.
복자	내가 먼저 가는 일은 없어야 남 고생 안 시킬 거인디….
말래	사부인 안 계시몬 여 아들 집에 와 계시든가, 요양원에 가서야 합디더. 그러니 안 좋은 생각은 하지 마이소.
복자	그 성질에는 아들 집도 요양원도 못 가. 성질이 오살라게 까

탈스라서.

말래　남자들 다 그렇지예. 자기 잘난 맛에 살고, 자존심 세고, 남의 소리는 쥐꼬리만큼도 안 들어주고.

복자　콱 죽어부렀으믄 좋것는디, 혼자 있을 영감 생각하믄 짠하고.

말래　죽긴 와 죽는겨.

복자　빼간에 양말이 들었는지, 빤스가 들었는지, 수건이 들었는지도 모르고, 김치통, 된장통, 간장통, 깨소금, 온갖 양념들까장… 죄 내 손으로 다 맹글고 다듬었는디… 덜컥 내가 떠나블믄 홀아비가 될 거 아니요.

말래　그리 미우십니꺼.

복자　야. 천불나게 밉소. 미와.

말래　그란데 와 생각하시니꺼.

복자　불쌍항께 글지라.

말래　… 혼자 남을 사람 생각해서라도 죽는다는 생각은 하지 마이소….

복자　(한숨) 그 양반도 참말로 고생 말도 못 하게 했어라. 아침저녁으로 논밭에서 일하고, 풀 뜯어 소 믹이고, 한 푼이라도 더 번다고 돼지도 키우고, 오리도 키우고. 그 촌구석에서 자식 셋을 다 대학까지 보냈응께 을매나 고생을 했을 것이오. 자식들이 한창 학교 댕길 때는 그 흔한 구두 한 켤레를 못 사 신고, 굽이다 떨어진 구두를 신고 놈 결혼식 갔다오믄 으쓰나 거시기 하든지….

말래　두 분은 성공한 인생입니더.

복자　인자 쪼까 살 만항께 쭉쩡이 맹키로 늙고, 병들고… 우리 갱아지들 대학교 졸업하고, 시집 장개 가는 것까장은 보고 죽어야 할 거 인디.

말래　증손자 볼 때까지 계실 겁니더. 느무 걱정 마이소.

울리는 전화 벨.

말래   받아 보이소.

복자   (손사래)

말래   사장어른이시믄 우짤라꼬예.

벨, 더 크게 울리는 듯.

복자   없닥 해붓쇼.

말자   어찌 그리 말 합니꺼.

복자   베난게 그라요.

말래   화, 푸이소.

끈질기게 울리는 벨.

말래   여보세요. 예, 예. 잘 주무셨니꺼. 여, 계십니더.

복자   (안 받겠다고 하는)

말래   예. 자, 잠깐 화, 화장실에를… (계속 듣고만 있는) 예. 그리 전하 겠습니더. 예. 드가이소. 예. (끊는) 사부인.

복자   언넝 내로라 하요?

말래   아닙더.

복자   글믄?

말래   통장에 돈 넣는다고 병원 꼭 가시랍니더.

복자   … 염병, 병 죽고 약주네….

말래   그라고 사장어른께서 올라 오시겠다니더. 병원에 입원하시믄 병수발 다 하신답니더.

복자	오메, 오메. 오래 살고 볼 일이시.
말래	미안하답니더.
복자	… (훌쩍) 꽃다방 마담한티 나락값 홀라당 둘려먹고 돈도 없을 건디….
말래	자식들 있는데 뭐가 걱정입니꺼.
복자	백방으로 수소문을 해도 꽃다방이 어디로 도망갈 줄 모릉께, 술이 떡이 되어 들어와서는… "나 왔네. 허허. 허허. 허망하시. 암만 돌아댕겨도 모른다여. 금쪽같은 돈 다 날려붓네"… 코가 석자는 빠져 갖고… 몇날 며칠을 술독에 빠져서 한숨만 푹푹 쉬고… 쯧쯧쯧….
말래	맘먹고 달라든 꽃뱀을 우찌 이긴답니까.
복자	생전 딴 여자한티 눈길 한 번 안 주던 양반이… 어쩌다가….
말래	순진해서 당한깁니더.

사이.

복자	잠이나 잘 주무셨는가 모르것네.
말래	전화해 보이소.
복자	… 평생 내 젖통을 주물락주물락 해야 자는 양반인디….
말래	사부인, 그라몬 이참에 암 덩어리 제거하고, 성형수술도 받으이소. 마, 젊은 아들 맹키로 탱글탱글한 가슴 달고 내려가믄 사장어른 회춘할낍니더.
복자	연애를 하시든만 겁나게 거시기 해졌소이.
말래	거시기예?
복자	이 나이에 젖통 탱탱해서 뭣 한다요.
말래	탱탱한 젖통 싫어하는 남자가 어딨는겨.

복자   (말래의 가슴을 만지려는)

말래   와 이랍니꺼?

복자   요, 요. 탱탱한 젖을 그 총각 선생님이 좋아하시구만이라.

말래 도망 다닌다.

말래   짓궂게스리….

복자   (웃는다)

말래   그렇게 웃으이시소 마. 좋으니더.

복자   … 사돈은 부처님 팔촌만도 못 하다 등만, 그 말 틀렸소. 사부인하고 이런저런 얘길 나누다 보니 근심 걱정이 다 가신 것 같구만요. 참말로 내 귀한 동생을 다시 만난 것 같으요.

말래   지도 친 언니를 새시로 만난 것 같니더. 사부인. 덕분에 이 가슴속에 있던 답답한 응어리가 내려 앉았슴더.

복자   문제없는 사람 없고, 걱정 없는 가정 없습니다. 남 보기에는 좋아도 그 속을 훑어보믄 다 나름대로 아픈 상처가 하나씩은 있응께라우. 사시사철 같은 날 없고, 같은 시간 없습디다. 뭐니뭐니해도 내 허물을 감춰 줄 수 있는 사람은 가족밖에 없응께, 사부인도 좋은 결실 맺었음 좋것구만이라.

말래   (끄덕) 날이 많이 밝았니더.

복자, 누웠던 이불을 차곡차곡 갠다.

복자   훌훌 털고 일어나야 아픈 것도 이겨내것지라.

말래   예.

복자   아프믄 나만 손해께.

말래	오늘은 우리 생에 가장 젊은 날입니더.
복자	우리 생에 가장 젊은 날을 이러고 같이 맞이해서 더 좋소.
말래	… 사부인….
복자	지 아무리 어두운 밤일지라도 해가 뜨믄 새 날 아닙디여?
말래	(사철가 한 대목) 인생이 백년을 산다고 했을 때 /
	병든 날과 잠든 날을 다 제하면 / 단 사십도 못 살 인생
	아차 한 번 죽어지면 / 북망산천의 흙이로구나
복자	세월아 세월아 세월아 가지 말어라 아까운 청춘들이 다 늙는다.
말래	(웃는다)
복자	사부인도 웃으싱께 좋소.
말래	(더 환하게 웃는다)
복자	그라믄 우리도 새로운 인생 출발하는 겁니다이. 약속.
말래	약속.
복자	도장.
말래	도장.
복자	복사.
말래	복사.
복자	스캔.
말래	스 ─ 캔.

이불을 개던 말래 순간 전화를 건다.

말래	이노무 가시나는 밤새 엄마한티 전화도 안 하노. (신호가 간다)
	여보세요. 아, 네 거 서영은 전화 아닌겨. (손으로 막고, 복자에게)
	어떤 남자가 영은아 전화 왔어 이라네예. (받고) 그래. 엄마다.
	니 방금 그 남자 누꼬? 니 설마 밤새 그 남자랑 있었나? 시집도

안 간 가스나가… 그 남자 뭐 하는 놈이고 어? 뭐? 러브 이스
프리? 귀신 씨나락 까먹는 소리하고 자빠졌네. 니는 엄마 걱
정은 안 하나? (끊긴) 여보세요. 여보세요. 영은아, 영은아이….

복자 왐마. 우리 사부인 둘째 사위 얻으시것는디… 축하허요….

말래 예에?

두 여자 웃는데 어두워진다.

막.

표(表) — 신하가 황제에게 올리는 글

광주문화예술회관 소극장
2017년 12월 01일 ~ 03일
연출 : 이영민
조연출 : 이철승
음향 : 이어진
무대제작 : 이헌
조명디자인 : 심성일
분장 : 박진실
조명 : 이효정
무대감독 : 고길용
음악감독 : 박수연
의상 : 김연자
움직임감독 : 나수경
무술 :류순환
진행 :유성준

고려인종 : 황민형
공예태후: 강원미
묘청 : 박규상
정지상 : 심성일
이자겸 : 힘홍석
김부식 : 최용규
상궁 : 윤미란
의원, 대신 : 강태호
대신 : 이상호
사관 : 임남엽
궁녀 : 문지혜

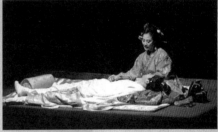

등장인물

인종 (고려 17대 왕, 38)
황후 (인종의 비, 38)
김부식 (남, 60)
궁녀 (여, 20)
상궁 (여, 55)
정지상 (고려의 문신, 70)
묘청 (남, 55)
사관 (남, 25)
왕구 (어린 인종)
어린황후
대신들
이자겸 (탈을 쓴)
끄나풀
그림자들
의원
김수자
병부
병사
- 몇 명의 배우들이 사관, 대신, 이자겸, 끄나풀, 그림자, 의원, 김수자, 병부 역할을 맡는다.

때

1145년 여름에서 겨울까지
(과거의 장면 1126년(고려 인종 4), 1135년(고려 인종 15))

무대

완만하게 경사졌으나 오른쪽 끝으로 오를수록 높다.
창호지 바른 창, 창살, 상황에 따른 문짝들. 그것이 열리고 닫히고.
내려온다.

1. 통증

여름, 매미가 운다. 거대한 창살문이 내려와 있다. 그 앞으로 인종, 궁녀.

궁녀   어찌 감히 옥체에 손을 대라 하시옵니까.

인종   괜찮다. 나를 좀 두드려 밟아다오. 그 우악스런 손으로 내 등짝을 후려쳐라.

궁녀   그 명을 거두어주옵소서.

인종   죽으면 썩을 육신. 아무리 긁어도 간지럼증이 가시지 않으니, 차라리 내 몸을 때리란 말이다. 어서!

궁녀   폐하.

인종   … 내 말이 안 들리냐? 괜찮다 어서.

궁녀   저 같은 무지랭이가 어찌 옥체에 손을….

인종   어허, 그래도. (신발을 벗어 몸을 때린다)

궁녀   (신발 빼앗는다) 그러지 마십시오. 폐하!

인종   봐라. 발바닥이 간지러워 버선도 신지 못한 내 꼬락서니를….

궁녀   내실 나인이 의원을 부르러 갔으니 조금만 기다리십시오.

인종   내 병은 내가 안다. 천하제일의 의원이라도 고치지 못할 터… 죽음이 성큼성큼 다가오고 있느니.

사이.

인종   내년 여름에는 저 매미 소리를 들을 수 있을까… 단청 아래 단풍나무 붉게 물드는 것은 볼 수 있을는지… 댓돌 뜰 아래 하얗게 내리는 눈은 밟아볼 수 있을까….

궁녀   당연히 보실 테지요. 뽀드득뽀드득 하얀 눈도 밟으시고요.

인종   봐라? 들리지 않니? 송악산 능선 능선에 묻은 신하들 숨소리
        가 말이다. 묘청, 정지상, 백수한, 김안, 조광. 또 누가 있더
        라….

궁녀   아무런 소리도 들리지 않습니다.

        사이.

인종   내 명으로 그들이 땅에 묻힐 때마다 통증은 더해갔느니. 나
        또한 죽어 땅으로 스며들면 그뿐. 그러니 좀 밟아다오. 간지
        러워 못 살겠구나. (등을 바닥에 긁는다. 그래도 가려움증은 가시지
        않는다)

궁녀   (시선을 피한다)

인종   왜?

궁녀   ….

인종   왜? 고개를 돌리는 게냐 왜?

궁녀   (울음)

인종   너는 내가 버러지로 보이는 게지? 꿈틀꿈틀 송충이로 보일
        테야?

궁녀   아닙니다. 감히. 어찌….

인종   그런데 왜 우두커니 서 있기만 하는 것이야. 내 등을 좀 밟아
        다오. 지근지근 밟으란 말이다! 아파서 간지럽고, 간지러워서
        아프다. 그러하니….

궁녀   폐하, 차라리 죽여주십시오. 어찌 비루한 궁녀가 폐하의 옥체
        를 발로….

인종   (창에 등을 긁는다. 버선을 벗은 발바닥을 긁는다)

궁녀 (어찌할 바를 모르고)

인종 그럼 나더러 어찌하란 말이냐! 나더러….

황후 들어온다.

황후 왜 그러서요. 또 통증이 시작된 겝니까.

인종 황후.

황후 심신이 지쳐서 그러하니 마음을 다잡으소서.

인종 오늘은 더 하는구려. 오장육부까지 간지러워 못 참겠소. (창에 등을 대고)

황후 의원은 불렀느냐?

궁녀 네. 나인이….

황후 가봐라 어디쯤 오고 있는지.

궁녀 나간다.

황후 (인종을 안는다)

인종 품이 따뜻하오.

황후 (그의 등을 두드린다) 고려는 점점 더 건강해지고 있는데, 당신은 왜 이리 나약해지십니까. 부처님 앞에 백팔 배, 아니 그 더 한 것도 할 터이니 무너지시면 아니 됩니다.

인종 무슨 일이 있어도 판이부사에게 하명한 대업은 보고 눈을 감을 것이오.

황후 눈을 감다니 그 무슨 망측한 말씀. 당신은 이 나라의 지존이십니다. 만백성의 어버이이신 왕이 없는 고려가 무슨 소용입니까. 겨우 서른하고 여덟. 푸르른 날들이 기다리고 있으니 훌훌 털고 일어나서요. 고려의 모든 의원이 나서서 신선들도 못 먹은 약제를 구해올 테이니 두려워 마셔요. 반드시 병이 나을 겝니다. 그러니 좋은 생각만 하셔야….

인종 평생 가위 눌려 살고 있소. 눈을 떠도 눈을 감아도. (눕는) 황후. 나를 밟아주시오. 내 등!

황후 차라리 그 고통을 저에게 주셔요. 차마 눈뜨고 볼 수 없습니다.

인종 임자. 황후. 등을. 꾹꾹. 눌러달란 말이오.

황후 ….

황후, 인종의 등을 발로 밟는다.

인종 어, 어. 시원타.

황후 여깁니까?

인종 오. 계속. 멈추지 말고. 그대의 발끝에 내 몸이 녹아나는구려.

황후 (밟는다)

인종 아니, 더 아래. 그렇지. 어. 숨이 쉬어지는구나. (깊은 숨을 여러 번 내쉰다)

황후 막힌 것이 풀리고, 답답한 것들이 멀어지십니까?

인종 어, 좋다.

황후 지난 날 판이부사 대감과 맺은 결의를 지키기 위해서라도 강건하셔야 합니다. 아셨지요? 지금 고려는 그 어느 때보다 문화가 번성하여 북방의 여러 나라들과 대등한 관계를 맺고 있지요.

황후, 인종의 등을 발로 밟는다.

황후 서긍의 고려도감에 "개경은 다층집이 즐비하고, 여러 나라 상

인들이 몰려와 여곽에 자리가 없을 정도이며, 그 규모가 궁궐
만하다"라고 했지요. 멀리 서역에서도 고려를 찾으니, 고려는
나날이 번성하고 있습니다. 헌데 당신이 무너지시면 아니 됩
니다. 그 중심에 우뚝 서 계셔야지요.

인종 고맙소.

황후 (밟는다) 어떠십니까?

인종 한결 수월하오. 풀잎에 맺힌 이슬이 아침 햇살에 춤을 추듯,
모든 통증과 가려움이 사라지니, 언제 그렇게 아팠나 싶소. 당
신이 명의요.

황후 (부드럽게 밟으며 혼잣소리) 나무아미타불.

인종 (긴 사이) 그대를 지어미로 맞아 다섯 형제와 공주 넷을 낳았으
니 여한은 없소. 허나!

황후 또 나약한 소리십니다.

인종 아니오. 내 죽을 날이 멀지 않음을 잘 아오.

황후 저더러 과부가 되라는 말씀이십니까. 지아비를 잃고 구중궁궐
에 처박혀 부귀영화를 누린들 무슨 소용입니까. (세게 밟는다)

인종 삐치셨소?

황후 (말없다. 세게 밟는다)

인종 허허. 황후 삐치니 더 이쁘구려.

황후 병 주고 약주십니까. 그러니 죽는다는 말 입 밖에 꺼내지 마셔
요. 네?

인종 (끄덕인다)

황후 약조하신 겝니다. (손가락 내밀고) 낙관 찍으셔요.

인종 (손을 내밀고 꾹)

황후 다 잘 될 겁니다. 다! (그의 등을 가볍게 안마한다)

인종 통증도 간지럼증도 나은 듯 하이. 늘 오늘만 같으면 좋으련만.

황후   좋아질 겁니다. 아믄요. 그러해야지요.

인종   꿈만 같소.

황후   무엇이 꿈같으셔요?

인종   스무 살에 당신을 만나 근 이십여 년을 살았으니 꿈이 아니고 뭐겠소.

황후   (그의 품에 안긴다)

인종   외할아버지 이자겸은 내가 열네 살이 되던 해, 두 이모를 왕비로 들였소. 어머니의 두 동생이 나의 아내가 된 거요. 허허. 허허. 이모와 동침을 하다니 나는 천하의 몹쓸 놈이요.

황후   당치도 않는 말씀. 이자겸의 음모였어요. 세상 사람들 다 아는 진실을 외면하지 마셔요.

인종   그렇소. 나를 궁에 가두고 불을 질렀지. 무섭고, 두려웠소. 기와장이 우박처럼 떨어지고 서까래가 무너지며 우르릉 천둥소리가 났어. 뜨거워. 열기가 내 몸을 덮쳐. (그때처럼) 살려주세요! 외할아버지 국새를 드릴 테니 살려주세요. 외할아버지. 밖에 아무도 없느냐….

황후   (그를 안는다)

인종   뜨거운 열기. 답답해. 간지러워. (가슴을 친다) 답답해. 숨을 못 쉬겠어.

황후   떨지 마셔요. 잊으셔요. 잊으셔야만 합니다. 제가 있잖습니까. 휘, 휘.

인종   황후. 외할아버지 폭압을 잊은 건 다 당신 덕이오. 당신의 사랑이 깊고 넓어 아플 틈이 없었고, 금슬이 좋아 슬하에 아홉 자식을 얻었소. 헌데 지금은 아프오. 황후.

황후   네.

인종   허. 허.

황후 (그를 안고 등을 다독인다. 마치 엄마의 품 같다) 천천히 숨을 내 쉬세요.

인종 허.

황후 한 번 더요. 자.

인종 허. (숨을 골라낸다)

황후 (노래. 느리고 차분하다)

하늘 위 뜬 구름 흘러흘러

어디로 가나 바람에 휘익휘익

홀홀이 홀홀이 떠나네

휘익휘익 어디로 가는가

2. 역사

인종 스르르 잠이 든다.

상궁 들어온다. 보따리에 든 파지(破紙). 그를 미행하는 대신의 끄나풀 오래도록 귀를 대고 있다.

황후 (상궁 발견) 쉿!

상궁 (까치발로 들어선다)

황후 겨우 주무시네. 소리를 낮추게 장 상궁.

상궁 (종이를 내민다)

황후 판이부사께서 보낸 것인가?

상궁 그러하옵니다.

황후 누구 따라 붙은 자는?

상궁 (두리번거리는)

끄나풀 어둠 속으로 사라진다.

황후   (읽는다) 술이부작(述而不作). 저술하지만 지어내지는 않는다.

상궁   판이부사 대감께오서 쉬지 않고 저술을 하고 있으니, 해를 넘기지 않을 것이라 했습니다.

황후   대신들이 알면 가만있지 않을 것이야.

상궁   편수처에서 나오는 파지를 태워버릴 최고의 장소는 이곳 폐하의 침소이니 걱정 붙들어두십시오.

황후   암, 그래야지. 파지 한 장이라도 저들의 손에 들어가는 날에는 물거품이 되느니. 명심하시게.

상궁   그러하겠나이다.

황후   (파지를 살핀다) 이것은 고구려 건국신화가 아닌가. (읽는) 시조 동명성왕은 성이 고씨이고 이름이 주몽이다.

상궁   여기. 그의 어머니 유화는 햇빛을 받고 임신하여 알 하나를 낳았다.

황후   주몽은 알에서 태어났구나. 그는 어려서부터 활을 잘 쏘았고… (읽는다) 주몽은 졸본천(卒本川)에 이르렀다. 그곳은 토양이 기름지고 아름다우며, 산하가 험하고 견고하여 도읍으로 정할 만하였다. 하지만 궁실을 지을 겨를이 없었기 때문에 비류수(沸流水)가에 초막을 짓고 살았다. 나라 이름을 고구려라 하고 그로 말미암아 고씨 성을 삼았다. 이때 주몽의 나이 스물두 살이었다. 너무 너무 재미있고 흥미롭구나. 문장에 막힘이 없고, 필체에서는 힘이 느껴지는 것이 명문이로다. 온 백성이 우리 역사를 알고, 위인전을 읽으면 자긍심도 생기고 후손들에게 귀감이 되겠구나.

상궁   (신나서) 광개토대왕 때에는 북으로는 중화의 요동에서부터 남으로는 아리수(한강) 이남에서 모두가 고구려 땅이었답니다.

황후 세상에. 고구려가 그러한 나라였다니. 우리 고려도 고구려를 계승하자고 건국했으니 머잖아 그리 될 게야. 힘센 나라. 누구의 간섭도 받지 않는 강한 나라. (흥분하여 크게) 이 대단한 역사서를 판이부사께서….

상궁 쉿!

황후 쉿!

소리죽여 웃는 황후, 상궁.

황후 파지에 쓰여진 것이 이 정도면 판이부사께서 대업을 완성하는 진짜 책은 얼마나 재미나고 위대할꼬? 상상이 되는구나. 또? 어떤 내용들이 있는 것이냐?

상궁 여기 신라의 선덕여왕에 관한 것도 있사옵니다.

황후 어디 보자. (읽고 나서 크게 흥분) 아니 당나라 태종 지가 뭔데 선덕여왕 통치를 질타하느냐.

상궁 여자가 왕이었다고 깔보는 격이지요.

태후 (더 크게) 맞다. 그렇지 않고서야… 감히 건방지게… 싸가지 없는 놈.

상궁 (웃는) 싸가지….

태후 (버럭) 왜 나는 욕하면 안 되냐.

인종 그 소리에 놀라 잠꼬대를 한다.

궁녀 (크게) 의원나리 오셨습니다.

황후·상궁 (동시에) 쉬잇!

궁녀   (눈만 멀뚱멀뚱)

궁녀, 의원과 들어선다.

황후   어떠신가?

의원   (진맥) 푹 주무십니다. 허나….

황후   말하라?

의원   숨소리가 거치신 것이 영….

황후   거기에 합당한 처방을 하여라.

의원   예.

황후   간지럼 때문에 생기는 통증을 치료할 방책은 알아냈느냐?

의원   황후마마.

황후   왜? 정녕 묘책이 없단 말이더냐.

의원   오래전부터 원인을 알 수 없는 병인지라….

황후   분명 수가 있을 것이야. 고서는 물론 민간에서 내려오는 모든 방안을 찾아봐라. 고래 똥이 좋다면 고래 똥을 구해오고, 용의 오줌이 좋다하면 용의 오줌을 받아와라. 그 무엇이든 강구하란 말이다. 알아들었느냐?

의원   네. 허나 지금은 안정을 찾으시고 주무시는 것이 최대의 묘안입니다.

의원 물러난다.

상궁   폐하께옵서 잠이 깰까 저어되옵니다.

황후   그래. 며칠 만에 푹 주무신다. 물러들 가자.

상궁   (파지 주며) 너는 이것을 불쏘시개로 넣고 태워라. 흔적도 남겨

	선 아니 된다.
궁녀	네.
상궁	지난번처럼 아궁이에 쪼그려 앉아 읽지 마라.
궁녀	도미부인 이야기가 어찌나 재미있던지, 열녀도 열녀도 그런 열녀가 없사옵니다. 눈물도 나고 감동적이고 재미도 있으니….
상궁	요년이, 주둥이를 꿰매 버릴까보다.
황후	도미부인 이야기가 그리도 재미지더냐?

신비로운 음악이 흐른다. 궁녀 인형을 꺼낸다. 상궁, 황후 그런 궁녀를 본다. (그림자극으로 만들어도 좋겠다)

궁녀	백제사람 도미의 아내는 선녀보다 더 아름다웠답니다. (인형 소개) 이쪽은 도미, 도미부인, 그리고 이건 계루왕과 그의 신하입니다.
황후	허허. 저걸 또 언제 만들었누?
상궁	조년이 일은 안 하고 농땡이만 피웠구나.
황후	놔두시게. 궁궐생활이 얼마나 적적하면 그리했을꼬. 허허허허.
궁녀	(계루왕의 인형을) "네 부인이 이쁘기는 하나 교묘한 말로 유혹하면 마음이 움직여 정조를 지키지 못할 것이다." (도미의 인형) "저의 아내는 나를 향한 사랑의 깊이가 바다와 같아 비록 죽더라도 두 마음을 가지진 않을 것입니다" 그 말을 들은 왕은 신하에게 자신의 옷을 내어주고 도미 부인을 찾았답니다.
황후	허허허. 광대 같구나.
궁녀	네. (신하인형) "나는 도미와 내기를 하여 이겼다. 그리하여 너를 얻었으니 너는 오늘부터 내 궁녀가 되어야 한다. 오늘 밤

내 침소로 들거라!"

황후 허허허. 그거 재미나구나. 도미부인은 내가 해보마.

궁녀 (도미인형 건넨다)

황후 "국왕께서 헛말을 하지 않으니 어찌 따르지 않으리오. 제가 옷을 갈아입을 터이니 기다리시지요." 그래서 어찌 되었더라?

상궁 쯧쯧쯧. 도미부인은 계집종을 치장시켜 들여보냈답니다. 이에 왕이 크게 노해 도미의 눈알을 뽑아 강물에 버렸지요.

궁녀 (계루왕 인형) "네, 이놈. 당장 눈알을 뽑아라." (도미인형) "아. 아!"

상궁 도미부인은 도망쳐 강어귀에서 통곡을 하는데 외로운 배가 물결을 따라 내려오더랍니다. 그렇게 두 부부는 만났지요.

황후 (도미부인 인형) "여보. 여보. 여보."

궁녀 (도미 인형) "누구요? 누가 앞 못 보는 바보 멍충이를 부른단 말이오."

황후 "여보. (만난다) 저예요. 당신의 아내. 만져보셔요. 네."

궁녀 "나 같은 못난 남편을 왜 찾소. 궁궐에서 왕의 아내로 살면 행복할 것을…"

황후 "내 행복은 당신이어요. 평생 당신의 눈이 되어 살겠어요."

궁녀 "용서하시오. 나를 용서하시오. 미안하오. 미안하오."

상궁 아이고. 눈물이… 앞을 가려서 원.

황후 그래. 도미와 도미부인의 사랑이 너무나 아름답구나. 민간에서 내려오는 이런 이야기까지 역사서에 쓰다니 판이부사 대감의 마음이 읽히는구나.

상궁 웃겼다가 울렸다가 조년이 사람 잡는 재주가 있구나. 내 니년 때문에 명대로 못 살지 싶다.

궁녀 마마, 무슨 섭섭한 말씀을.

상궁　그래도 파지는 반드시 태워라. 반드시!

궁녀　예!

모두 웃는다. 매미소리 높았다가 사라진다. 인종, 뒤척인다.

황후　쉿! 자리들 물러나시게.

문을 열고 나가는 그들. 궁녀 파지 뭉치를 치마폭에 넣고 종종걸음으로 사라진다. 그러다 떨어진 파지 한 장 얼른 숨기는 궁녀. 숨어있던 끄나풀 누구를 미행할까 망설이다, 궁녀를 뒤쫓는다.

3. 화제

사이.
평온하게 잠에 든 인종.
문 뒤 그림자들 서성인다.

이자겸　(소리) 구야. 구. 왕 구.

그림자들　구야. 구. 왕 구.

인종　(꿈인 듯) 누구냐?

그림자 하나 쓱 나온다. 탈을 쓴 이자겸이다. 그는 상복을 입고 머리를 흘러내려 영락없는 귀신의 형상이다.

인종　뉘신가?

이자겸 나다. 나.

인종 나라니.

이자겸 구야. 왕 구.

인종 감히 왕의 이름을 함부로 불러. 썩 나와라. 누구냐?

이자겸 벌써 외할애비 목소리도 잊은 것이냐? 나 이자겸이다 이놈.

인종 죽은 역적이 살아있는 왕을 능멸하는 게냐! 어찌하여 저승길도 찾지 못하고 구천을 떠도는가? 지은 죄가 많아 염라대왕도 받아주지 않터이까?

이자겸 푸 하하하. 네놈이 나를 영광으로 유배를 보내. 여기 이것 먹어라.

인종 그건 생선이 아니다.

이자겸 내 뜻을 굽히지 않겠다는 뜻으로 굴비라 하였느니. 자, 이걸 먹고 내 국새를 다오. 국새를 받으러 왔다. 여봐라!

그림자들 네!

이자겸 궁에 불을 질러라! 그리고 허수아비 어린 왕을 가두어라!

불길이 인다.

무대를 가로지르는 그림자들.

문을 돌리는 그림자들. 그러면 과거의 장면으로 이어진다. 현재의 인종, 14살 어린 인종을 꿈인 듯 망상인 듯 보고 있다. 그러다가 사라진다.

그림자들 불이야. 불이야. 불이다.

왕구 (어린 시절로 돌아가서) 누구 없느냐? 밖에 아무도 없느냐?

이자겸 네 이놈. 내가 너를 업어 키웠느니라. 불알에 묻은 네놈 똥도 이 손으로 갈아줬거늘 어찌하여 너는 국새를 내놓지 않느냐?

그림자들	불이야. 불이야. 불. 불.
왕구	아. 답답해. 숨을 못 쉬겠어. (긁는다) 아. 거기 누구 없느냐?
이자겸	국새를 내 놓을 테냐? 거기서 죽을 테냐?
왕구	싫습니다. 나는 이 나라의 왕입니다.
이자겸	호로자식. 외할아버지를 귀향 보낸 놈이 무슨 왕. 너는 호로자식이다.
그림자1	기왓장이 우박처럼 떨어진다.
그림자2	서까래가 무너진다. 피해라. 피해.
왕구	살려주세요! 외할아버지 국새를 드릴 테니 살려주세요. 외할아버지. (긁는다) 뜨거워요.
이자겸	으하하하! 그래 어딨느냐 국새를 내 놔라. 어서!
그림자들	불이야. 불. 불이야.
왕구	(죽어가는 소리) 뜨겁다. 뜨거워. 살이 익는다. 누구 없느냐? (손바닥으로 몸을 쓱쓱 긁어낸다)
상궁	폐하! 폐하!
왕구	누구냐?
상궁	(문을 열고) 접니다. 장 상궁.
왕구	장 상궁? (운다)

상궁 들어온다. 이불을 우산처럼 쳐 받들고 인종을 품는다.

상궁	울지 마소서. 정신 차리셔야 합니다. 이쪽으로.
이자겸	이놈! 어디로 내빼는 게냐.
상궁	숨을 깊게 마시고 뛰셔야 합니다.
이자겸	쥐새끼 같은 놈. 뭣들 하느냐. 어린 왕이 도망간다. 잡아라!

그림자들 인종에게 다가온다. 부들부들 떨고 있는 인종.

상궁 (소리) 물러가라! 감히 어느 안전이라고 해하려느냐?

그림자들 칼을 든다. 그러면 다른 무리들(정지상, 묘청)의 칼이 그림자를 진압한다.
쓰러져나가는 그림자들.
그것을 보던 이자겸 비통해한다.

이자겸 내 국새! 내 국새! 반드시 다시 찾으러 올 것이다. 이놈!
정지상 이자겸이 물러난다. 탁준경이 이자겸을 물리쳤다.
묘청 (소리) 만세! 만세!
왕구 (문 앞으로 나와) 이자겸을 영광으로 유배 보내라! 또한 그의 재산을 몰수하여 국고로 환수하고, 식솔들과 노비들도 합당한 죄를 물어 나라의 본보기로 삼아라!

정지상, 어린 인종 앞에 예를 갖추고 있다. 상궁, 창문 뒤로 물러나 형체로 남는다. 이하 한시들 영상으로 투영되면 좋겠다.

상궁 서문하성(中書門下省)에서 조칙(詔勅)을 심의하는 좌정언(左正言) 정지상 나리시옵니다.
지상 알아보시겠사옵니까?
왕구 (덥석 손을 잡는) 아다마다. 그대가 다섯 살 때 지었다는 "하인장백필 을자사강파"를 똑똑히 기억하네. "어느 누가 흰 붓을 가지고 을(乙)자를 강물에 썼는고(何人將白筆 乙字寫江波)" 고려의 천재 시인을 몰라보면 섭하지 않겠는가?

지상   망극하옵니다.

왕구   또. 림궁범어파(琳宮梵語罷) / 천색정유리(天色淨琉璃) "절에서 경 읽는 소리 끝나니 /하늘빛이 유리처럼 깨끗하네" 이 시를 특히 좋아하네. 어찌 그런 맑은 문체를 구사할 수 있나.

상궁   좌정언 정지상 나리께서는 판이부사 대감과 쌍벽을 이루는 고려 최고의 문인들이옵니다.

왕구   이 사람. 그대가 나를 구해준 일등 공신이네.

지상   하늘 아래 군주는 둘일 수 없사옵니다. 혹여 다치신 곳은?

왕구   열기에 몸이 그을렸지만 괜찮네. (긁는다)

지상   이번 이자겸 난으로 많은 백성들이 피를 흘리고 궁은 불에 타 흔적조차 없사옵니다. 새롭게 궁을 지으시어 고려의 자존심을 회복하소서.

왕구   그리하라.

상궁   (문 뒤에서) 하명하신 새 궁이 완성되었다고 합니다.

왕구   뭐라. 벌써? 내 여기 서서 두어 발 움직였을 뿐인데, 그 말이 참말인가?

상궁   그러하옵니다.

왕구   거, 참. 신통방통한 일이롤세. 여관 안 그런가?

상궁   네. 맞습니다.

왕구   누구의 능력인가?

지상   그 자가 여기 와 있습니다.

왕구   그래.

지상   들어오시게.

승복을 입은 묘청 문을 열고 들어선다. 그의 눈이 빛난다.

왕구	눈빛이 좋구나.
묘청	승녀 정심 인사드리옵니다. (예를 갖춘다) 나무아미타불 관세음보살.
왕구	들자하니 그대의 능력이 남들보다 두드러진다지?
지상	태일옥장법을 구사하여 궁을 지었는데 보는 이들 모두 혀를 내둘렀지요.
왕구	태일옥장법?
묘청	궁궐터에 장군 네 명을 사방에 서게 하고, 병졸 백이십 명은 창을, 삼백 명은 햇불을 들리고, 또 이십 명은 촛불을 들어 둘러서게 한 후에, 길이 삼백오십 보나 되는 하얀 삼베 줄 네 가닥을 사방에 끌어당겨 궁의 터를 다지고, 나쁜 기운을 없애는 주술이옵니다.
지상	그래서? 어찌 되었는지 설명하시게.
묘청	궁을 짓는 동안 병나거나 죽어나간 사람이 없고, 가뭄이나 홍수도 없었으며, 공정일도 근 백여 일이나 단축되었지요. 관세음보살.
왕구	허허. 그거 묘한 일이 아닌가.
묘청	궁을 짓고 난 후 맑은 비가 내렸으니 고려의 앞날은 밝습니다.
왕구	그것을 어찌 아시오?
지장	승녀 정심은 풍수지리와 음양오행에 능할 뿐 아니라, 인간 사회에서 벌어지는 길흉화복을 예측하는 혜안이 뛰어납니다.
왕구	미래를 내다볼 수 있는 능력이라? 참으로 귀한 인재를 얻었구나.
지상	그러합니다.
왕구	기묘한 방법으로 궁을 지으니 맑은 비가 내렸구나. 내 그대의 법명을 묘청이라 부르고 싶네. 어떤가?

묘청	묘청? 새가 날개를 얻었습니다. 나무아미타불 관세음보살.
왕구	(합장)
지상	(합장)
왕구	묘청. 늘 내 옆에서 훈수를 부탁하오.
묘청	(합장)

지상, 예를 갖춘다.

지상	소인 정지상. 폐하께 표문을 올리나이다.
왕구	표를 가져오라.
지상	(쓴 글을 내민다) 묘청은 성인이니 국가의 일은 무엇이나 물어 본 뒤에 행하시옵고 그가 청하는 무엇이든 들어 주서야 정사 가 바로 잡히고 일이 성취될 것입니다.
왕구	(받는다) 그리하겠소.
묘청	성은이 망극하옵니다. 관세음보살.

젊은 부식 들어온다.

부식	폐하. 이들을 가까이 두는 것은 좋으나, 정사에서 도술은 멀리 하셔야 합니다. 그것은 미신입니다.
묘청	도참설이 미신이라니요? 미륵의 깊은 뜻이외다.
지상	이 사람 판이부사 우리를 질투하시는가?
부식	질투라니 당치않네. 폐하 정치는 풍수지리와 음양오행으로 하는 것이 아니옵니다. 그것은 참고할 만은 하나 본류가 될 수 는 없습니다.
묘청	개성의 기운이 다 했으니 서경으로 수도를 옮기시지요.

지상   고려가 천하를 제패해 중심이 되어야 합니다. 작금의 개경세력들은 고려에 사대하던 여진에게 오히려 사대를 하는 미치광이들로 자존심도 내팽개친 자들입니다.

부식   뭐라? 지상이 자네. 역사를 어찌 맘대로 해석하는가.

묘청   부디 금나라를 정벌하여 고려의 기강을 세우소서.

지상   서경천도!

묘청   금국정벌!

지상   서경천도!

묘청   금나라를 정벌하고 수도를 서경(평양)으로 옮기셔야 합니다.

부식   그럴 수는 없습니다.

지상   개경의 운은 다 했네. 고려를 위해. 국익을 위한 길이라는 것을 왜 몰라.

부식   국익? 서경귀족들이 출세하려는 꼼수를 누가 모를 줄 아는가?

지상   개경 귀족들은 부패하고 무능하네.

지상   폐하, 저들의 간사한 모의에 현혹되지 마십시오. 풍수지리를 들먹여 백성의 마음을 속이고 있으니 장차 환란이 일어날까 두렵나이다.

묘청   고구려의 기백을 찾으셔야 합니다.

왕구   (어지럽다) 시끄러워요. 물러들 가세요! 물러들 가란 말이다!

상궁   (부축한다)

이자겸   (그림자로 숨어 있다가 나타난다) 내 국새를 다오. 국새. 굴비랑 바꾸자. 어. 왕구야. 왕구. 어찌 국새를 내놓지 않느냐.

지상, 묘청, 부식, 창문 뒤로 숨어든다. 위치로 돌아온 문. 인종 칼을 휘두른다.

지상	(소리 그림자) 서경천도!
묘청	(소리 그림자) 금국정벌!
이자겸	(소리 그림자) 국새! 구야 내 국새를 다오! 어서!
인종	어찌 죽은 자들이 산 왕을 능멸하는 것이야. 이놈들. 이놈들. (잠에서 깬다)

황후 놀라서 뛰어 들어온다.

4. 여름

매미가 운다. 인종, 지쳐 쓰러진다.

인종	이놈들이. 이놈들이.
황후	꿈을 꾸신 겝니까?
인종	황후. 임자! 모든 것이 허하오.
황후	모처럼 잘 주무셔서 꿈을 꾼 겁니다.
인종	꿈.
황후	잠을 이루지 못하면 꿈도 못 꾸는 것.
인종	헌데? 왜 죽은 자들이 내 발목을 잡을꼬?
황후	꿈은 반대라 하지 않습니까. 좋은 징조입니다.
인종	그대의 미모, 인품, 성품, 글쓰기, 바느질. 나는 지금도 당신을 생각하면 설레인다오. (사이) 두 이모를 폐위 시키고 얼마 지나지 않아 꿈을 꾸었소. 어떤 노승이 내게 들깨 닷 되, 황규 서 되를 주고 가는 거요.
황후	들깨, 황규….

인종 그래 직관에 물으니 장차 임씨 성을 왕비로 맞이한다는 게 아니겠소. 난 코웃음을 쳤지. 허허허. 그런데 이렇게 임씨 여자를 왕비로 맞아 십년 하고도 팔년을 같이 살고 있으니.

황후 왜 후회되십니까?

인종 무슨 그런 말… 나는 당신과 천생연분이라 생각하오. 같은 해에 태어나 똑같이 나이를 먹고 있으니, 우리는 부부요, 연인이요, 또 벗이리니.

황후 벗. 참 좋은 말입니다.

인종 그대를 왕비로 맞이하던 날이 눈에 선하오.

조명 변한다. 젊은 날의 모습으로 돌아간다.

인종 꿀타래처럼 달달했던 우리들 신혼 참 좋았소. 허나 나는 애비될 준비가 안 된 철부지였어. 신하들과 말을 달려 개경에서 드넓은 철원까지 사냥을 다니곤 했으니. 그때 임자의 한 마디가 나를 깨우친 거야.

무대 반대쪽 끝, 어린 인종과 어린 황후의 모습이 보인다.

어린황후 (강단지게) 매일 사냥을 다니시면 수발을 들어야 하는 백성들 고초가 얼마나 힘들겠습니까. 겨우 왕권이 안정되었는데 정사에 전념하셔요. 사냥을 멀리하고 책을 가까이 하시어, 학문이 강물처럼 넘치는 부강한 고려를 만드셔야지요. 이제 한 아이의 아버지가 되실 분이십니다.

왕구 뭐라? 내, 내가 아버지. 그 말이 사실이오. 여봐라. 들었느냐. 내가, 내가 아버지가 된다.

어린황후　좋으셔요?

왕구　좋다마다. 좋소. 덩실덩실 춤을 추겠소. 내가 아버지가 된다니. 여봐라! 내가 아버지가 된다. 하하하. 하하하.

사이.

인종　그때, 정신이 번쩍 들었소.

황후　정신이 번쩍 나라고 한 말이었습니다.

어린 부부를 보는 그들.

어린황후　서적소(書籍所)를 설치하여 여러 학사들과 학문을 탐구하고 강독하셔요.

왕구　부강한 고려. 황후가 꿈꾸는 부강한 고려는 어떤 것인가?

어린황후　그것은 물질이 아니옵니다.

왕구　물질이 아니라면?

어린황후　정신이지요.

왕구　정신이라. 정신!

어린황후　네.

왕구　그것을 어디에서 찾는단 말인가?

어린황후　그것은 찾는 게 아니라 만드는 겁니다.

왕구　모호한 말이로다. 그러나 그 말이 신비롭고 묵직한 울림이 있구려.

어린황후　학식이 높은 분을 스승으로 모시고 견문을 넓히셔야 합니다.

왕구　황후, 혹여 샛길로 새거든 채찍질을 해 주시오.

어린 황후 들어간다. 그러면 부식, 지상 들어온다.

부식   폐하 "유 동이종대 이속인 인자수 유군자부사지국(惟 東夷從
　　　　大 夷俗仁 仁者壽有君子不死之國)" 이 뜻을 말씀해 보소서.

왕구   오직 동이만이 대의를 따른다. 이의 풍속은 어질다. 어진 이는
　　　　장수한다. 군자들이 죽지 않는 나라다.

지상   누구의 글입니까?

왕구   후한의 경학자 허신이 필생의 노력을 기울여 저술한 설문해자
　　　　에 나오는 글귀입니다.

지상   (박수를 친다) 옳거니. 그렇다면 군자들이 죽지 않는 나라는 어
　　　　디여야 합니까?

왕구   그야 당연히 이곳 고려지요.

지상   옳습니다.

부식   폐하의 영특함이 국자감 유학자들보다 수준이 높습니다.

왕구   과찬이십니다. 스승님들께 사사 받아 그러한 것입니다.

지상   경전의 학습도 중요하지만 정치적 식견을 높이는 시무책을 익
　　　　히시고, 반드시 글씨를 연습하되 하루에 한 장씩 쓰십시오.

왕구   쓰고, 읽고 게으름 피우지 않겠습니다.

부식   당대 최고의 시인이 옆에 있으니 저 또한 든든합니다.

지상   당대 최고의 문장가께서 옆에 있으니 저 또한 든든합니다.

웃는다.

왕구   스승님의 가르침대로 부강한 나라를 만들겠습니다.

지상   부강한 나라? 그 나라는 어떤 나라입니까?

왕구   군사적으로 튼튼한 나라이옵니다.

지상 그러하옵니다. 외세를 물리치고, 아니 고구려의 옛 영토를 찾을 수 있는 그런 강력한 군사력.

부식 부강한 나라란 군사력만으로는 어림도 없습니다. 반드시 문화가 꽃피우는 그런 나라이어야 합니다.

지상 그러니, 반드시 금을 정벌하여 만대에 고려의 위상을 떨치십시오.

부식 보병의 고려가, 기마병의 금을 대하기에는 아직 무리수입니다.

지상 이보게. 이곳은 경연장일세.

부식 그래서 드리는 말이네.

지상 승려 묘청의 말대로 금나라를 정벌하소서!

부식 무슨 허망한 말이오. 금나라를 정벌하자니.

지상 그러면 금나라에 계속해서 사대라도 하자는 건가?

부식 사대라니? 이보시게 누가 누구를 사대하는가? 국경 문제로 불거진 외교적 갈등을 평화적으로 해결하는 방법이 사대라니.

왕구 "도부동(道不同)이면 불상위모(不相爲謀)니라" 공자께서 말씀하셨다지요. 추구하는 도가 같지 않으면 서로 일을 도모하지 말아야 한다. 어찌 스승님들은 만나기만 하면 티격태격입니까. 고려를 사랑하는 마음이 너무 깊어서 탈입니다. 아무래도 오늘밤은 고매하신 스승님들의 소견을 더 듣고 싶으니 퇴청하지 마시고 제 옆에서 밤새 글을 읽으셔요.

지상 오늘 우리 두 사람 벌을 받는 겁니까?

왕구 예. 받으셔야지요.

부식 그런 벌이라면 매일 받고 싶습니다.

그들 웃는다.

왕구, 부식, 지상 문 뒤로 사라진다. 그를 보는 지금의 인종과 왕후.

인종 한 사람은 떠나고, 또 한 사람은 내 곁에 남고, 세상이란 알 수 없는 것인가 보오.

황후 (뒤에서 안는다) 그러니 강건하셔야 합니다. 제발….

인종 두렵소. 내 병은 나날이 더 깊어가고, 대신들은 사사건건 트집을 잡아 판이부사를 내치라고 하니. 그래도 당신의 깨우침이 지금의 나를 있게 한 게요. 황후, 그대는 참 좋은 벗이요. 예나 지금이나 고맙소. 어질고 성품 좋은 아내로, 자상한 아홉 명의 엄마로 내 곁에 있어서. 황후.

황후 예.

인종 내 비록 아프지만 열째 아이 생산을 위해 한 몸 불사를 터이니 가까이 오시오.

황후 아랫사람 듣겠어요.

인종 뭐? 아무도 없구만. (팔을 벌린다)

황후 아이, 몰라라. 부끄럽사옵니다. (안긴다)

두 사람 포옹을 한다.
상궁 들어선다. 헛기침.

인종 … 장 상궁! 인기척을 하고 들어오시게. 모처럼 달아올랐는데… 거 참.

상궁 (뒷걸음친다. 손으로 눈을 가린다) 아이고. 하던 거, 마저 하시고… 못 볼 것을… 아이고 눈 버렸네.

인종 됐다. 분위기도 깨지고… 장 상궁은 나에게 젖을 물리고, 목욕을 시키고, 글을 깨우치게 하고, 궁에 불이 났을 때는 목숨을 걸고 구했으니, 내 어머니 같은 존재다.

상궁 갑자기 왜, 그, 그런 칭찬을? 저를 내치실런지?

인종	어찌 내 살붙이를 잘라내겠는가?
상궁	(고개를 조아린다) 망극하옵니다.
인종	그래도 방금은 좀 아쉽네….
황후	그만하셔요. 민망합니다.
상궁	(약을 내민다) 탕약을 드십시오. 대신들이 오시고 계십니다.
황후	드소서.
인종	그들을 이겨내려면 먹어야지. 암. (마시는)

대신들 들어선다.

황후	저들에게 나약한 모습을 보이시면 아니 됩니다.
인종	(끄덕)

대신들 목례를 하며 예를 갖춘다.

인종	종사에 바쁘실 터인데, 대신들께서 삼복 더위에 어인 일이오들?
대신1	좋은 새는 곧은 나무를 찾아 가는 법이니, 신하가 주군을 찾아 머리를 조아리는 게 당연한 도리인 줄 아옵니다.
대신2	맹자께서 왕은 바람이고, 백성은 풀이라 했습니다.
인종	그래, 바람? 나는 어떤 바람인가?
대신2	허허허. 바람이 크게 불면 곡식이 쓰러지고, 바람이 불지 않으면 벌레가 들끓어 쭉정이가 됩니다.
인종	어허, 어느 바람이 되어야 하나. 하늬바람이 좋은가? 높새바람이 좋은가? 아니면 된바람이라도 맞으시겠소?
대신1	바람의 방향이 아니라, 바람의 내용이지요.
인종	하하하. (한참을 더 웃는다) 옳아. 내 간을 보겠다?

대신1   간이라니요. 군신지간에 어찌 감히. 당치않습니다.

인종   빙빙 돌려 말하지 마시고, 패를 보이시오.

대신   패라뇨?

인종   무엇이 궁금하오?

대신2   흠. 판이부사 대감께서 궁에 들어오시고 벌써 세 번째 여름이
지나고 있습니다. 소인들은 그것이 영….

인종   여엉?

대신2   장막 뒤에서 무엇을 하시는지 미심쩍습니다.

인종   마음이 놓이지 못한다. 하하하. 그럴 테지요.

대신1   폐하, 바람이 편하면 마음을 놓겠습니다.

인종   판이부사 대감은 내 오랜 스승이외다. 시골에 박혀 은둔하기
에는 아깝지 않소. 여기 판이부사 대감보다 학식이 뛰어나다
고 생각하는 자 손들어 보시오. 보시오. 그러니 내가 판이부사
대감을 가까이 둘 수밖에.

대신1   그래도 그것이. 보는 눈이 있고, 들리는 귀가 있는데.

인종   그렇다면 판이부사 대감을 뵈러 같이 가십시다들.

매미 소리 높다. 편수처 문이 내려온다. 사관, 부식 책상과 의자를 밀
고 들어와 앉아 책을 보거나 글을 쓰고 있다.

대신들   흠흠.

인종   자네는 빙고에 들러 최고로 좋은 얼음을 내오시게. 더운 여름
신하들과 얼음 화채를 먹고 싶네.

상궁   (나간다)

끄나풀이 상궁을 미행한다.

인종 삼복 더위에 얼음을 먹을 수 있다는 건 선조들의 지혜요.

황후 그러하옵니다. 우리 고려는 이웃한 어느 나라보다 얼음 보관 기술이 뛰어나, 궁궐뿐 아니라 각 고을에 빙고를 두고 있으며, 문종 때부터는 해마다 여름철에 벼슬에서 물러난 퇴직 공신들에게는 삼일에 두 차례씩, 현 공신들께는 칠일에 한 차례 얼음을 나눠주고, 백성들도 골고루 얼음을 나눠 쓰고 있지요.

인종 자리를 옮깁시다.

문을 열고 나간다. 걷는다.

인종 판이부사는 궁궐 작은 방에 몇 명의 학자들을 모아놓고 고려의 백성들이 편안하게 살 방법을 연구 중이니. 전라도 강진, 장흥… (변하고) 황후? 고향이 전라도 장흥 아니오?

황후 그러하옵니다.

인종 장흥은 뭐가 좋소?

황후 천관산, 억새풀, 은어, 민어, 키조개, 드넓은 갯벌, 고사리, 취나물, 낙조… 아이들 웃음소리… 이루 다 헤아릴 수 없습니다.

인종 오늘은 전라도 강진 일대에서 올라온 젓갈, 도자기, 꿀, 삼베, 비단들을 각 포구며 점포에 골고루 풀어 독과점을 방지할 묘책이 무엇인지 강론하는 날이오. 그대들도 좋은 생각이 있으면 의견을 내 놓으시오.

편수처로 들어서는 인종.

인종 잘 되시는가?

부식 폐하. 연통도 없이.

인종   허허허. 번거롭게 뭘. 여러 대신들이 함께 한다기에 같이 왔소.

부식   어서들 오시오. 앉을 자리도 없는데… 자자. 좁지만 의자에 엉
         덩이를 반씩 나누어 앉읍시다.

대신1 (잽싸게 앉는다)

대신2 (역시 앉는다)

대신1 밀지 마시오.

대신2 밀다니.

대신1 방금 밀었잖습니까.

대신2 숨을 쉬었습니다. 숨. (숨 들이마시면 대신1 의자에서 떨어진다)

부식   뭐하느냐 가서 의자 몇 개 내오지 않고.

사관   (나가서 의자 가지고 들어온다)

대신1 (거만하게 앉는) 판이부사 이상한 소문은 들으셨는지?

부식   소문이라? 무슨?

대신2 근자에 이곳에서 관찬사서를 집필하신다고….

부식   관청에서 서적을 편찬하는 일이야 늘 있지 않는가.

대신1 그것이 외교적 마찰을 요할 수 있는 역사서라면 문제가 달라
         집니다.

         얼음과 화채를 가지고 들어서는 황후.

황후   날도 덥고 하니 목들 축이셔요. 화채를 만들었습니다.

대신1 판이부사 대감, 대답을 해 보십시오.

인종   (먹는) 참으로 달콤하오. (대신들에게 얼음 내민다) 그리고 이거 가
         지고 가시게. 선물이오.

대신들 (받는다) 황공하옵니다.

부식   허허. 날이 더워 얼음에서 물이 뚝뚝 떨어지네. 이를 어쩌나?

황후	얼음이 녹기 전에 퇴청하셔야겠습니다.
대신1	(어찌할 바를 모른다) 아니, 이게 왜 자꾸 녹나.
대신2	우리더러 빨리 꺼져라 그런 뜻 아니겠는가?
대신1	흠.
인종	내 뜻이오. 내가 더우면 그대들도 덥고, 그대들이 더우면 그대들 식솔들도 덥고, 그러면 집에서 키우는 개새끼들이 혓바닥을 길게 늘어트리고 헉헉댈 터이니, 이 얼음으로 더위를 식히라 그런 뜻이외다. 황후 안 그렇소?
황후	(긍정의 웃음) 암요. 자근자근 씹으면 시원하지요. 흐흐흠. 장상궁 안 그런가?
부식	허허. 얼음 크기가 자꾸 작아집니다. 땡볕 더위에 귀한 얼음 다 녹네.
대신1	에헴. 난 먼저 퇴정하네.
대신2	저도 갑니다.

대신들 예를 갖추고 나간다.
황후 나가는 그들을 살핀다.

인종	아무래도 눈치를 채고 있음이야.
부식	무슨 꼬투리를 잡아서 방해할지 모르니 서두르겠습니다.
인종	(참았던 깊은 숨을 몰아쉬고 긁는다. 가슴을 때리고 버선을 벗는다)
부식	(사관에게) 너는 누가 오나 망을 좀 봐라.
사관	(문 뒤로 나가 살핀다)
황후	물을. 얼음을 씹어보세요. 좀 나을 겁니다.
인종	(얼음 씹다 뱉어낸다) 얼음 씹을 힘도 없소. 황후, 내 몸이 천 길 낭떠러지로 빨려 들어가고 있소. (몸을 때린다)

황후	책상에 누우소서. 제가 밟아 드리겠습니다.
인종	(눕는다. 끙끙 앓는 소리)
황후	(지압을 한다) 어떻습니까?
인종	(손을 내민다)
부식	(손을 잡는다)
인종	내가 죽더라도 편찬은 계속 되어야 하네. 아시겠는가?
부식	무슨 그런 말씀을. 아직 젊으십니다.
인종	… 묘청, 정지상 그들이 보고 싶네. 그대들 죽음은 헛된 것이 아니었어.
황후	방법은 옳지 못했으나, 그들이 품은 이념은 옳은 것이었지요.
인종	그들의 이념은 고려의 정신이었어. 부강한 나라. 자주적인 나라. 그랬지.
황후	(지압) 좀 나으십니까?
인종	좀 걸어야겠소. 답답해. 황후, 저 나무 그늘 아래로 새소리, 벌레소리 들으러 갑시다. 판이부사 같이 가시겠소?
부식	네, 그리해야지요.

사관, 나와서 인종을 부축한다. 문 밖으로 나가 걷는 그들. 사라진다. 그러면 부엌문 내려온다. 그 앞에 궁녀.

5. 미행

궁녀, 파지를 읽느라 정신없다. 상궁 들어선다. 그를 따르는 끄나풀.

상궁	네, 이년. 파지를 여태 꼬시르지 않고 뭘 하는 게냐?

궁녀 장 상궁마마.

상궁 탕약도 내오지 아니하고. 정녕 종아리에서 피가 터지도록 회 초리를 맞아야 정신 차리겠느냐?

궁녀 장 상궁마마, 살려주십시오.

상궁 이년아 대체 뭘 읽고 있었던 게야?

궁녀 (쭈뼛거리는)

상궁 (산더미처럼 쌓여있는 파지들) 이것을 다 태우라고 했더니, 왜 모 아둔 것이냐.

궁녀 너무나 재미있고, 아까워서.

상궁 (때리는) 이런 미련 곰탱이 같은 년.

궁녀 잘못했사옵니다.

끄나풀 움직인다. 상궁 뒤돌아본다. 숨는 끄나풀.
상궁 아궁이에 파지를 넣는다. 활활 불길이 인다.

상궁 회초리를 들고 따라오너라.

궁녀 마마, 용서해주십시오. 마마.

상궁, 궁녀 나간다. 끄나풀 달려 나와 타다가 만 파지 한 장을 겨우 꺼낸다. 발로 밟아 불을 끈다. 앞뒤로 살핀다.

끄나풀 (읽는다) 온달은 고구려 사람이다. 얼굴이 못생겨 웃음거리가 되었으나 마음은 밝았다. 집이 가난하여 어머니를 봉양했는 데, 사람들은 그를 가리켜 바보 온달이라고 불렀다. (고개를 갸 웃) 뭥미? 이따위 것이 뭐라고 비밀리에 태워. (아무튼 품에 넣어 나간다)

타다 만 종이 한 장이 바람에 인다. 그것을 잡는 끄나풀.

끄나풀　(천천히 읽는다) 당 태 종 은 침 략 의 군 주…. (갸우뚱)

부엌 문 올라가고, 편수처 창이 내려온다. 끄나풀 사라진다.

6. 벗

바람이 분다.
책을 들고 오는 사관.
한참동안 말없이 읽거나 쓰고 있다.

사관　(긴 하품)

부식　(들어서며) 이놈아 하품 그만하고 나가서 세수라도 해라. 땀나고 습하면 집중력이 떨어지느니.

사관　아, 아닙니다.

부식　어젯밤에도 날을 샜더냐?

사관　옛 고기들인 당서(唐書)와 신당서, 유기(留記) 신집(新集), 서기(書記) 그리고 구삼국사와 자치통감을 대조하며, 선왕이신 고려 17대 예종 때까지 저술되었던 고려사를 모두 감수했습니다.

부식　고려가 끝나지 않았으니 고려사는 옳은 표현이 아니다. 국사라 해야 한다. 한때 우리 국사가 재로 변할 위기에 있었느니라.

사관　사관 김수자 선생의 의로운 행동이 국사를 지켰지요.

부식　그렇다. 생각만 해도 끔찍하구나.

사관　사관의 본문은 그러하지요 목숨보다 국사를 아끼고 지키는 것. 저 또한 그 일에 감흥을 받아 사관의 길로 들어섰습니다.

부식   그런 놈이 입이 찢어져라 하품을 해.

사관   (다시 늘어지게 하품)

부식   허허. 그래도. 지방 사고에서 평생 포쇄(曝曬)질이나 하며 살 테냐?

사관   스승님. 아닙니다. 제가 볕에 쪼그려 앉아 습기나 제거하려고 사관이 된 게 아닙니다. 정신무장하겠습니다. (나오는 하품을 참는다)

부식   허허허. 아니다. 잠을 깨라고 농을 친 게다. 농.

사관   네. 스승님.

부식   허허허. 그래 지금은 무엇을 보고 있었느냐?

사관   고서를 뒤척이다 좌정언 정지상이 쓴 송인(送人)에 꽂혔습니다. (분위기 잡고)

　　　뜰 앞에 한 잎 떨어지고 / 庭前一葉落 (정전일엽락)

　　　마루 밑 온갖 벌레 슬프구나 / 床下百蟲悲 (상하백충비)

　　　홀홀이 떠남을 말릴 수 없네만 / 忽忽不可止 (홀홀불가지)

　　　유유히 어디로 가는가 / 悠悠何所之 (유유하소지)

　　　한 조각 마음은 산 다한 곳 / 片心山盡處 (편심산진처)

　　　외로운 꿈, 달 밝을 때 / 孤夢月明時 (고몽월명시)

　　　남포에 봄 물결 푸르러질 때 / 南浦春波綠 (남포춘파록)

　　　뒷기약 그대는 제발 잊지 마소 / 君休負後期 (군휴부후기)

부식   (심기가 불편하다) 그만해라.

사관   (시에 취해 흥분) 스승님의 문장처럼 막힘이 없고, 기백이 넘쳐납니다. 또 정형화된 율격에서 어찌 이리도 자유로운 상상이 가능한지, 시 이면에 간간이 여성성도 보이고.

부식   (헛기침)

사관 이별의 아픔을 바탕에 깔고 있으면서도, 떠나는 사람과 보내는 사람이 서로 끈끈한 유대감 속에서 슬픔의 정한을 노래하고 있으니… 내추럴하고 언벌리블하면서 라이브한 텐션에 완존 홀릭 했습니다.

부식 뭔 개소리를 짓거리는 게야.

사관 서역에서 유행하는 말이라기에 저도….

부식 야, 이놈아. 너는 사관이라는 놈이 역사 공부를 옳게 한 게야?

사관 예?

부식 좌정언 정지상은 묘청의 난 때 내 칼에 죽었느니라. 가장 친한 벗을 이 손으로 피를 묻혔으니 내 심정이 오죽 하겠느….

사관 스승님 죄송합니다. 입방정. 입방정. (억지로 하품) 하품이 자꾸 나오니. 세수를 좀….

사관 나가다 의자에 발이 걸려 넘어진다.

우르릉, 소낙비가 내린다.
한참동안 낙숫물 감상하는 부식. 문을 열고 들어선다. 열린 문.

부식 (심란한 마음을 글로 쓴다)

지상 (쓱 나와 그의 옆에 앉는다)

천둥이 친다. 비가 거칠다.

부식 (글쓰기에 몰입) 이놈이, 고양이 세수를 한 게야… 비 들이친다 문 닫아라.

지상 (쓴 글을 본다)

부식	왜 말이 없는 게냐?
지상	필체는 여전하이.
부식	(본다)
지상	이 사람아, 잘 있었는가?
부식	….
지상	허허허.
부식	아, 아니. 자, 자네는?
지상	허허허허. 놀랬는가?
부식	어찌 죽은 귀신이… 내가 헛것을 본 것이지.
지상	그럼, 나는, 살아있는 것을 본 것이지. 왜? 놀랬는가?
부식	썩 물러가시게.
지상	야박하이. 간만에 찾아온 벗을 내칠 셈인가. 어디 보세. (쓴 글을 천천히 읽는) "류색천사록(柳色千絲綠), 도화만점홍(桃花萬點紅)"이라. "버들 빛은 일천 가닥 푸르고 / 복사꽃은 일만 점이 붉구나" 잠꼬대 같은 소리 하고 있네. 버들가지가 천 개인지 세어보았나? 복사꽃 봉우리가 만 개인지 헤어보았어?
부식	많음을 표현한 비유이고, 상징일세.
지상	이렇게 해 보시게. 천사(千絲)를 사사(絲絲)로 바꾸고, 만점(萬點)을 점점(點點)으로… (쓴다) 이렇게. 어떤가?
부식	"버들 빛은 실실이 푸르고(柳色絲絲綠) / 복사꽃은 점점이 붉구나(桃花點點紅)" 글자 한 자를 바꿨을 뿐인데 어찌 시의 품격이 달라지는가. 자네는 죽어서도 천상 시인일세.
지상	그런가? 허허. 고마우이.
부식	시대를 잘 못 만난 탓이야. 나는 풍부하지만 화려하지 않았고, 자네는 화려했으나 떨치지는 못 하였으니….
지상	훗날 역사가 평가하겠지?

부식	역사라.
지상	뒤안길로 사라지는 모든 것은 역사가 아닌가?
부식	숨을 쉬는 이 순간도 천년 뒤에는 역사로 남을 테고.
지상	그래서 대신들 몰래 역사편찬을 하는가?
부식	폐하의 뜻이네. 문화가 꽃피고 있는 시기일세. 그간 득세하던 문벌과 외척을 물리치니, 비로소 나라의 안녕을 찾았네.
지상	나는 문벌도 외척도 아닌….
부식	이상주의자였지.
지상	흐흐흐. 현실론자였네.
부식	그랬으면 살아있었을 거야. 자네가 늘 그립고 미안하네.
지상	입에 침이나 바르고 그런 소리 하시게. 나는 자네가 쓰는 역사는 믿지 못해. 훗날 비판의 대상이 될 게야.
부식	이제 보니 나를 감시하러 왔구만. 무엇을 못 믿나?
지상	금나라에 사대하자 했던 자네가 고려의 역사를 써. 아냐, 자넨 금나라의 사관에나 어울려.
부식	닥쳐라 이놈! 전쟁을 미리 막고, 평화관계를 유지하자는 내 뜻이 사대주의라니. 유령으로 떠도는 귀신 주제에 입을 함부로 놀려?

멱살을 잡는 부식.

지상	왜? 내 목에 또 칼을 댈 텐가?
부식	못할 것도 없지.
지상	모가지에서 붉은 피가 솟구쳤어. 콸콸콸콸. 눈을 감는 마지막 순간까지, (으르링) 폐하, 금을 정벌해야 하옵니다! 금을 정벌해야 하옵니다! 폐, 하!

멀리서 아득하게 들리는 북소리.
점점 커진다.

7. 회상

대신들 문 뒤에서 우르르 쏟아져 나온다.

대신들 금을 정벌하옵소서!

대신1 수도를 서경으로 천도하고 금을 정벌하소서!

대신2 고려의 수도를 개경에서 서경으로 천도하시어 금나라를 치셔
야 합니다.

지상 송나라와 손을 잡고 금을 공격해야 합니다.

부식 지상이 그게 무슨 말인가.

지상 자네는 금나라에 사대하자했으니 빠지시게.

부식 송과 손잡는 건 사대가 아니고, 금나라와 평화적 관계를 맺는
건 사대인가? 그런 억측이 어딨나!

대신들 통촉하여 주소서.

대신1 수도를 서경으로 천도하소서!

대신들 천도하소서!

스물여덟의 인종 나온다. 창살이 내려온다.

인종 태조께서 이곳 개성 만월대에 도읍을 정하고 국호를 고려라
하였소. 어찌 수도를 옮기자는 것인가?

지상 태조 왕건께서 고려를 건국하신 뜻은 고구려 옛 영토를 회복

하겠다는 의지였습니다. 지금이 적기이옵니다.

부식 이보시게. 폐하의 의식을 흐리지 말게. 광활한 영토를 지배한 금나라가 아직도 오랑캐쯤으로 보이나? 폐하, 좌정언의 말에 개의치 마소서.

대신1 판이부사. 작은 나라가 큰 나라를 섬기는 것은 어쩔 수 없는 일이라고 했지요. (책을 들고) 여기 사초에 그리 적혀 있소. 작은 나라는 어디이고 큰 나라는 어디오?

대신2 금은 큰 나라라 칠 수 없는 건가? 하하하하.

지상 이백 년 전 거란의 태종이 보낸 낙타 오십 필을 만부교 아래에서 굶겨 죽이고, 사신 서른 명을 유배 보냈습니다. 고려의 기백은 바로 그것입니다.

대신들 유념하소서!

부식 이보시게들. 어찌 거란을 금나라와 비교하는가?

인종 금나라도 초기에는 우리 고려에 조공을 바치고 사대했다지?

부식 그때의 금이 아닙니다. 작금의 금을 보셔야지요.

대신들 판이부사!

부식 송나라를 양자강 아래로 밀어내고 끝없이 펼쳐진 중화의 땅을 차지하고 있지 않은가? 현실을 보시게. 현실!

지상 송나라와 손을 잡고 금을 공격하소서. 그리하여 고구려 옛 땅을 찾아 만대에 떨치셔야 합니다.

부식 송과 손을 잡자니. 송이 승리하여 위세가 커지면 그때는 어찌할 건가?

대신1 송은 당나라를 계승한 중화의 으뜸이니, 송과 손을 잡으심이 마땅합니다.

부식 어찌 고려의 운명을 남의 나라에 맡기려 하나.

지상 역사에 만약은 없네?

부식　혹여 전쟁에서 금이 이기기라도 하면 고려는 바람 속 등잔불이 되어 발해처럼 백성들이 유랑자가 되고 말 것입니다.

대신들　역사에 만약은 없소이다.

인종　남북 사천 리, 동서 이천 리. 고려의 땅 한 뼘도 적들의 수중에 들어가서는 아니 된다. 저 바다 건너 이어도에서 백두산 위 천 리까지 고려의 땅이다.

부식　그러하옵니다. 전쟁은 백성들을 죽음으로 내모는 지름길입니다. 통촉하소서!

북소리. 묘청 들어온다. 커지는 북소리.

묘청　폐하, 묘청이옵니다.

대신들, 부식, 지상, 길을 열어준다.

묘청　신 묘청 폐하께 표문을 올리나이다.

인종　표를 가져오라!

묘청, 글을 올린다.

묘청　(표를 읽는다) 개경의 지덕은 쇠약하여 나라를 중흥하고 국운을 융성하게 하려면 기운이 왕성한 서경으로 수도를 옮겨야 합니다. 서경의 기운은 아침 해와 같으니 나라의 앞날을 위해 응당 그리하셔야 합니다.

인종　지는 해와 뜨는 해?

대신1　승녀 묘청의 간언을 들으소서!

대신2　간언을 들으소서!

묘청　(독경 읊듯) 출병하여 송나라 군을 응접해 큰 공을 이루시오, 폐하의 공덕이 중화의 역사에 길이길이 남도록 하시고, 서경으로 천도하여, 새 궁궐에 임금이 계시면 천하를 아우를 수 있으며, 금나라가 폐백을 가지고 항복해 올 것이고, 이웃한 서른여섯 나라가 복종케 될 것이옵니다. 관세음보살.

지상　승려 묘청의 말을 따르소서.

인종　금이 고려에게 항복해?

묘청　그러하옵니다.

인종　묘청의 뜻대로 하라!

지상·대신　만세! 만세! 만세!

부식　묘청, 무슨 근거로 금나라가 항복해 온다는 겐가?

묘청　서경의 풍수지리가 그러하옵니다.

부식　폐하. 소인 사신단으로 송나라 수도 개봉에 머물렀사옵니다. 개봉은 인구 오십만이 넘고 서역과 교류하며 문화수준을 자랑하는 활발한 도시였으나 금나라에 함락되었습니다. 그 이유가 바로 풍수지리 같은 도참술 때문이었….

묘청 자리를 뜬다. 인종 따라간다.

부식　(그 앞을 가로막고)

묘청　물러나라.

부식　송나라 흠종이 도교도사 곽경에게 도성 수비를 맡기자, 그가 말하길 "자신이 도술을 써서 육갑 신병을 부르기만 하면 금나라 군대는 쉽게 무찌를 수 있다" 하였지요. 그 육갑신병이란 칠천칠백칠십 명의 도성 백성에게 성을 에워싸게 하는 것으로, 병법이 아닌 미신이었습니다. 금나라 기마병은 모래성을 짓밟듯 도성을 쉽게 함락했고, 송나라 황제 흠종을 비롯한 모든 황족들이 금으로 압송되어 노예가 되었습니다. 풍수지리는 미신이옵니다.

인종 금이 항복한다지 않소. 금이! (묘청에게) 길을 안내하라.

부식 폐하! 고려를 생각하소서 고려를!

지상 모든 것은 국익을 위한 것이오. 비키시게.

대신들 부식을 끌어 내린다.
인종, 묘청 걷는다.
부식 탄식한다. 북소리 높아진다.

묘청 다 왔습니다. 저기 대동강만 건너면 서경이옵니다.

인종 묘청. 대동강 물이 상서롭소. 어찌 무지개 물빛이 흐르는가? 신비하구나.

묘청 허허허. 폐하. 이건 용의 눈물입니다.

대신들 용의 눈물.

묘청 그렇소. 서경으로 천도를 하니 하늘로 승천하던 용이 기뻐 눈물을 흘리는 게지. 나무아미타불 관세음보살.

대신들 묘한 일이로다. 묘한 일이야.

인종 정말 용이 눈물을 흘렸나?

묘청 보고도 못 믿으시옵니까. 대동강 물이 온통 일곱 빛깔 무지개 이옵니다.

그 앞을 가로막는 상궁. 황후. 상궁 떡시루를 들고 있다.

대신1	무엄하다. 감히 상궁 나부랭이 주제에 어디 길을 막아서느냐?
황후	그것은 용의 눈물이 아닙니다.
대신들	(수근덕) 뭐? 용의 눈물이 아니라니.
황후	장 상궁. 고하시게.
상궁	기름 든 떡을 대동강에 넣고 조화를 부린 겁니다. 이것이 바로 그 떡 시루.
인종	묘청, 지상. 과인을 능멸하는 것인가?

상궁 떡 시루 바닥에 던지면 와장창 깨진다.
대신들 웅성거린다.

황후	길을 돌리셔요. 저들이 이념은 좋으나 과정은 정당치 않습니다.
묘청	소인들을 따르소서!
대신1	어찌할 텐가?
대신2	조금만 더 지켜보세.

인종, 상궁, 황후 다시 반대쪽으로 걷는다.

묘청	폐하! 그 길이 아닙니다. 이 길이 고려의 길입니다.

인종 더 멀어진다.

지상	폐하!
묘청	폐하!

비가 쏟아진다. 천둥이 친다.

묘청   정녕 그리 하시겠다면 우리도 우리식으로 할밖에. 여봐라! 개
         경으로 오가는 자비령 길목을 막고 모든 고을의 군사를 서경
         으로 집결케 하라.

인종   … 이놈들이!

황후   고려의 충신이라는 자가 난을 일으켜?

묘청   난이라니요. 나라를 세울 것입니다. 새로운 나라!

         북소리.

묘청   국호를 대위국. 연호를 천개. 군대를 천견충의군이라 불러라.
         깃발을 올려라!

         거대한 깃발을 흔든다.

묘청   개경으로 진격하라!

         인종, 그들과 멀어진다. 진영이 양쪽으로 나뉜다.

부식   이 사람 정지상! 이것이 금을 정벌하는 것인가? 어찌 칼을 안으
         로 내밀 수 있단 말인가? 정녕 이것이 국익인가? 이것이 국익!

지상   우리 뜻을 접을 수 없소. 우유부단한 왕을 믿을 수 없네. 고려
         의 힘으로 외적을 물리치고, 고구려의 옛 영광을 되찾을 유일
         한 길.

부식   그 칼이 겨누는 방향이 어디인가? 금인가 고려인가?

인종   고려를 분열시키는 행위를 당장 멈추세요. 스승님? 이게 부강
         한 나라이옵니까? 이게?

지상　　그러면 이쪽으로 오소서.

묘청　　응당 용상의 자리는 폐하이셔야 하옵니다.

인종　　뭐라? 나를 인질로 삼겠다는 게냐? 당장 멈추지 못 할까?

묘청　　군대를 정비하라!

인종　　서경을 포위하라!

죽은 이자겸 '으하하하' 웃으며 그 사이에서 춤을 춘다.

이자겸　왕구야 이놈. 내 굴비를 다오. 내 굴비를… 아니다. 국새를 다
　　　　　오. 굴비를 줄 터이니 내 국새를….

황후　　서경에 식량이 떨어졌다 합니다. 민심이 묘청을 버렸습니다.

이자겸　으하하. 혹시 내 국새를 보셨소? 대체 어디로 간 것이야 국새.

묘청 편에 있던 대신들 인종 쪽으로 되돌아온다.

대신1　　우리도 살아야지요.

대신2　　살고 봐야지요.

대신1　　길고 가늘게.

대신2　　굵고 짧게는 싫으이.

황후　　결단을 내리셔요. 결단을.

북소리 점점 징소리로 바뀐다.

인종　　묘청과 정지상의 목을 베라!

묘청, 정지상 한 쪽으로 몰린다.

징 소리 높다.

부식   (칼을 높이 든다)

지상   (으르렁) 폐하, 금을 정벌해야 하옵니다! 금을 정벌해야 하옵니다! 폐, 하!

묘청   (합장)

지상, 묘청 쓰러진다.
칼을 던지는 부식. 한바탕 바람이 불고 비가 쏟아진다.
이자겸 칼을 거두어 지상, 묘청 끌고 들어간다.

이자겸   (소리) 으하하하! 으하하하!

지상   (소리) 고려를… 고려를.

묘청   (소리) 고, 려, 를!

무대 인종, 황후, 상궁만 남는다. 주저앉는 인종. 내리는 비. 상궁 우산을 들고 있다.
긴 사이.

인종   아끼던 신하의 목을 베었다. 이 세 치 혀로 시시하고 보잘 것 없는 권좌에 앉아 한때 가장 충성스럽다 믿었던 내 신하이자 스승님을 죽였어. (운다) 아, 온몸이 간지럽다. 아프다. 누가 불을 지피느냐. 불을 꺼라.

황후   슬퍼 마서요. 그들이 택한 운명입니다.

인종   어찌 왕의 자리는 이리도 어렵단 말인가. 차라리 그때 이자겸에게 국새를 내어주고 한가로운 초가에 기어들어 남은 여생을 즐길 것을. 물고기를 낚고, 염소를 키우고, 똥오줌으로 퇴비를 만들어, 푸성귀도 기르고, 꽃도 심고 그리 살 것을 어찌하여 내 주위에는 죽어나가는 이들만 넘쳐 나는가. 나는 죄를 지었으니 오래 살지는 못할 것이야. 이, 간지러운 통증은 언제 가시려나.

황후 (몸을 때려준다) 그들이 칼을 겨누지만 않았더라도… 살아있었을 것을.

인종 바보 같은 자들. 미련한 자들.

황후 그들이 꿈꾸었던 이상은 먼 훗날 빛을 볼 겁니다. 역사란 그런 것이겠지요.

인종 역사라. 오래전 고려의 정신은 만드는 것이라고 했었지요.

황후 예. 그랬지요.

인종 옳거니. 그래. 내가 왜 그 생각을 못 했을꼬?

황후 왜 그러십니까?

인종 죽은 저들은 강한 고려를 꿈꾸었지. 허허허허. 고구려의 기상과 기백. 자주적인 부강한 나라. 그것은 어디에서 나오는가?

황후 해법을 찾으셨습니까?

인종 그래. 아무도 범접하지 못하는 고려의 역사. 그것은 지나온 우리의 역사를 정리하는 것에서부터 시작되어야 해. 암. 그래야지. 왜 이제야 깨달은 걸까. 허허허.

황후 우리만의 역사서를 만들면 누구도 우리를 함부로 업신여기지 못할 겁니다.

인종 뿌리가 깊으면 흔들리지 않는 법. 묘청, 정지상 그들이 죽음으로 나를 일깨우는구나. 이 미련한 자들아.

상궁 빗줄기가 거칠어지고 있습니다. 안으로 들어가시지요.

황후 고려는 반드시 안정을 찾을 것이니 그리하세요.

들어가는 인종, 황후, 상궁.

8. 가을

홀연히 책상으로 돌아오는 부식.
긴 사이.

부식 한바탕 소나기가 지나니 하늘빛이 유리처럼 깨끗하네. 이 사
람. 지상이. 그립네. 자네라면 어떤 역사서를 쓸 터인가? 폐하
께서는 점점 더 병환이 깊어 용상의 자리에 앉기 힘들고, 역사
서를 써야 하는 어깨는 무거운데, 자네가 있었으면 참 좋았을
게야. 쯧쯧쯧. 무심한 친구.

사관 (소리) 지금 들어가시면 안 됩니다.

대신1 (소리) 감히 너 따위가 우리를 막는 것이냐. 썩 물렀거라.

사관 (소리) 이러시면 안 됩니다.

대신2 (소리) 무엇이 두려워 우리를 막느냐?

부식 어찌 이리 소란한 거냐?

사관 (들어와) 중신들께옵서 막무가내로 들어오겠다 하시는 통에.

부식 괜찮다. 들어오시게 해라. (후다닥 책을 정리한다)

사관 나가서 대신들과 들어온다.

부식 지난여름 폐하께 받으신 얼음 잘 드셨는지요?

대신1 입 안이 얼얼하게 잘 먹었습니다.

부식 허허허. 고드름 맺지 않아 다행입니다 그려. 헌데 어인 일로?

대신1   (파지를 내민다) 이게 뭐요?

부식   그게 뭐요?

대신1   이게 뭐냐 묻지 않습니까?

부식   그러니 그게 뭐냐 묻지 않소.

대신1   잘 보시오.

부식   잘 보여주시오.

대신1   보시고도 모르시겠습니까?

부식   보니 알겠소.

대신1   대감 에서 무얼 하고 계십니까?

부식   소낙비를 구경하고 있었소만.

대신1   잡아떼지 마십시오. 역사서를 쓰고 있는 거 다 압니다.

부식   그렇다면 어쩔 테요?

대신1   좋소. 그년을 들여보내게.

밖에 궁녀를 밀고 들어오는 대신2.

부식   너는 누구냐?

대신2   폐하 침소에 허드렛일 하는 궁녀요.

부식   헌데 왜?

대신1   (다시 파지를 내민다) 이래도 모르시겠습니까.

부식   흠.

대신1   대감!

대신2   대감!

부식   귀청 떨어지겠소.

대신1   이년이 대감께서 버린 파지를 죄다 모아 태우는 것을 봤소. 헌데 그 내용이.

| 대신2 | 너무 불경스러워서….

| 사관 | 그 파지들은 불쏘시개로 쓰라고 제가 준 겁니다.

| 부식 | 너는 빠져 있거라.

| 대신2 | 오라. 이곳에서 나온 게 틀림없구만.

| 부식 | 헌데 뭐가 문젠가?

| 대신1 | (읽으며) "당 태종은 침략의 군주다. 그는 동방을 폐허로 만들어 즐기려다 죽어서야 그만두었다." 대체 왜 이런 글이 이곳에서 나온단 말입니까? 대감 말씀을 해보세요.

| 부식 | 그럼 당 태종이 성인군자라도 되나? 성인군자라도 돼?

| 대신2 | 송나라에서 이 사실을 알게 되면 가만있겠소이까. 고려의 안위가 달린 문제입니다. 고려의 안위.

| 부식 | 대체 그대들은 어느 나라 백성이오. 고려요? 아니면 당나라요? 당나라는 이미 수백 년 전에 멸망했소. 그런 당의 태종을 그대들은 숭배하는 겐가?

| 대신1 | 송나라에서는 당 태종을 우러러 공경하오. 이건 외교적 결례요.

| 대신2 | 암요. 예의범절. 에헴.

| 대신1 | 누가 이런 글을 썼는지 반드시 밝혀내어 문책할 것이외다. (사관) 저년을 끌어내라.

| 사관 | 네?

| 부식 | 가만 있거라.

| 사관 | 네.

| 대신들 | 끌어내라.

| 사관 | 네?

상궁 들어온다.

상궁　그 글 내가 썼소이다.

대신2　뭐라?

상궁　저년은 국물이고 내가 건더기요. 한낱 무수리 따위가 뭘 안다고.

대신1　무엄하다.

상궁　내 궁에 들어온 지 올해 오십 년이오. 밤이면 밤마다 남정네 품이 어찌나 그립던지 요만한 몽둥이 하나를 깎아 젖통에도 문질러도 보고 사타구니에도 대고 끙끙대봐도 그 외로움이라는 것이 가시지 않고, 하도 심심하던 차에 몇 글자 적어 저년에게 주었소.

대신2　뭐? 뭐?

상궁　야, 이년아. 그 종이를 똥닦개를 하던 코를 풀던 뚫린 창호지에 바람을 막던 불쏘시개로 쓰던 니년 마음대로 쓰라고 했더니 어쩌자고 흘린 것이야….

궁녀　마마 어찌… 그것은 제가… 파지를….

상궁　(궁녀 뺨을 때린다) 네 이년!

궁녀　… 상궁마마.

상궁　그 입 닥쳐라! 주둥이 함부로 놀리면 가죽을 벗겨 저잣거리에 던질 테다.

궁녀　(운다) 마마.

상궁　뭣들 하시오. 영감들께서 불경스럽다 하는 그 글 내 직접 썼다잖소.

대감2　조, 조년이.

상궁　어허. 불알 달린 사내들이 왜 말을 못 믿나. 사내구실들을 못 하신가? 그럼, 내시? 어디 한 번 만져 봅시다. (손을 내미는)

대신1　어험. 감히 어디를….

상궁	(대신2, 만지는데 잡히지 않고) 어허. 대체 이런 번데기를 어디에 써먹나.
대신2	네 이년!
상궁	판이부사 대감. 어떠한 일이 있어도 대업을 멈춰서는 아니 됩니다.
대신1	상궁을 병부로 끌고 갑시다.
대신2	대체 무슨 일이 벌어지고 있는지 반드시 밝혀내야지요.
대신1	에헴.
대신2	에, 에, 에헴.

상궁, 끌려가면서도 부식에게 예를 갖춘다.
따라가다 자리에 주저앉아 울부짖는 궁녀.
인종의 창살 내려온다.

9. 희생

노을이 짙다.

황후	대체 왜 치료를 거부하셔요. 이러시면 안 됩니다.
인종	수백 가지 약을 먹었고 수백 가지 방법을 썼소. 약을 먹으면 먹는 족족 창자 끝에서 올라오는 똥물까지 남김없이 토해… 이제는 지쳤소. 물도 제대로 삼키기 힘드오. 뜸도 침도 부황도 그 모든 것이 귀찮구려. 그러니 나를 내버려 두시오.
황후	힘을 내셔야 합니다. 힘을!

반대쪽 부식, 사관.

부식　고조선부터 삼한까지 이르는 상고시대는 이번 저술에서 빼야
　　　겠다. 너는 편수관들에게 이 사실을 알려라.

사관　그러면 역사서가 반쪽이 되어 가치가 떨어질 우려가….

부식　나도 잘 안다. 그러나 폐하께서 이대로 승하하시는 날에는 이
　　　조차도 물거품이 된다. 그러니 상고시대는 다음 기회에 저술
　　　토록 하자. 대신 모든 자료를 땅에 묻고, 고구려, 백제, 신라 세
　　　나라의 역사에 집중하라고 일러라.

사관　네.

부식　나는 폐하를 찾아봬야겠다.

사관, 나간다.

부식　(혼잣소리) 폐하! 힘을 내소서.

인종　판이부사.

부식　(혼잣소리) 폐하!

부식, 문 밖으로 나간다. 인종의 창살문으로 다가간다.
그러면 병부(兵部) 문 내려온다. 그 앞 문초를 받는 상궁.
병사, 탈을 쓰고 있다.

병부　바른대로 토하라!

상궁　내가 했다잖는가. 내가.

병부　(파지 보이는) 네년의 필체가 아니다. 누구의 글이냐?

상궁　천 번을 물어도 내가 한 것이오.

병부	가서 지필묵을 가져와라!

가져오는 병사.

병부	써라. 똑같이 글을 써라.
상궁	(노려본다)
병부	왜 망설이는 것이냐. 써라.
상궁	(던져버린다)
병부	저년이. 저년이 입을 열 때까지 주리를 비틀어라.
병사	(주리를 넣고 힘을 가한다)
상궁	아 ― !

황후, 약을 먹인다.

인종	(약을 토해낸다) 우 ― 윅!

상궁의 비명과 인종의 토악질이 겹친다. 부식 창살문 열고 들어간다.
궁녀 인종 앞에 머리를 조아린다.

궁녀	장 상궁 마마를 살려주십시오. 마마를. 제가 저지른 잘못이니 저를 죽이고 마마를 살려 주십시오.
병사	(주리에 힘)
상궁	악!
인종	장 상궁!
병부	말하라. 이 글을 쓴 자가 누구냐. 누구!
병사	(힘을 더 주는)

인종	장 상궁!
궁녀	장 상궁 마마를 살려주십시오. 저를 죽이시고 마마를 마마를….
인종	내 명으로 그리 했다고 말하라. 어서!
부식	그럴 수는 없습니다.
인종	그깟 역사서가 뭐라고 장 상궁이 누명을 쓴단 말이냐. (몸을 두드린다. 긁는다)
황후	고정하소서.
인종	내 몸. 내 몸. 나를 때려다오. 나를. 나를.
병부	장 상궁 저년이 진실을 토할 때까지 멈추지 마라!
상궁	(긴 비명)
궁녀	마마!
인종	아! (긁는다)
황후	(위에서 밟는다) 너는 물을 떠와라. 미지근한 물을 떠와. 뭐하고 있는 게냐. 눈물을 보이지 마라. 어서!

궁녀, 나간다. 보고 있던 부식, 인종 몸을 누르며 안마한다.

병사	(주리에 힘)
병부	이 사실이 송나라 황실에 알려지면 고려와 송의 동맹은 깨진다. 그러면 오랑캐 여진족이 세운 금이 고려를 호시탐탐 노릴 게야. 어찌 일개 궁녀가 그런 위험한 글을 쓴단 말이냐. 누구냐? 말하라. 누구의 글이냐. 좋다. 판이부사를 잡아 족치면 될 일. 여봐라. 판이부사를 잡아들여라!
상궁	(혀를 깨문다)
인종	안 된다. 안 돼. 장 상궁은 내 어머니 같은 존재이니라. 아, 아.

병사 이년이 혀를 깨물고 죽었습니다.

궁녀, 대야를 떨어트린다.

궁녀 장 상궁 마마. 마마.

인종 장, 상, 궁!

부식 폐하, 참으소서. 참으셔야 합니다.

병부 지독한 년.

병부, 병사 나간다. 병부의 문 올라간다. 덩그러니 남은 상궁.
인종, 상궁에게 다가간다.

궁녀 마마. 마마. 저를 용서치 마십시오. 장 상궁 마마!

인종 이보시게. 눈을 뜨시게. 날세. 나. 왕구. 자네가 젖을 물려 키운
이 나라 고려의 임금 왕구가 왔네. 그러니 눈을 뜨시게. 눈을 뜨
란 말이다. 눈을! 명령이다. 어서. 어서 눈을 떠라. 장 상 궁!

황후 그만하셔요. 그만. 그러다 정말 일 나십니다. 옥체를 보존하
셔요.

부식 냉정하셔야 합니다. 장 상궁께서 의로운 죽음을 택하셨습니다.

인종 장 상궁이 다 짊어지고 떠났구려. 다. 못난 나를 두고.

사이.

인종 판이부사.

부식 네. 폐하.

인종 장 상궁을 양지바른 곳에 묻어 주시오.

부식 그리하리다. (사관에게) 시체를 거두어라.

사관 네.

바람만 허공을 가른다.

상궁 (인종에게 절을 올린다) 부디 강건 하소서! (멀어진다, 타령조로) 어
화 넘자, 어화 넘자. 북망산천 찾아 넘자 넘자. 어화 넘. 다시
는 못 올 길, 가세 가세. 어와 넘자 어화 넘. (바뀌며) 한세상 잘
놀다 갑니다. 느릿느릿 찬찬히들 오시게.

사관, 궁녀, 죽은 상궁을 따른다.

부식 가는 상궁을 한참동안 바라보다 편수처 문으로 들어간다.

인종 (터덜터덜 자리로 돌아간다)

황후 (인종을 부축한다)

긴 바람이 인다.

사이.

10. 표(表)

끙끙대는 인종. 반대쪽 편수처 책상에 앉아 글을 쓰는 부식.

떠나는 상궁을 따라 언덕을 넘는 궁녀.

낙엽에 바람에 뒹군다.

인종	추, 춥소. 장 상궁은 얼마나 추울꼬.
황후	겨울바람이 매섭습니다. 이불을 덮으셔요.
인종	(숨소리 거칠다)
황후	고뿔들면 큰일 나셔요. (이불을 덮어준다)
인종	(추워 이가 부딪힌다)
황후	여봐라. 아궁이에 장작을 지펴라.
인종	넣지 마라. 불을 때지 마라. 불. 뜨겁다. (긁는) 말만 들어도 간지러워 통증이 밀려온다.
황후	알겠습니다. (크게) 불을 지피지 마라! 아궁이에 한 톨의 불씨도 넣지 마라.
인종	나, 나는 벌을 바, 받은 것이리. 이 추운 날 불도 지피지 못하고….
의원	(들어와 탕약을 내민다)
인종	(먹지만 이내 흘러내린다)
황후	다른 약은 없는가?
의원	….
황후	왜 다른 약은 없는 게야. 이 넓은 고려에 폐하께 쓸 약이 없다니 말이 되는가? 없으면 서역에서라도 구해와라. 그곳에는 별별 물건들이 다 있다잖더냐.
의원	….
황후	네가 그러고도 의원이더냐.
인종	황후. 다그치지 마시오. 이젠 하늘의 뜻에 맡길 밖에…. (손으로 나가라는)
의원	(약을 놓고 나간다)
황후	포기하시면 안 됩니다. 고려를, 저를…. (이불 안으로 같이 들어간다)

인종	여보. 임자. 하얀 눈이 내리면 긴 발자국 남기고 걷고 싶구려.
황후	그리 될 겝니다.

궁녀 언덕을 넘어 들어오며 뒹구는 낙엽을 줍는다. 사관 주위를 살피 더니 그녀에게 편지를 내민다. 궁녀, 미행이 없나 확인한다.

인종	노을이 참 아름답소.
황후	그러합니다.
인종	저 놀이 지면 나도 묻히겠지.
황후	아니요. 아닙니다. 제가 절대 못 보내드립니다.
인종	(긁는)
황후	(등이며 다리를 때려 안마)
궁녀	(들어온다)
황후	장 상궁 장례는 잘 치르었느냐?
궁녀	네, 해가 제일 먼저 떠서 가장 늦게 지는 곳에 모셨습니다. (운다)
황후	눈물을 보이지 마라.
궁녀	네. (그래도 멈추지 않는 눈물)
인종	판이부사에게서는 소식이 없느냐?
궁녀	마지막 표문만 남기고 있다 하옵니다.
인종	그래. 반가운 소식이로구나.
궁녀	대신들 눈초리가 무섭다시며 이걸…. (편지 내미는)
인종	당신이, 읽어주시구려.
황후	(읽는) 고려는 황제의 나라이니 이번 역사서는 기전체로 서술 하여….
인종	기전체라면?
부식	(글을 쓰다가) 정통성을 가진 국가의 역사를 기록하는 방법으로

군주의 정치관련 본기를 연, 월, 일, 순으로 기록하는 것이옵
니다.

황후 (읽는) 그에 따라 신하들의 개인 전기인 열전(列傳), 통치제도,
문물, 경제, 지진이나 가뭄 그리고 하늘의 별자리 등 자연 현
상을 내용별로 분류한 잡지(志)와 연표(年表)를 기록하는 체재
를 일컫는 것입니다.

사관 (부식에게) 본기 스물여덟 권, 연표 세 권, 지 아홉 권, 열전 열권
으로 편제되었습니다.

인종 방대한 양이오. 무려 오십 권이로다. 오십 권. 대단하다.

황후 (읽는) 여덟 명의 편수관, 보조역할을 맡은 두 명의 관구, 총 열
한 명의 사관이삼 년 동안 매달린 대업이옵니다. 최종 수정과
가필만 마치면 표문을 올릴 터이니, 부디 병마를 이기시어 소
인의 글을 받으소서.

인종 판이부사. 내가 병마를 이겨낼 수 없을 것…. (숨을 몰아쉰다)

부식 이겨내십시오. 그래야 소인의 표문을 받으실 수 있사옵니다.

나가는 의원을 붙잡는 대신들.

대신1 어떠한가?

의원 (고개를 젓는)

대신2 가망은?

의원 (고개를 젓는)

대신1 우리도 준비를 하세나. 판이부사는 틀림없이 역사서를 쓰고
있음이야.

대신2 폐하, 관찬사서를 중단하소서!

대신들 관찬사서를 중단하소서!

문 뒤에 그림자들. 이자겸, 묘청, 정지상.

대신1　중신들과 의논조차 없는 관찬사서는 무효이옵니다. 당장 멈추셔야 합니다.

대신2　당 태종이 전쟁광이었다니, 당치도 않습니다. 폐하!

대신들　폐하!

자겸　(그림자) 내 국새를 내놔라. 내 국새!

지상·묘청　폐하.

지상　흔들리지 마소서. 폐하.

묘청　이 자들에게 휘둘리시면 아니 되옵니다.

인종　묘청, 좌정언 정지상. 그대들인가.

지상　신, 여기 있습니다.

묘청　묘청이옵니다.

인종　그대들이라면 어찌 하겠나?

황후　왜 그러십니까? 대체 무엇을 보고 계십니까?

궁녀　폐하! 폐하! 어찌 그러십니까.

사관 황금 보자기에 책을 싼다.

부식　서둘러라!

사관　네.

지상　한때 판이부사를 곡해했으나, 지금의 저술 방법은 고려의 위상을 드높이는 길이니 한 발도 양보 마소서.

묘청　나무아미타불 관세음보살.

자겸　내 국새는 어딨느냐 이놈. 굴비랑 바꾸자. 왕구 내 말이 들리느냐.

지상   (이자겸 발로 차버린다) 꺼져라. 역신의 무리.

인종   꺼져라. 이 도적놈아!

황후   진정하셔요. 무엇이 보이기에 그러십니까? (대신들에게) 폐하의
        몸이 성치 않으니 다음에 찾으세요.

대신들 약조를 받기 전에는 갈 수 없습니다. 어험.

인종   꺼지라지 않느냐?

자겸   (들어간다)

대신들 어찌 우리를 꺼지라십니까. 그렇게는 못합니다.

지상   저들을 물리치소서.

대신들 관찬사서를 중단하셔야 합니다!

묘청   고려의 국운을 만대에 떨치시면, 천 년 뒤에도 이 땅의 이름을
        고려로 부르게 될 것입니다.

대신1   송나라가 보고 있습니다. 송이.

황후   무너진 송을 붙잡고 뭐하자는 겁니까?

대신들 외교적 마찰을 피하소서!

인종   (휘청거린다)

묘청   어깃장 놓지 말고 물렀거라!

대신들 어험. 살고자하면 뭘 못해.

지상   동방의 질서는 흐르는 물처럼 고여 있지 않습니다. 지난 수천
        년 그러했고, 앞으로도 그러할 겁니다. 폐하, 고려의 이념은
        송도 금도 아닌 고려이어야 합니다.

인종   고려의 이념?

묘청   (합장)

지상   고려의 정신 잊지 마소서.

        지상, 묘청 사라진다.

인종   (온 힘을 다해 버티고 선다) 의관을 내와라!

지상, 묘청 나가며 "고려의 이념을 잊지 마소서" 그들의 소리 메
아리친다.
궁녀, 옷을 내온다.

인종   내 직접 판이부사 김부식 대감의 글을 받을 것이다!
황후   뭐 하느냐. 준비들 하지 않고. 폐하께서 온 힘을 다해 국사를
보고 계시니라. 모두들 예를 갖추어라!

나팔 소리. 이어지는 궁중악사들의 음악.

대신들   아니 되옵니다. 이럴 수는 없습니다.
인종   내 나라 역사서도 맘껏 못 쓰는 비굴한 왕으로 남고 싶지 않다.

부식, 사관 들어선다. 대신들, 그 앞을 막는다.

사관   물러나시오!
대신들   네 이놈!
인종   누가 감히 내 앞길을 막는가. 물러나라.
부식   소인 판이부사 김부식, 폐하의 명을 받아 표문을 올리나이다.
인종   표를 올려라.

중앙으로 '진삼국사기표' 내려온다.

부식   신 김부식 아뢰나이다. 우리 해동 삼국은 유구한 역사를 가졌

으니, 그 사적들이 책으로 저술되어야 함은 당연한 일입니다. 이리하여 이 늙은 신하에게 편집의 명을 내리셨으나 저의 부족한 역량을 생각하고 어찌할 바를 몰랐습니다. 성상 폐하 엎드려 생각하건대 고려의 지식인들이 정작 우리나라 역사에 대해서는 그 전말을 알지 못하고, 중화의 역사에 매료됨은 심히 개탄할 일입니다. 그러므로 마땅히 재능과 학문과 견식을 겸비한 인재를 찾아 권위 있는 역사서를 완성하여 자손만대에 전함으로써 우리의 역사가 해와 별 같이 빛나게 해야 할 것입니다. 그러나 소신은 원래 훌륭한 인재도 아니며, 심오한 지식도 갖추지 못한데다가, 나이 들어서는 나날이 정신이 혼미하여 책을 열심히 읽어도 덮고 나면 바로 잊어 버려, 붓을 잡기에도 힘이 들어 종이를 대하면 글을 쓰기가 어렵습니다. 소신의 학문이 이와 같이 천박하고, 옛 말과 지난 일에 대해서 몽매하기가 또한 이와 같았기에, 소신은 정기와 힘을 모두 기울여서야 간신히 이 책을 완성하였습니다.

대신들 폐하. 멈추시오!

인종 닥쳐라. 무엇하느냐 오늘 같이 좋은 날 현을 울리고 춤을 춰라!

가야금, 거문고, 장고, 소리가 들린다.
그 음악을 따라 황후, 궁녀, 사관 춤을 춘다.
상궁, 지상, 묘청, 의원, 탈을 쓰고 춤을 춘다.

부식 바라옵건대 성상 폐하께서는, 좋은 성과를 이루지 못한 채 뜻만 높았던 점을 양해하여 주시고, 잘못 기록한 죄가 있다면 그것을 용서하여 주소서. 이 책이 비록 명산의 사고에 보관될 가치는 없을지라도 버리는 종이로 사용되지 않게 하여 주시옵고, 숨어 버리고 싶은 망령된 이 심정에 햇빛으로 밝게 임하여 주옵소서. 이 책을 『삼국사기』라 지었나이다.

삼국사기 내려온다.
부식, 황금 보자기에 싼 『삼국사기』를 인종에게 올린다.
춤이 절정에 이른다.

인종 (그것을 받는다) 삼국사기! 고려가 이제야 제 주인을 만났구나. 중원의 고구려, 해상대국 백제, 찬란한 문화유산 신라, 모두 고려의 역사이다. 삼국사기를 지방의 관원과 유생들 그리고 모든 대신들이 볼 수 있도록 하라!

인종, 같이 춤을 춘다.

부식·사관 성은이 망극하나이다.
대신들 천부당만부당하옵니다. 황제의 나라가 존재하는데, 어찌 고려가 감히.
사관 황제의 나라는 어딥니꽈? 송입니꽈? 금입니꽈? 고려입니다. 고려!
대신1 감히, 니놈이.
황후 훗날 고구려의 역사가 중화의 것이라고 우기면 무엇으로 따져 물으시겠소. 바로 이 책이 칼보다 활보다 더 큰 무기가 될 것이오.
대신들 에, 헴.
인종 오늘부터 고려의 북방정책은 재고되어야 한다. 고려는 어느 나라와도 대등한 관계에서 동방의 질서를 유지할 것이다. 이것이 고려의 정신이다. 하여 삼국사기는 오래된 이야기를 기록한 역사가 아니라, 자자손손 물려줄 학문이어야 한다. (쓰러지지 않으려) 그렇기에 삼국사기는 짐이 백성들에게 올리는 표문이다. (큰절) 고려백성들에게 표를 올리나이다.

부식·사관 명을 받들겠나이다.

대신들 따를 수 없소!

대신1 아니 됩니다. 송이 보고 있어요 송.

내려온 『삼국사기』 남고, 모든 문과 창살이 올라간다.

인종 당신들은 언제까지 송나라를 숭상할 것이오. 그들이 우리 고려를 지켜주기라도 한답디까? 들거라! 삼국사기를 폄훼하는 자 그 누구든지 국법으로 엄벌하라.

대신1 뜻을 접으소서.

대신2 따를 수 없습니다.

황후 충신은 공부를 하고 간신은 음해와 술수만 연구하는가. 정말.

이자겸 이놈아, 국새를 내놔라. 이따위 역사책이 뭔 소용이냐. 굴비만도 못한 것을.

인종 물러가라. 물러가. 묘청, 정지상 그대들이 보고 싶구려. 물러들 가시오.

황후 그만들 하서요. 물러가라들 하지 않소.

돌아가는 이자겸, 대신들.

대신1 어차피 얼마 살지 못할 테니, 추후를 도모합시다.

대신2 삼국사기는 고려의 치욕이라고 민심을 호도합시다.

대신들 (악수하고 사라진다)

음악 멈춘다. 춤도 그친다. 탈을 쓰고 나왔던 이들도 사라지고 없다.

인종 한바탕 신나게 놀았구려. 판이부사 내 그대에게 술을 한 잔 올려야 하나, 보시다시피 겨우 앉아 정무를 보고 있소. (숨을 몰아쉰다) 쉬고 싶구려. (손을 내민다)

부식 (손을 잡는다)

인종 눈이 올 것 같소.

부식 (하늘을 올려다본다)

황후 잘 버티셨습니다.

부식 (인종의 손을 오래도록 잡고 있다)

인종 졸립구랴.

어둠이 깔린다.
부식, 사관, 『삼국사기』 뒤로 들어간다.

11. 이별

하나둘 눈발이 흩날린다.
한참동안 먼 곳을 응시하는 둘.

인종 … 황후….

황후 말씀하셔요.

인종 황후.

황후	예.
인종	오늘은 이상하지.
황후	뭐가 말입니까.
인종	희한하지.
황후	(그를 본다)
인종	하나도 간지럽지도 않고, 통증도 없소.
황후	예. 다 나으신 게지요.
인종	… 먼저 눈을 감아 미안하오.
황후	(외면 『삼국사기』 읽는) 글귀 하나하나 명문이고, 명필입니다.
인종	읽어주오.
황후	어떤 글을 원하셔요. 고구려, 백제, 신라, 본기를 원하십니까. 잡지를 원하십니까. 아니면 왕들의 연대표를….
인종	열전을 들려주시오.
황후	명장이 좋으셔요, 중신이 좋으셔요. 그것도 아니면?
인종	다. 모두 다.
황후	읽어드리리다.
인종	『삼국사기』를 보고 떠나니 좋소.
황후	(외면) 뛰어난 예능인도 좋고, 효와 정절을 지킨 의인도 있으니….
인종	눈이 내린다. 눈.
황후	조강지처는 버릴 수 없다는 강수, 평강공주와 결혼한 바보온달, 효녀 지은, 연개소문, 흑치상지, 해상왕 장보고… 광개토대왕, 을지문덕, 김유신….
인종	… 눈이 내린다. 눈….

인종, 황후 무릎에서 눈을 감는다.

황후   (그것을 알고 있다. 무덤하게) 도미부인은 지아비를 평생 믿고 따
랐지요. 남편 도미는 눈이 뽑혀 버림을 받았지만, 도미부인은
남편을 찾아 강어귀에서 통곡을 하는데 외로운 배가 물결을
따라 내려오더랍니다. 그래 그 배를 타고 강을 거슬러 기어이
남편을 만났다지요. 그리고 두 사람은 평생 구걸하면서도 서
로를 의지하며 일생을 마쳤답니다. (타령 조) 평범한 도미부인
도 죽는 날까지 지아비를 의지해 살았는데, 어이할꼬. 나는 이
제 어이할꼬. 보내지 못하는 내 마음은 미어지더이다.

상궁, 내려온 『삼국사기』 뒤에서 나온다.

상궁   어화 넘자, 어화 넘자. 북망산천 찾아 넘자 넘자. 어화 넘. 다
시는 못 올 길, 가세 가세. 어와 넘자 어화 넘.
황후   저만 남겨두고 가시면 어이합니까. 보내드릴 수 없습니다.
상궁   (노래 소리 커진다)

상궁의 노래를 이어 정지상 시 〈송인(送人)〉 흐른다.
처음에는 슬픈 곡조이나 점차 장엄하다.
앞이 보이지 않게 하얀 눈이 쏟아진다.

황후   뜰 앞에 한 잎 떨어지고
마루 밑 온갖 벌레 슬프구나
홀홀이 떠남을 말릴 수 없네만
유유히 어디로 가는가

인종 일어나 걷는다. 그러면 묘청, 지상 그를 맞이한다.

황후   한 조각 마음은 산 다한 곳

외로운 꿈, 달 밝을 때

남포에 봄 물결 푸르러질 때

뒷기약 그대는 제발 잊지 마소

부식, 사관, 궁녀 삼국사기 뒤에서 나와 떠나는 인종에게 예를 갖춘다.

인종   그대들이 나의 충신이오.

묘청   어서 오십시오.

지상   기다리고 있었습니다. 따뜻한 곡주 한 잔 하셔야지요.

궁녀   (외친다) 그곳에서는 아프지 마시고 늙지 마셔요.

인종   허허허. 내 가는 길 외롭지 않겠구려.

지상   꽃이 피고 지듯 인생은 순식간에 흐르는 덧없음이지요. 허허허.

인종   옳으네. 옳아.

황후   여보! 사랑해요!

인종   어허허. 내 사랑 황후 눈에서 눈물이 흐르네. 울지 마시게.

상궁   뽀드득, 뽀드득 눈을 밟고 가세. 가세 가세.

인종   뽀드득 뽀드득 눈 밟는 소리가 참 좋다.

부식   (외치는) 잘 가십시오. 소인도 곧 따라가리라!

언덕을 넘는 그들.

인종   뜰 앞에 한 잎 떨어지고

황후   마루 밑 온갖 벌레 슬프구나

인종·황후 홀홀이 떠남을 말릴 수 없네만

	유유히 어디로 가는가
합창	한 조각 마음은 산 다한 곳
	외로운 꿈, 달 밝을 때
	남포에 봄 물결 푸르러질 때
	뒷기약 그대는 제발 잊지 마소
인종·황후	뒷기약 그대는 제발 잊지 마오.
합창	뒷기약 그대는 제발 잊지 마소

죽은 자들 언덕을 넘어 사라진다. 그 모습 한참동안 보다가 『삼국사기』 뒤로 들어서는 부식, 궁녀, 황후.
눈은 하염없이 내린다.
음악 소리는 높아지는데, 점점 어두워진다.
빛 하나, 내려온 『삼국사기』 오래도록 잡고 있다.

막.

돼지사료

2017년 7월 24일 ~ 8월 6일
대학로 스타시티 후암 스테이지
제작 : 젊은 극단 늘
연출 : 김정익
조연출 : 양승혁
예술감독 : 박미란
음향 : 이재진
움직임 : 김종우
무대 : 최은진
프로듀서 : 염민정
기획총괄 : 공소영
사진 : 박상혁
디자인 : 신윤희

차태평 : 김창섭
이유식 : 김재천
미스강 : 박시우, 강윤경
마담, 아내 : 신민지
그림자1 : 김민수
그림자2 : 박종식
그림자3 : 양승혁

등장인물

이유식 (46, 남, 농사꾼)
차태평 (32, 남, 퍼머 머리 양아치)
미스 강 (25, 다리를 저는 다방 종업원)
아내 (44, 유식의 처)
그림자1. 그림자2.
마담
화상 당한 귀신
배달부. 축구선수
건달들. 사내
– 중요 배역을 제외하고 1인 다역을 한다.

무대

서울 변두리의 허름한 여관방. 좌측으로 낡은 경대 그 위에 텔레
비전과 작은 냉장고, 텔레비전 위에 커튼이 묶여있는 창문. 그 옆
에 화장실로 통하는 여닫이문. 오른쪽으로는 방문. 방문에 걸린
2001년 비키니 모델 달력. 이 문으로 배우들이 등퇴장을 한다. 문
옆으로는 한쪽이 깨져서 반창고로 붙여둔 거울 보인다. 뒷 벽면으
로는 옷장. 옷장에서부터 출입문 쪽 아래는 곰팡이 낀 벽지. 그 위
로 샤 막.
샤 뒤, 왼쪽으로는 회상의 공간이며, 오른쪽에는 가로등이 달린 전
봇대가 있다. 이곳은 여관으로 들어오는 골목 어디쯤이라고 설정을
하면 된다.
이 연극은 무대뿐 아니라, 전체적으로 사실적이지 않고 만화를 보
는 것처럼 처리하면 좋겠다.

1.

어둠 속 내리는 비 처량하다.

샤 뒤, 가로등 아래 우산을 들고 어딘가를 찾는 남자.

텔레비전에서 떠드는 아나운서 소리와 여자의 교성.

샤, 어두워진다.

텔레비전 불빛을 타고 남자의 엉덩이 오르락내리락 바쁘다. 밑에 깔린 여자는 쫙쫙 껌을 씹고….

아나운서 경찰은 농민집회가 끝나고 군청에 방화를 한 이모씨에 대해 긴급체포영장을 발부해 전국에 수배조치를 취했습니다. 한편 군청에서 당직 근무를 하다 화상을 입은 산림계장은 병원으로 후송됐지만 위급한 고비는 넘긴 것으로 알려졌습니다. 참으로 어처구니없는 일이 아닐 수 없습니다. 카드빚이 인륜마저 무너뜨리고 있습니다. (사그라들고) 카드빚에 시달리던 아들이 빚을 갚아주지 않는다며 어머니와 할머니까지 살해를 하고…. (하는데)

차태평 싱싱한 아나운서 언니, 오이 닮은 언니. 인간 차태평 있는 카드 없는 카드. 카드까지 정지 상태. 국가에서 인간 차태평 신용 관리도 해주고… (주전자 들어 벌컥벌컥 물을 들이킨다. 그러나 물이 없는지 이내 던진다) 싱싱한 아나운서 언니만 보면 나는 못 참아. 싱싱한 오이 언니.

뉴스는 일기예보로 이어지고.

차태평 일기예보 언닌 더 예뻐. 날씬한 다리. 가는 손가락. 아… 야,

뒤집어.

불빛에 남자와 여자 먹빛 형태다.

미스 강 (껌을 씹고 있다) 뭐야? 또?

차태평 또라니? 무골장군 멀쩡하신데. 넙죽 절은 못할망정 또라니? 콰 ─ 악!

미스 강 시간 다 됐어.

차태평 단골인데 서비스 안주도 없냐.

미스 강 안주는 술집에서나 찾아.

차태평 (벌떡 일어나 보여준다) 장군께서는 아직도 할 일이 많으시다 잖냐.

미스 강 무식한 것들이 쓸데없이 커지기만 하지.

차태평 (힘으로) 그래 나 무식하다.

미스 강 가야 돼.

차태평 잘 닦았지?

미스 강 변태새끼.

차태평 (힘으로)

미스 강 거긴, 안 돼. 새끼야.

차태평 조물주께서 과학적으로 창조하신 아름다운 몸. 거시기 여기 나 들어가면 다 내 집. (힘으로 밀어 붙이는)

미스 강 미친 새끼야. 거긴 안 된다니까.

차태평 가만히 좀 있어. 왜? 낮에 콩나물 먹었냐. 설마 똘똘똘 말려 나 오기야 하겠냐.

미스 강 (밀친다)

차태평 알았어. 알았어. (물러난 척하다 다시 덮친다)

미스 강   (완강히 거부한다)

차태평   씨발년, 튕기니까 더 감칠맛 나네. 쩔래. 오늘 따라 왜 그러냐?

미스 강   시간 오버. 더 내.

차태평   아, 돈. 그렇지. 내야지. 줄께. 줘. 치사해서 준다 줘.

미스 강   나우.

차태평   뭐.

미스 강   영어 몰라? 나우. 한국말로 지금.

차태평   알았다 알았어. 나우 낸다. (돈 꺼내 건넨다)

미스 강   (받아 챙긴다) 그래도 거기는 안 돼. 빨리 해 시간 없어. 늦으면
　　　　　　마담언니 지랄지랄 오리지날 왕 지랄이야. (눕는다)

차태평   (올라탄다)

미스 강   (껌소리만)

차태평   (뽀얀 엉덩이 먹빛에 춤을 춘다)

　　　　　　노크 소리.

차태평   뭐야. 씨.

　　　　　　노크 소리.

소리   계시요.

차태평   누구야.

미스 강   (신음만)

소리   차태평 씨, 계시오?

미스 강   (일부러 크게 내는 교성)

소리   미안허요. 하던 일 계속 허시요.

차태평 아이, 씨. 하필 설사가 이럴 때… 아이, 씨. (화장실로 달려간다)

미스 강 (담배 문다. 순간 불빛에 미스 강의 벌거벗은 몸 드러났다 사라진다)

차태평 (안에서) 야, 아직 안 끝났다 어디 가지 마라.

미스 강 줄줄줄 흐르는 똥은 설사. 하얀 뱀은 백사. 독 많은 놈은 독사. 나는 비단뱀? 아님 능구렁이? 것두 이상하고 방울뱀?

차태평 (안에서) 방울뱀 캥이는. 넌 꽃뱀야. 씨발 하필 이럴 때….

미스 강 미친 새끼. 처먹을 것을 처먹어야지. 이상한 거나 처먹고, 그러니까 맨날 설사나 하고 지랄이지.

차태평 (물 내리는 소리가 폭포수처럼 크다. 나온다) 쥐알이만한 년이, 겁대가리를 상실했구만. 아가리 닥쳐라 너.

미스 강 (스타킹 올리는)

차태평 나우? 뭐하냐?

미스 강 시간 오버. (태평의 팬티를 던지며) 흉해. 입어.

차태평 나우. 무골장군 멀쩡하시다.

미스 강 시간 오버. 한국말 못 알아먹니?

차태평 (손가락으로 가리키며) 나우. 이건, 이건 어떡하구? 엉?

미스 강 긴 밤. 손 뒀다 뭐해. (담뱃불을 끄고 방에 불을 켠다)

무대 밝다.
차태평의 매끈한 뒷모습이 마치 육질 좋은 살코기 같다. 팬티 챙겨 입는다.
미스 강, 다리를 절며 배달용 차를 쟁반에 챙긴다.

차태평 이런, 싸가지.

미스 강 (배달용 차를 보자기에 챙기며) 그럼, 싸가야지 놔두고 가.

차태평 겁대가리를 상실했냐.

미스 강   그러게 누가 숏 타임 하래.

차태평   찌럭찌럭 비 내리는 밤. 나 같은 불쌍한 중생. 육보시 해라 너. (바닥에 숨겨둔 지폐 몇 장 던지며) 무골장군 나우까지 힘쓰고 계시는 것 용하지 않냐.

미스 강   늦으면 마담언니 개 거품 물고 지랄인 거 알지?

차태평   이런, 싸가지….

미스 강   그래. 싸 간다 싸가.

차태평   (똥 줄기 움켜쥐고 후다닥 화장실로)

미스 강   (거울 보며 화장을 고친다) 미친 새끼. 대체 뭘 처먹었길래 저 지랄이야. (왁스의 〈화장을 고치고〉 흥얼거리는)

우연히 널 찾아와 사랑만 남기고 간 너 / 하루가 지나 몇 해가 흘러도 /

아무 소식도 없는데 세월의 변해버린 날 보며 실망할까봐 /

… 설레는 맘으로 화장을 다시 고치곤 해…

(거울 속 자신 보며 한숨) 의령아. 돈 벌어 이 생활 청산하자. 야, 변태. 나우, 가.

차태평   (안에서) 오봉순이, 너 잡히면 죽는다.

미스 강   미친놈.

미스 강 나가려다 밖에 있던 이유식과 부딪쳐 쟁반 떨어트린다. 이유식과 미스 강, 서로 너무 놀란 나머지 외마디 비명을 지른다. 태평 화장실에서 본다.

유식   문이 확 열어져 불어 가꼬… 워디, 다친 디는 웂소?

미스 강   (따라 하는) 워디, 다친 디는 웂소? 어설픈 촌닭 같은 게 어디서, 재수가 없으려니… 참 나.

유식	다친 디 읗음 되았제, 으째 웃고 그요?
미스 강	으째, 웃고 그요? 순진한 거야 바보야? 천연기념물감이네.
태평	(물 내리는 소리는 크다. 나오며 유식을 한참 본다) 다마내기? 다마내기? 맞네, 다마내기.
미스 강	다마내기? 양파?
유식	… 형씨가 차태평 씨요?
태평	형씨? 방금 형씨라고 했나?
유식	…. (멀뚱)
태평	요즘 껍대가리 상실한 분들 다양하게 많구만. (주머니에서 잭나이프 꺼내 화장실 문에 던져 본다. 그러나 무색하게 칼은 꽂히지 않는다)
미스 강	개폼 잡기는. 지가 뭐 슈퍼맨인가 빤스만 입고 지랄이야.
태평	이게 껍대가리를 상실했나. 자꾸 반말이야.
미스 강	할 말 없으면 반말한다 지랄이지.
태평	아가리를 확 시궁창으로 만들어버릴라.
유식	형씨, 힘없는 숙녀한티 주먹질 하믄 쓰나.
태평	다마내기? 네가 뭐 돈키호테쯤 돼? (떨어진 칼을 잡아들고 빙글빙글 돌려본다) 아님, 저년 기둥서방이야!

태평, 칼을 들고 유식에게 달려든다. 그러나 미스 강이 흘린 보자기에 그만 미끄러져 넘어진다. ('미스 강' 이하 '미스')

미스	푸, 하하하하. 꼴값한다.
태평	주둥이 잘못 놀림 죽는다.
유식	(태평의 손목을 잡아 비튼다)
태평	(힘에 부친 듯 칼을 놔버린다) 쩔래, 다마내기 아니었음 넌 죽었어. 알아?

미스 한 번만 더 쩔래라고 하면 너 죽는다.

묘한 분위기 압도당한 태평. 궁시렁거리며 아픈 손목을 만지작거린다. 가족사진을 꺼내 경대 위에 올려놓는 유식.

태평 (발꿈치로 방 가운데에 선을 긋는다) 난 이쪽… 어이, 다마내기. 그쪽에서 자슈.

유식 형씨. 나, 유식이라고 하요. 이유식. (손 내미는)

태평 이, 유, 식. 이름 참 재밌네. 나. 차태평이요. 인간, 차태평.

미스 (사진을 보다) 사모님인가 봐 참 미인이다. 아들은 아빠, 딸은 엄마를 닮았네. 좋아 보인다. 공부는? 잘 해?

유식 아들놈은 과학자가 되는 것이 소원이고, 딸자식은 외교관이 되는 거이 꿈이라요.

미스 꿈? 꿈 좋지… 슈퍼엘리트모델 심사결괍니다. 두두두두두. 사람들 시선은 모두 나를 향해있고, 그때 사회자의 짧은 멘트. 슈퍼엘리트모델 1위. 강의령. 와!

환호성 소리 들리는 것 같기도 하고, 순간 그림자들 기자로 분신해 방으로 들어와 셔터를 터트린다.

미스 여기저기서 터지는 카메라의 불빛, 축하 음악이 흐르고 밤하늘을 수놓은 수많은 축포. 사람들은 불꽃놀이를 감상하면서 나의 당당한 외모에 흠뻑 빠지겠지. 여러분 감사합니다. 감사합니다. 이 모든 영광을 주님과 함께 하겠습니다. 감사합니다. 쌩큐! 에브리바디 쌩큐! 쪽!

미스 강의 환청으로 들리는 짧은 함성과 박수소리. 폭죽 터지는 소리. 그림자들 카메라를 터트리며 미스 강 찍고 나간다. 무대 다시 돌아온다.

유식　(신문지를 뒤집어쓰고 눕는)

태평　(윗몸 일으키기를 하는) 요새는 쩔래들도 모델 하냐?

미스　(태평에게 달려든다) 개쌔꺄. 쩔래라고 하지 말랬지.

태평　니미럴. 성깔하고는. 그럼 다리병신을 뭐라고 해.

미스　그래 나, 다리병신이다. 너 같은 새끼 위해서라도 악착같이 돈 벌어 모델학원도 다니고, 꼭 모델할 거다. 왜?

태평　어느 세월에?

미스　너 같은 저질들한테 받은 돈 꼬박꼬박 챙겨서 의족 달고라도 할 거다 왜.

태평　저질 저질 하지 마라. 야, 쩔래. 늦기 전에 내 뒤로 줄서라. 강남인지 강북인지 물 좋은데다가 네 소원 들어줄 자리 하나 내줄 테니. 병신 주제에 무슨 모델이냐. 아, 그거 해라. 거리에서 춤추고 흔드는 나레이텅가 나이탕가 뭔가 하는… "네. 어서 오십시오. 새로 오픈한 목발가겝니다. 저렴한 가격 딴딴한 재질. 오늘같이 비 오는 날에도 미끄러지지 않고 끄떡없이 견딜 수 있는 신소재로 만든 목발입니다. 오픈 기념으로 목발 하나를 구입하시면 어깨 결림을 방지하시라구 쿠션을 무료로 드립니다.

미스　저질 쌈마이. 좃만 커서, 아무짝에도 쓸모없는 새끼.

태평　(벌떡 일어나) 이런 오봉순이가 어디서?

유식　(신문 내리고) 형씨….

태평　됐다. 됐어. 내 입만 아프다. 너한테 말해 뭐하냐. 너 무시파라고 들어는 봤냐? 영등포, 마포, 신사, 강남, 압구정, 청담, 경기도 분당까지 평정하신 무시형님이 이끄시는 무시파. 그 형님이 한 껀 주신다고 했다.

미스   무시무시해서 사지가 떨리네.

태평   그래, 그 무시가 바로 그 무시다. 빚 갚고 인생역전 한다. 인간 차태평 이대로 물러나지 않는다. 기다려라 이 오빠 인생 날개 단다. 날개 달고 서울 시내 한들한들 내려다본다. 날갯짓 하다 피곤하면 잠시 날개 접고 착륙한다. 여기 저기, 형님 형님, 머리 조아리고, 인간 차태평 받들어 총 하실 날, 커밍 순이다. 오케이?

미스   오리도 지랄하면 난다더니 쌩 쑈를 하네.

태평   (주전자 집어 든다)

유식   (벌떡 일어나 태평 노려본다)

태평   (유식 눈치를 보다가 팔굽혀펴기를 한다) 백만 스물하나, 백만 스물둘, 백만 스물셋….

미스   순진파 오빠, 커피 한 잔 해. 난 빚지고는 못사니. (커피 따른다)

유식   농사꾼이 뭔 커피다요. 냅두소. (창가로 가 담배 문다. 연기 날린다)

미스   농사꾼? 그런데 농사꾼 냄새가 하나도 안 나네. 요새는 논에서 일하다가 커피 배달도 시키고 한다는데, 오빠 어때?

태평   꼬리를 칠 때 쳐라. 저런 촌뜨기가 무슨 돈이 있겠냐.

미스   아무렴 변태 너만 하겠니. 오빠 (커피 내민다) 식어.

유식   ….

미스   어쩜, 순진파 오빠. 담배연기도 순진하게 날아가네.

태평   꼴값 연못에 빠지는 소리하고 있네.

미스   식어. 오빠 커피.

유식   나는 커피가 쓴지 단지 맛도 잘 모르는디….

미스   오빠? 커핀 원래 쓰고 달고 그렇지 뭐. (윙크)

유식   인생도 쓰고 달고 항께. 인생이 커피지라우.

미스   인생이 커피라니, 어쩜 좋아. 멋쪄! 오빠 무슨 농사 지어? 나우
       는 시골 사람들이 돈 더 많다던데.

태평   (벽에 발바닥을 붙이고 다리를 의자처럼 만들어 윗몸 일으키기 한다)
       야, 날구지 그만 하고, 꺼져라 보기 싫다.

       빗소리 굵어진다.

유식   비가 많이 옹만. 비 그치믄 날씨가 더 쌀쌀해지겄제. 개구리들
       도 겨울 잠 잘 준비들 할 꺼인디. (창문 열더니 담배꽁초 던진다)

미스   순진파 오빠, 요새도 개구리들이 있어? 하긴 나 어렸을 때 평
       상에 누워 하늘을 올려다보며 별을 세곤 했는데, 그러면 개구
       리들도 같이 별을 셌지. 개골개골개골 개개골. 언젠가 차 배달
       갔다 잠깐 들러보니까 나 어렸을 적 살았던 동네 말야. 죄다
       아파트 들어섰더라. 순진파 오빠, 외로워 보인다. 난 외로움이
       뭔지 잘 안다.

태평   소설을 써라 소설을 써 (방백) 순진파 오빠 좋아하네. 이름이
       이유식이란다. 애들 우유 떼고 밥이랑 같이 먹는 이유식. 꿀
       꿀이죽을 먹이시겠습니까? 이유식을 먹이시겠습니까? 각종
       영향가가 듬뿍 들어있는 완제품 이유식을 먹이십쇼. 이름은
       인간 차태평이처럼 시원시원 해야지. 이유식이 뭐냐.

미스   (버럭) 늑대가 나타났다! 늑대가 나타났다!

태평   씨발, 놀래라.

유식   귀청 떨어지것네. 기차 화통을 삶아 묵었소.

미스   왜, 있잖아요 늑대소년. 산 아래 마을에서는 매일 술을 마시고

고기를 굽고 춤을 추고 노래를 부르며 축제가 벌어지는데, 사람들은 깊은 산 속에서 양떼를 돌보고 있는 양치기 소년에게는 아무도 관심을 갖지 않았거든요. 그래서 소년은 너무나 외로워서 거짓말을 한 거예요. 늑대가 나타났다구우.

유식 외롭기도 하고, 그럽기도 했것지라우.

미스 증말 그러네. 나는 외로움만 있는 줄 알았는데, 맞다. 그리워서다. 그리워서… 소년은 사람이 그리워서 거짓말했을 거야. 거짓말.

벨 울린다. 태평 긴장.

태평 (잽싸게) 여보세요. 누구요? 강 누구요? 아, 미스 강. 야, 싸가지 받아봐라. 니 찾는다. (다시 윗몸 일으키기)

미스 강, 수화기 들면 무대 어두워지면서, 출입문 열리고 그쪽으로 마담 보인다. 조명 두 사람에게 집중. 마치 식육점 분위기처럼, 마담은 동작과 언어를 과장되게 한다.

마담 야이, 가스나야. 니, 시방 거가 살림 차릴끼가. 퍼뜩 안 끼대오나. 홀에 빗물이 새가 첨벙첨벙 난리가 난리도 아니 대이. 바가지 들고 물 퍼야될 꺼 아이가? 니 속이 있나 없나?

미스 알았어요. 나우 가요.

마담 문디 가스나. 또 모델 된다꼬 연습하고 자빠졌나. 분수를 알그래이. 니 한 번만 더 늦으믄 쥐뿔도 없대이. 꽉 내 쫓아삔다.

미스 (따라서) 쥐뿔도 없대이.

마담 가스나 참말로 니 쥐뿔도 없대이. 퍼떡 안 끼대오나. (끊는다)

마담 사라지면 무대 밝다.

미스 순진파 오빠, 나 간다. 있잖아 우리 마담언니가 지랄 지랄 왕
지랄이거든.

유식 (우산 건넨다) 요거 갖꼬 갓쇼. 비가 많이 옹만. 옷도 홋 껍데기
같은 거 하나 걸쳤꾸만 바까테 춥것소.

미스 어쩜. 신사다. 순진파 오빠. 외롭거든 언제는 콜 해요. (쟁반 들
고 다른 손엔 우산 들고 나가며) 지는 손이 없나 발이 없나 비가 새
면 지가 바가지로 물을 퍼 나르면 될 게 아냐 무식하게 고래고
래 악을 쓰고 지랄이야….

태평 언놈은 운이 좋아 첫눈에 정도 주고, 언놈은 돈은 돈대로 뜯기
고 재미는 좆도 못 보고.

유식 젊은 친구가 입이 거칠만. (자리를 펴고 눕는다)

태평 몸 만드는데 방해하지 마슈. 이두박근에 심줄 터지는 소리 안
들리슈.

태평, 선승처럼 운동을 멈추고 양반 자세를 취한다. 잠시 참선을 하
는 듯 손을 모으고 큰 원을 긋는다. 그러더니 잭나이프 꺼내 코기름
바른 다음 출입문을 향해 휙 던진다. 그, 러, 나, 칼 꽂히지 않고 무안
하게도 바닥에 툭 떨어진다. 일어나 칼 줍는다.

태평 스냅을 이용해 팔과 손등이 일직선이 될 때 쥐고 있던 손가락
에서 칼을 놓는다. 칼은 목표를 향해 공기의 저항을 뚫고 정확
히 박힌다.

다시 던져 본다. 역시 바닥에 떨어지는 칼. 다시 줍는다.

태평 참치같이 덩치가 큰 횟감은 얼음물에 살짝 담궜다가 생선의 결을 따라 나무무늬 같은 생선의 고유한 결을 살려 곱게 썰어 나간다. 광어를 회 뜰 때는 납작 엎드린 놈의 눈에서 시선을 떼지 않고 녀석의 아가미와 나의 호흡을 일치한 다음 마치 주문을 걸듯, 한의사가 침을 놓듯 한 칼 한 칼 피를 빼지 않고 썰어 나간다.

태평, 칼을 화장실 문에 다시 던진다. 역시 박히지 않고 둔탁하게 떨어진다.

유식 (이불 뒤집어쓰는)

태평 (참선을 하는지 손을 모으고 원을 긋는다)

사이.
빗소리만 무대를 채운다.
유식 긴 한숨. 태평 슬슬 졸고 있다. 유식 일어나 전등을 끈다. 창틈으로 빛이 새어 들어온다. 태평 앉은 자세로 코를 곤다.
샤 뒤, 유식의 아내가 빈 광주리를 들고 나타난다.

아내 그랑께 누가 당신한테 앞장 스라급디여. 날마다 형사들이 들낙거림서 조사를 한다고 귀찮게 하는 통에 아직 나락도 못 베고 암 것도 못했어라. 돼지 키운다고 축사 지어놓고 저라고 비어두기만 하믄 어짠다요. 축사 진다고 빌린 돈은 또 웃짜고라… 성질 잔 죽이고 살랑께 뭐덜라고 군청에 불을 질러가꼬… 내 애간장을 다 녹이요이. 불 질르믄 양파값을 보상해 준답디여. 갈아엎은 마늘밭을 보상해 준답디여. 워따, 워따. 참말로 나는 못 살어….

유식 꿈속에 아내의 모습이 보이자 뒤척인다.
화상으로 온 몸에 붕대를 감은 귀신이 문을 열고 들어와 유식을 빤히
내려다본다.

아내   애말이요 재석이 아부지, 지발 자수하쇼이. 그라고 내빼다니
     믄 죄만 더 커진닥 안 하요. 양파 값 떨어진 것이 군청 잘못이
     다요. 맬겁는 군청에는 뭣한다고 불을 질러가꼬 쌩 고생이까
     이. 재석이 아부지, 재석이가 즈그 반에서 또 일등을 했다고
     상 받아 가꼬 왔어라… 죽었는지 살았는지라도 압시다. 예?

샤, 어두워진다. 귀신 유식을 흔들어 깨운다.

유식   여, 여보. 재, 재석아… (담배를 꺼낸다. 라이터로 불을 붙인다)
귀신   불, 불, 불이야! (나간다)
유식   (창가로 간다. 긴 한숨) 농사진 죄 밖에 읎네. 마늘농사 지픈 마늘
     수입하고, 양파 농사 지픈 양파 수입하고, 우리가 홍어 좆이
     여. 즈그들이 자꼬 거짓말을 한디 우리들이라고 가만 있것어.
     참다 참다 못 참것응깨 불을 싸질러 부렀제. 시방 출하를 못한
     양파가 창고에서 썩음서 온 동네가 시체 썩은 것 맹키로 진동
     을 하단마시. 내 맴이 썩어 드는 것 같단 말여. (벽에 머리를 박
     는다)
태평   (벽을 때리는 소리에 잠에서 깬다. 실눈을 뜨고 유식을 본다)
유식   썩은 양파를 땅에 묻을락 해도 펭야[결국] 사람을 사서 해야 할
     판이니. 자수는 때가 되믄 할 것이여… 양파 값 보상받기 전까

지는 절대로 안 되야.

태평 왜 참선까지 방해하나 몰라. 자수라… 다마내기가 쫓기는 신세다 그 말씀이시지… 다마내기 농사를 짓는 사람이 며칠 묵다 갈 것이라는 전화를 받을 때부터 수상쩍다 했어. 다마내기? 뭔 죄를 지어서 피해 다니는 신세신가. 나는 국가권력으로부터 쫓겨 다니는 신세는 아닙니다만, 이거 재밌어집니다. 이유식 선생. 내가 입만 벙긋거리면 다마내기 신세 조지는 건 시간문젤세 그려. 어이, 다마내기 안 그래? (수화기 들고) 아차, 오래된 여관방. 쾌쾌한 곰팡이 냄새. 아, 입이 간지러워 살 수 있나. 어이, 다마내기. 구속된 담배나 석방 하슈.

유식 (담배 건네는)

태평 불.

유식 (붙인다)

태평 아직 인간 차태평이에 대한 파악이 안 된 모양입니다. 나 무시팝니다. 배추나 무팝니다 할 때 그 무시팝니다가 아니라, 조폭 무시파. 우리가 국가권력과 유기적으로 결합을 하고 있다 이 말씀. 쉽게 말해 찰떡궁합. 촌에서 올라오셔서 잘 모를까봐 설명.

옷장에서 완장을 꺼내 팔뚝에 차는 태평. 담배 끈다. 완장에는 붉은 글씨로 '무시파' 라고 쓰여 있다.

유식 일찍이 무시 형님께서 고향을 떠나 대한민국 수도 서울을 정리하시고, 일본 야쿠자 대그박 쓰메끼리상과 일대일로 맞짱을 뜨셨지. 결과? 결과는 물어보나마나. 첨에는 쓰메끼리상 공격에 몇 대 맞고 물러난 척하셨지. 지피지기면 백전백승. 적을 알고 나를 알면 반드시 이긴다. 쓰메끼리상 손놀림은 빠르나

다리가 늦어. 이것을 알아차린 무시형님. 붕 뛰어올라 공중부양 하신 다음, 양학선 알지. 양학선. 도마의 신. 몸을 두 바퀴 틀어 이중 날아차기로 쓰메끼리 턱을 날려버렸지. (좁은 방에서 재현) 다다다다다. (날아올라 허공에 발을 뻗고 착지) 아주 순식 간에 일어난 일이야. 자세하게 본 사람은 극히 소수였지. 허나 쓰메끼리의 넘버 투 아까징기가 무시 형님 잠시 방심한 틈을 이용 긴 니뽄도를 꺼내 달려들었지. 아까징기상은 무시형님 의 심장을 찌를 듯한 기세로 야 ―, 그러나.

태평, 팔 등을 세워 칼을 든 것처럼 유식에게 달려든다.
조명 바뀐다. 노래 〈Holiday〉 흐른다.
빗소리 더 굵어진다. 이윽고 천둥소리.
두 사람 가운데에서 아주 천천히 폼을 잡고 돈다. (영화 〈인정사정 볼 것 없다〉의 한 장면처럼) 유식의 주먹에 쓰러지는 태평.

태평　그 자리에 있던 쪽바리들 수백 명이 무시형님 앞에서 무릎을 꿇고 머리를 조아려….

순간 그림자 튀어나와 일본어로 씨부렁거리면 태평 통역.

태평　(통역) "형님, 무시형님. 목숨을 걸고 모시겠습니다. 거두어주 십시오" 세상 아래 진정한 주먹의 지존은 바로 무시 단 한 사 람. 인간 차태평, 무시무시한 무시형님 불러 줄 날만 기다리고 있다 이 말씀.

울리는 전화 벨. 그림자 깜짝 놀라 들어간다.

태평 (받는다) 예, 형님. (한참 듣고 있다) 열심히 먹고, 열심히 몸 만들고 있습니다. 예, 형님. 예, 형님, 예, 형님. 부르실 날만 기다리고 있겠습니다. 예, 형님. 형님. 누구 말씀입니까 형님. 유식이 형님이라니요? 아 다마내기… 옆에 있습니다. (무릎 꿇고) 형님. 죄송합니다 형님. 옆에 계십니다 형님. 예, 형님. 기다리고 있겠습니다 형님. 돼지사료 시도 때도 없이 먹고 있습니다 형님. 아침부터 밤까지 계속 먹고 있습니다 형님. 알겠습니다 형님. … 예, 형님… 예. (건네며) 받으시랍니다.

유식 예… 잘 도착했구만이라. 덕분에… 괜찮해라. 비가 새믄 어짜고 곰팡이가 꼈으믄 어짠다우. 비 피하고 등 따시믄 됐제. 아따. 시방 찬 것 더운 것 개리것소. (태평 보고) 예, 혼자 있는 것보다 같이 있는 것이 안 낫것소. 거시기 뭐시냐. 거, 무시한테는 고맙다고 말 잔 전해줏쇼. 바빵가 전화도 통 안 받고 그요. 예. 드갑시다이.

사이.
슬슬 눈치를 보는 유식의 눈치를 보는 태평.

태평 (수화기 받아 내려놓는다) 형님, 몰라뵈었습니다. (무릎 꿇는)

유식 형씨, 그라지 마쇼. 어색허요.

태평 형씨가 뭡니까 형님. 그냥 태평아 하고 동네 똥개처럼 맘껏 부르십쇼 형님.

유식 … 나는 무시랑 그냥 불알 친구제 앙끗도 아녀.

태평 (옷장에서 소주를 꺼낸다) 받으십쇼 형님. 무시형님은 영화 대부에 나오는 알 파치노 그 이상임다 형님. 알 파치노가 고등어라면, 무시형님은 고랩니다 형님. 한 번 형님은 영원한 형님. 모시게 되어 영광입니다.

유식   아니, 나는 그냥…

태평   비우시고 저도 한 잔 주십쇼 형님.

유식   자꾸, 형님 형님 그랗게 듣기 거북스럽구만 그라요.

태평   그럼, 어떻게 부를까요 형님.

유식   나는, 그냥, 편안하게 했으믄 쓰것는디, 그냥 메칠만 있다가 뜰 것잉께.

태평   그래도 있는 날까지 형님으로 모시겠습다.

유식   (마신다. 잔 건네 술 따른다)

태평   (마신다) 한 잔 더 주십쇼 형님.

유식   (따른다)

태평   (마신다) 받으십쇼 형님. (따른다)

빗물 떨어지는 소리 유난히 크다.

유식   … (이마를 만져보다가) 어, 빗물이 떨어지네. 여관이 오래 되긴 오래 되았는 갑네. 아까부텀 천장에 물이 고이등만… 낙숫물 되부네.

태평   싸가지 없는 빗물이 어째 우리 형님 용안으로 떨어진다냐. 형님, 이쪽으로 엉덩이를 잠시 피신 시키싶쇼. 아무래도 그쪽보다 이쪽이 더 따뜻하다 형님. (얼른 빈 그릇을 바친다) 무시 형님 하고 아주 친하십니까 형님? (자리 바꾸는)

그릇으로 물 떨어지는 소리. 똑, 똑, 똑… 마치 그들은 동굴에 들어와 있는 것 같다.

유식 국민핵교까장은 같이 나왔는디, 그 뒤로 무시는 서울로 올라
와 부렀고, 나는 고향에서 쭉 살다가 농사짓고 그라요. 어째,
무시랑은 잘 아는 사이요?

태평 나는 무시형님 이름만 들어도 몸이 떨려서 숨도 제대로 못 쉽
니다 형님.

유식 자꾸, 형님 형님 하지 말어.

태평 아닙다 형님. 괜찮습다.

유식 그라믄 내가 나이가 더 많은 것 같응깨 말은 놔도 될랑가 모르
것네이?

태평 영광입니다 형님. 푹. 푸 ― 욱, 놓으십쇼 형님.

유식 비가 옹깨 긍가 술맛도 나고 한 잔 더 할랑가?

태평 형님, 이순자 심심하면 전두환도 심심합다 형님.

유식 뭔 말이여?

태평 이심전심 말입다 형님. 이 인간 차태평이도 막 그 생각이 떠올
랐습다 형님.

유식 술이라도 한 잔 해야제, 앙글믄 잠이 안 올 것 같아서 말이시.

태평 형님, 진짜 반짝이는 아이디어십다 형님. 이런 닭대가리 같은
날은 진땅 마시고 푹 자야 합다 형님. (옷장에서 소주를 꺼낸다)
실은 저도 잠 안 오고 그러면 한 잔 할 마음으로 몇 병 사 놨습
다. 살다보니 이런 해피한 데이가 다옵다 형님. (따른다)

유식 (사진 보며) 마누라랑 애새끼들은 잘 있는가 모르것네. 집 떠나
믄 고생이라등만 틀린 말이 아녀. 자 받어.

유식 (받아 마신다. 다시 건넨다)

태평 (마신다. 건넨다)

유식 (마시고 건네다)

태평 (마신다) 캬, 기분 조 ― 옷 습니다 형님. 형님, 제가 노래 한 곡

올리겠슴다 형님. 가로등도 졸고 있네 / 비오는 골목길에 /
두 손을 마주 잡고 / 헤어지기가 아쉬워서 애태우던 그 날들 /
지금도 생각난다 / 자꾸만 생각난다 /
그 시절 그리워진다 / 아 하 지금은 남이지만 / 아직도 나는 못
잊어 / (취기가 올랐다) 아 참, 안주가 없슴다 형님. 제가 얼른 안
주 마련하겠슴다 형님. (옷장에서 뭔가를 꺼낸다) 입에 맞을지 모
르겠슴다 형님.

유식   이거….

태평   근육강화젭니다 형님.

유식   근육강화제?

태평   예, 형님.

유식   이거, 돼지 사료 아녀?

태평   돼지 사료면 어떻고, 개 사료면 어떻습니까. 목살, 삼겹, 등심,
안심, 대퇴부 할 것 없이 이것만 잘 복용하면 틀림없이 빵빵쭉
쭉 됩다 형님. 산삼, 인삼, 더덕, 녹용, 오가피, 곰 발바닥, 오소
리 피, 물개 거시기, 거위 간이 여기에 비할 바가 못 됩다 형님.
밥 먹을 때 비벼 먹고 말임다. 된장국에 말아도 먹고 말임다.
누워서 먹고, 앉아서 먹고, 시도 때도 없이 먹으면 됩다. 시커
먼 양복 입고 다니는 형님들 있잖습니까. 전부 이걸로 몸 키움
다 형님. 두고 보십쇼. 꼭 성공할 겁다 형님. 인간 차태평이 무
시파 꼭 될 겁다. 여기 보십쇼. (사료 포장지 읽는) 옥수수, 소맥,
대두박, 채종박, 소맥피, 당밀, 석회석, 인산칼슘, 소금, 비타
민, 미네랄. 없는 게 없슴다. 완전제품임다. 드셔보십쇼 형님.
돼지가 먹는다고 생각하니까 이상해서 그렇지 사람이 먹는다
고 생각하면 아주 맛있음다 형님.

유식   아무리 그래도… 사람이 밥을 묵어야제. 하긴, 돼지 장기를 사

람한테 이식하는 시대가 온당께… 앞으로는 돼지 간에, 돼지
쓸개 달고, 삼겹살도 먹고, 목살 묵고, 갈비 뜯는 시상이 오것
네야.

태평 그럼, 제가 돼집니까 형님. 꿀, 꿀꿀, 꿀 꿀 꿀 꿀 꿀꿀꿀꿀….
(하는데)

샤 뒤, 붉은 조명 떨어진다. 그림자들 돼지 탈을 쓰고 꿀꿀거린다.
음악 깔린다.

2.

여전히 내리는 비.
영화 〈록키〉 음악 깔린다.
씩씩거리면서 권투 연습 중인 태평, 신문을 보는 유식.
어느 새 그림자들 사라지고 없다.
태평 돼지사료 먹고 권투 연습하고 또 먹고 연습하고를 반복한다.
음악소리 커진다.
중앙에는 빗물을 받고 있는 깡통.

태평 형님, 어쩝니까 형님. 근육이 좀 올라 온 것 같습니까?
유식 내가 뭘 알간디.
태평 실버스타 스텔론도 진작 돼지사료 묵고 연습했으믄 쉽게 챔피
언 됐을 거 아닙니까 형님. 보십쇼 형님, 허리가 잘 돌아가지
않습니까. 원 투 원 투 스텝도 부드럽고. 두고 보십쇼 형님. (갑
자기 까치발을 세워 엉덩이를 쪼며) 배, 배가… 아, 아. 형, 형님,

형님, 형님, 신문, 좀, 주십쇼 형님. (신문 가지고 화장실로. 음악 사라진다)

유식 (경대 위에 올려둔 사진을 본다) 재석이 어메. 미안앙만.

태평 (안에서 힘쓰는 소리)

유식 (안에 대고) 화장실을 그라고 자주 갈람서 뭘라고 그런 것을 묵고 그려. (사료를 치우다가 하나를 집어 먹어본다. 먹을 만한지 하나를 더 먹는다) 냄새도 안 나고 괜찮하네. 사람이 밥을 묵어야 사람이제, 돼지사료를 묵은 사람 새낑가 돼지 새끼제. 어이, 태평이. 자네는 사람잉가 돼아징가?

태평 (안에서) 형님이 사람이라고 하면 사람이고, 형님이 돼지라고 하면 돼집니다. (물 내리고 나온다. 소리가 더 크다) 저는 꿈이 하나 있습다 형님.

유식 꿈?

태평 사람이 안 사는 무인도에다가 큰 별장 한 채 짓고 여우 같은 마누라하고 토끼 같은 애새끼 낳고 오순도순 살아보고 싶습다 형님.

유식 그라믄 돈을 많이 벌어야 쓰것네야. 무인도도 사야 허고, 무인도에 집을 지슬라믄 돈이 어디 한두 푼 들어. 무인도하고 육지를 오고가는 배도 한 척 구입해야 쓰것네. 아니, 헬리콥타를 사야 쓸랑까? 앙궁가?

태평 (신문 보다가) 여기 재미있는 기사가 있습다. 스페인 프리메라 리가 FC 바로셀로나에서 뛰고 있는 리오넬 메시 연봉은 이백삼십사억 원이다. 165cm의 65kg 단신 메시는 탄탄한 체격을 갖추고 빠른 스피드와 환상적인 드리블, 자로 잰 듯한 정확한 패스를 과시하며 그라운드를 누비며 당대 최고의 스트라이커로 자리를 잡고 있다. 가만, (계산을 하는지 볼펜으로 끄적거린다)

234억 나누기 65. 메시는 1kg에 3억6천만 원이네요 형님.

묘한 상상에 빠지는 태평. 샤 뒤, 그림자 하나가 축구선수 복장을 한 채 의자에 묶여 있고, 다른 그림자는 그를 인질로 고문을 하고 있다. 고문 받는 축구 선수 쓰러지고 만다.

태평   (방백) 그러믄 메시를 잡아다가 돈을 뜯은 다음, 독도를 사서 집을 짓고, 독도를 오가는 제트엔진 달린 뽀트를 사고, 여우 같은 마누라를 데려다가 토끼 같은 자식새끼를 낳고 살면 되겠네. 메시를 납치하려면 내가 스페인으로 가든가 그의 고향 아르헨티나로 가야하는데 비행기표 살 돈이 없네. 그러면 스페인 행 비행기를 먼저 납치해. (고개를 흔드는데)

샤, 어두워진다.

태평   (신문 보다가) 형님, 여기, 신문에 형님, 형님 아니십니까 형님.
유식   (애써 외면한다)
태평   큰일 하셨습니다. 아무나 못 하는 일 아닙니까 형님. 군청이 아니라 (속삭이듯) 청와대에 질러도 원통하고 분통함이 풀리겠습니까 형님. 존경합니다.
유식   신문 치워.
태평   (갑자기 옷을 벗고 등을 내민다) 형님 제 등에 싸인해 주십쇼. 영원히 간직할 수 있도록 문신으로 파버리겠습니다. (읽는) 중국산 양파에 밀려 양파 값이 폭락하자 군청에 불을 지른 이 씨를 경찰은 전국에….
유식   그만해.

태평　전국에 수배령을 내리는 한편….

유식　그만하랑께! (신문 뺏어) 사람이 나 땜시 사람이 죽어간다잖어. 그란디 뭣이 그라고 좋길래 낄낄대고 그래 시방. 자네는 사람 죽이는 거이 잘 한 짓거리라고 옷까지 벗어 던지고 싸인해 달라고 등을 들이밍가.

태평　죄송합니다. 생각이 짧았습다 형님.

유식　사람 생명이 왔다 갔다 한단디. 그저 입만 벌리믄 건달 되고 싶은 얘기밖에 없제. 대가리에 똥만 들었어 똥. 열심히 일을 해서 돈을 벌 생각은 쥐꼬리만큼도 없고, 멀쩡한 사람 등 쳐묵고 살 생각밖엔 없냔 말이여.

태평　(구석에 박혀 사료를 우걱우걱 씹어 먹기만 한다)

유식　(담배 꺼내 라이터로 불을 붙인다) 나한티 한 소리네. 미안허네. (한숨) 엿 같은 시상. 열심히 해도 안 되등만. 묵고 살라고 착실허니 쌔빠지게 농사를 져도 돌아오는 것이 앙꼿도 없드란 말이시.

태평　죄송합니다 형님.

유식　아니네. 차라리 건달이 되는 것이 더 나슬랑가도 몰러.

태평　(사료 먹는)

유식　(갑자기 화를 벌컥) 그래도 그라제. 사람이 사람 노릇을 함서 살아야제. 무시 그놈도 그래. 어쩌다 만나면 "야, 아직도 농사 짓냐. 때려치고 서울 올라와라. 자리 하나 내주께." 무식한 놈이 주먹만 믿고 날뛰지. 즈그들이 쌀밥 심으로 살제 뭔 심으로 버텨? 주제파악도 못하는 놈들. 나도 묵고 살라고 농사 진다. 두고 봐라. 앞으로는 잘사는 놈, 잘난 놈들만 우리 땅에서 나는 농산물 묵고, 돈 없고 못난 놈들은 죄다 수입산 묵고 살 거잉께.

태평　(사료 입 밖으로 튀여 나오고) 신토불입니다 형님.

유식　그때 가서 나한티 잘 보였다가는 말짱 꽝이다 꽝. 씨부랄. 사람이 살아 갈 수는 있게 맹글어 줘야 우쪽케 버틸 거 아니여. 몇 년째 추곡수매값은 묶어놓고, 물가는 하늘 높은 줄 모르고 오르는디, 애들 학원비 대고 나믄 앙끗도 읎어. 그란디 우리가 뭔 수로 버텨. 깨 농사 지믄 깨 수입 혀, 콩 농사 지믄 콩 수입혀, 양파, 마늘. 소새끼 키우믄 소고기, 돼아지 키우믄 돼지고기. 우라질 시상. 외국에다가 핸드폰 반도체 자동차 포는 것. 누가 못 허게 허냐고. 그것은 그것디로 하고, 최소한 우리가 숨 쉴 틈은 주란 말이여. 뭔 대책은 세워놔야 쓸 거 아니드라고.

태평	형님도, 무시 형님 덕에 피해 다니잖습까.
유식	그거하고 이거하고는 달라.
태평	어떻게 다릅니까 형님.
유식	그거는 그거고 이거는 이거여.
태평	그거는 뭐고 이거는 또 뭡니까. 모르겠습니다. 통.
유식	긍께 고거는 고거고, 이거는 이거랑께.
태평	그러니까, 그거는 뭐고 이거는 뭐냐 말임다.
유식	그러니까 그거는 이거이 아니고, 이거는 그거이 아니라 이 말이시. 그거이 아니믄 이거이 아니고, 이거이 아니믄 그거이 아니여. 그랑께 그거는 그거이고 이거는 이거란 말이시.
태평	(갸웃)
유식	(한숨) 죽지는 말아야 할 거인디.
태평	군청 직원 말입니까 화상 입은?
유식	동창이여. 중핵교. 일이 꼬일랑께 한하고 꼬잉만이.
태평	형님?
유식	(본다)
태평	제가 잘못 알아듣는 것이 있어서 말임다. '하나고' 가 무슨 말

입니까 형님?

유식 한하고?

태평 고등학꼽니까?

유식 한하고?

태평 네?

유식 거, 참. 하나고? 한없이. 한정 없이. 계속. 쭉. 그런 말이네.

태평 아, 그러니까 일이 계속 꼬인다 그런 말씀이심까.

유식 그라제.

태평 형님은 이름처럼 진짜 유식하십니다 모르는 것이 없으십니다. 며칠 동안 쭉 지켜봤습데 말입다. 형님 말투 말입다. 가르쳐주시면 안 되겠습니까. 다른 무시파 형님들도 형님처럼 말투가 다 그러던데… 형님, 말투 좀 가르쳐주십시오.

유식 말투라니?

태평 그래야 가오도 잡고 무게도 실리지 않겠슴까. 무시파 형님들 다 말투가 그렇슴다. 혼자 거울을 보면서 연습해 봤습니다만, 영 신통찮아서 말입다.

유식 무시파? 고것들, 순 무식한 놈들. 고놈들은 형님도 "행님. 행님"이라고 부르등만 콧구녕에다 심을 팍팍 줘가꼬.

태평 이라고라고요?

유식 이라고? 이라고는 뭐시냐 거시기 '이렇게' 라는 말이제.

태평 아, 이렇게요. 흠, 흠. 해, 행님. 이라고 말입니까 행님.

유식 그런다고 콧구녕에 심은 주지 말어. 코맹맹잉가.

태평 (따라서) 콧구녕에 심은 주지 말어!

유식 자네는 내 말투 따라 할라믄 당아 멀었네.

태평 당아요? 당아는 또 뭡니까.

유식 아직 멀었다 그런 뜻이여.

태평 아, 당아라는 말이 '아직'이라는 말입니까. 그러면 너는 건달이 되려면 당아 멀었다. 이렇게 하는 게 맞습니까.

유식 맞기는 헌디, 당아에서 당을 더 질게 빼야제.

태평 당 ― 아 멀었다. 이렇게 말임까. (연습) 당 ― 아 (꼬리를 올리며) 빼야제이, 그랬단 말이시이.

유식 잉, 그려 쪼깐 될라고 형만.

태평 (따라서) 잉, 그리여, 쪼까 될라고 항만.

유식 될라고 항만이 아니고 형만.

태평 형만.

유식 형만 할 때도 만을 질게 빼. 마 ― 안, 하고.

태평 될라고 허엉마 ― 안.

유식 그려, 인자 걱다가 눈에 독기를 품으믄 쓰것네.

태평 (눈에 힘. 따라 하는) 걱다가 눈에 독기를 품으믄 쓰것네.

유식 인자 포도시 따라서 형만.

태평 포도씨를 왜 따라서 합니까?

유식 겨우 따라 한다 뭐 그런 뜻이네. 포도시가 겨우란 말이시.

태평 포도시 따라서 형만.

유식 거울을 봄서 허소. 태평이 자네 얼굴이 무성가 안무성가 봄서?

태평 (거울 보며 눈에 힘) 형님? 무성가 안무성가는 또 무슨 말씀이십니까?

유식 인자는 무슨 말씀이십니까 이라고 묻지 말고 딱 짤라. 뭔 말이요? 뭐시다우? 이람서 끄터리를 살짝 치켜올려. 잘 들어보소이. 뭔 말이요오? 고곳이 뭐시다우? 요로케. 꼬리를 살짝 올리란 마시 참, 나한티 뭘 물어봤었제?

태평 잊어부렀는디요?

유식 그려. 그라고 하랑께. 부드럽게 잘 항만.

태평   (더 자연스럽게) 잊어부렀는디요?

유식   이, 맞어. 무성가 안무성가라는 뜻은 "무섭냐 안 무섭냐" 라는 말이여. 시방부터 거울을 봄서 인상 쓰는 연습을 혀 보소.

태평 인상 쓴다. 하지만 거울을 보면서 웃기만 한다.

태평   (혼잣소리) 참 잘생겼다. 얌마, 무사 안 무사? (폼을 잡아보고) 행 님? 어떻습니까 행님?

유식   다 존디 어떻습니까 행님? 이 아니라, 우짜요 행님, 이라고 해 야제.

태평   (연습해 보고) 우짜요 행님? 이라고 해야제이. (폼잡고) 우짜요 행님?

유식   연습 더 하믄 소원 풀것네.

태평   (거울 보고) 눈 내려. 눈 안 내리냐.

유식   눈 깔어가 더 무섭지 않것능가.

태평   눈 깔어. 행님 눈보다는 눈깔이 더 무섭지 않슴까. 눈깔 깔어! 눈깔 안 깔어. 됐습니까? 아니. 행님, 됐소?

유식   그라제. 그라고 자신감있게 밀어부쳐야 공포감을 느끼제. 그 란디 다리를 떨어붕께 영판 배래부럿네야. 동네 양아치들 같 네. 다리는 떨지 말고, 딱 무게를 잡고 소리를 배에서 뽑아 올 림서 다시 해보소.

태평   눈깔 깔어. 눈깔 안 깔어! 어짜요?

유식   우짜요도 펭야 같어. 배에 힘을 딱 주고 다시 해봐.

태평   펭이요? 처음 오시던 날도 펭이 뭐라고 하시던데?

유식   펭야? (크게 웃는) 아따 긍게 그것이. 서울 말로는이 딱히 뭐시라 고 해야 쓸랑가? 이, 그려. 결국. 결국 뭐 그런 뜻 아니것는가?

유식 아, (노트한다) 펭야는 결국. 포도시는 겨우. 당아는 아직. 무성 가 안무성가는 무섭냐 안 무섭냐. 맞슴까 형님.

태평 그려.

태평 눈깔 깔어. 눈깔 안 깔어. 행님, 어짜요?

유식 포도시 될락 하네. 다시.

태평 눈깔 깔어!

유식 올체. 바로 고것이여. 인자 자네는 누구를 만나드라도 절대로 꿀리지 않것네. 돼아지사료 보지란히 챙겨묵고 연습 허소….

태평 잠깐만요, 행님. 방금 (입만 벙끗 하며 '보지') 라고 하셨잖습니 까? 여자들 거시기가, 돼지사료, 를, 먹는다. 그런 말씀이심까 행님….

유식 얼척없네. 내가 언제 (똑같이 '보지' 한다) 라고 허등가. 부지런 히. 보지란히가 부지런히란 말이시. 강깨 보지란히 돼지사료 챙개 묵고, 시간 나는 디로 운동허소. 그라믄 아까 말한디로 태팽이 자네 소원 풀것네.

태평 (무릎을 꿇는)

유식 그란디 내 생각에는 말이시. 건달들도 머리가 있어야 쓰것등만. 힘으로 무식하게 달라붙으믄 쌈박질 선수제 건달은 아닌 것 같 드란마시. 책도 많이 읽고 시상 돌아가는 것을 눈여겨보라 그 말이제. 특히 신문 많이 보믄 틀림없이 도움이 될 꺼이네.

태평 예, 행님. 이, 인간 차태평이 진짜 명심하겠습니다 행님. 행님 은 진짜 유식 하십니다. 제, 스승이십니다.

유식 건달이 그라고 되고 자픙가?

태평 말이라고 하십니까 행님.

유식 왜? 뭣땜시 될라고 긍가?

태평 간지 작살임다 행님. 남자. 힘. 바로 그겁니다. 행님, 일대일로 맞장 뜬다 생각하고 행님이 이쪽으로 와보십쇼 행님.

유식 (태평에게 간다)

영화 음악 〈록키〉 주제곡 흐른다.
태평 펜으로 배에 "王"를 그려 새긴다. 그러더니 '무시파' 완장 차고
개 폼 잡아본다.

태평 눈깔 깔어 씹새꺄! 음마, 눈깔에 힘 풀란마다. 요런 느자구 없
는 것이 배창시를 확 긁어서 주둥이에 쳐 발라 분다이. 눈깔
안 깔어!

유식 그려. 그럴싸해. 간디이, 말이 너무 많어. 딱 한마디로 제압을
허란 마시.

태평 한마디라뇨?

유식 눈깔 깔어! 끝! 쌈빡하고 깔끔항가 안.

태평 눈깔 깔어.

유식 배에 더 힘을 주고.

태평 눈깔 깔어!

유식 그래, 좋아. 다리에 힘을 팍 주고, 어깨는 쩍 벌린 다음.

태평 눈깔 깔어!!

유식 좋아. 바로 그것이네.

태평 눈깔 깔어!!!

유식 못 깔것다.

태평 (유식을 이불에 냅다 꽂는다)

유식 (쓰러진다)

태평 행님. 행님. 다치신 데 없으십니까 행님. 이놈이 정신이 돌았
습니다 행님.

유식   이, 친구야. 사람 잡것네.

태평   파스 바르십쇼 행님. (옷장에서 물파스 꺼내 발라준다)

전화 벨.

태평   (잽싸게) 여보세… 말씀하십쇼. 아, 행님. 오늘 말임까 행님. 예.
예… 예. 알겠슴다 행님. (조용히) 알겠슴다 행님. 예. 예. 예.
예. 예? 예. 예. 알겠습니다 행님. 인간 차태평이를 뭘로 보십
니까 행님. 예. 믿으십쇼 행님. 인간 차태평이 학교에서 형님
모실 때도 진짜 에프엠대로 했잖슴까 행님. 예. 예. (큰 소리로
복창) 영점 오초 내로 튀어 가겠슴다 행님. (끊는다)

유식   (파스 바르는)

태평   (가방 챙긴다)

유식   어디 강가?

태평   갔다 와서 말씀드리겠습니다 행님.

태평 옷장에서 이것저것 챙긴다. 다시 들리는 빗소리.
유식 다친 허리를 잡고 겨우 일어난다.

유식   (사진을 보며) 재석아. 또 비가 옹갑네. 니는 이, 애비 맹키로 농
사 짓지 말고 공부 잘해서 출세해라. 아이고 허리야. 재숙아
니도 공부 잘하고. 그래야 외교관 된다이. 아부지 없다고 밤나
늦게까장 테레비 보덜 말고… 아부지가 인자는 느그들한티 착
하게 살라고 말을 못 하것다. 나는 이날 입대까장 참말로 바른
생활로 살았이야. 근디, 시상은 착하게 살아도 안 되드란 마
다. 아이고 허리야. 장마철도 아닌디 메칠째 비만 계속 내리

네. 정신을 잔차려야제 안 되것다. (화장실로 들어간다)

미스 강, 껌을 씹으며 살짝 문 연다.
아무도 없다. 들어가서 옷장을 열어본다. 유식의 가방이 있다. 그러다가 유식의 가방을 뒤진다. 돈이 나온다. 다시 넣어두려다가 흑심을 품고 속옷에 숨긴다.
나가려고 뒷걸음질 하다가 그만 중앙에 놓인 빗물 받는 그릇을 건드린다.

유식 (안에서) 태평이여?

미스 (다시 가방을 옷장에 넣고 돈은 속옷에 감춘다)

유식 (물 내리는 소리 여전히 크다. 나오며 놀란다)

미스 어머, 오빠. 순진파 오빠. 안녕. (엎어진 그릇 다시 받치며)

유식 언제 들어왔소?

미스 나우.

유식 예?

미스 나우? 지금.

유식 아, 예.

미스 저기, 찻길 건너 복덕방에 커피 배달 갔다가 들렀어. 영감탱이들 커피를 시켰으면 커피를 마시지 왜 허벅지를 주무르고 지랄이야 지랄들이. 나잇살을 처먹었으면 곱게 늙을 것이지. (치마를 살짝 걷어 올린다) 이 방은 언제 들어와도 습해. 아, 더워.

유식 나는 커피 안 시켰는디….

미스 그냥, 순진파 오빠 보고 싶어 왔어.

유식 태평이 나갔는디 방금.

미스 그 변태새끼. 난 관심 없어. 난 순진파 오빠가 맘에 드는데…

(안기며) 오빠, 순진파 오빠. 늑대소년은 누구를 그렇게 그리워 했을까?

유식 아따 이라지 맛쇼.

미스 오빠, 진짜 순진한 거야. 아님, 순진한 척 하는 거야?

유식 늑대소년이사 마을 사람들이 거짓말 했응깨 복수 할라고 거짓 말 했것지라우.

미스 거짓말?

유식 그렇들 안하요. 마을 사람들은 첨에 늑대 소년한티 니가 양을 잘 기르믄 돈도 주고 맛난 음식도 주고, 좋은 옷도 입혀주마 이랬것제.

미스 그걸 어떻게 알아.

유식 그럼, 약속도 안 받고 날 짐승들이 우글거리는 산 속에서 양치 기를 했것소. 양치기만 잘 하고 있으믄 틀림없이 좋은 일 있을 거라 약속 했것제.

샤 뒤, 그림자 몇 마을 사람으로 분해 마시고 노래하고 즐기는 모습 투영.

미스 그런데 마을 사람들은 양치기 소년에게 양떼를 맡겨놓고, 매 일 술 마시고 노래 부르고 축제를 벌였다. 그러자 산 위에 있 는 양치기 소년은 밤마다 찬 이슬 피해가며 양떼들과 씨름하 고 있는 자신의 처지에 화가 치밀어 올랐다. 순간 늑대가 나타 났다는 거짓말을 했다. 마을 사람들은 파티를 즐기다가 몽둥 이를 들고 산으로 달려왔다. 그러나 늑대는 없었다. 사람들은 아무 일이 없자 다시 마을에 내려가 파티를 벌였다. 양치기 소 년은 또 화가 났다. 마을 사람들이 약속을 지키지 않고 자신에게는 아무런 보상도 해주지 않자, 늑대가 나타났다고 또 거짓말을 했다. 이번에도 아무런 일이 없자 마을 사람들은 다시 마을로 내려갔다. 양치기 소년은 사람들이 내려가서 또 파티를 벌이고 노래를 부르자 다시 화가 났다.

샤, 뒤 또 다른 그림자 양치기 소년으로 분한다.

그림자　늑대가 나타났다. 늑대가 나타났다.

마을 사람들, 양치기 소년 몽둥이로 패 죽인다. 그리고 다시 파티를 즐긴다.

미스　마을 사람들이 올라와서 거짓말을 한 양치기 소년을 때려죽였다. 그 후 거짓말을 한 마을 사람들은 아무런 일 없이 잘 살아갔지만, 거짓말 때문에 거짓말을 할 수밖에 없었던 양치기 소년은 사람들 속에서 잊혀져 갔다.

유식　세상은 항시 거짓부렁이 뿐잉께.

유식, 샤 뒤 죽어가는 소년을 한참 동안 본다. 샤 어두워진다.

미스　결국 늑대소년은, 아니 양치기 소년은 외로운 나머지 사람들이 그리워서 거짓말을 했지만, 거짓말을 먼저 시작한 쪽은 마을 사람들이다. 순진파 오빠, 생각보다 유식하다. 이름처럼. 난, … 거짓말이라곤 생각지도 못했네.

유식　그랗게 순진한 농사꾼한테 공갈 사기 치는 놈들은 죄다 모아놓고 쌔바닥을 확 뽑아 불어야 써!

미스	뭘, 뽑아요?
유식	쌔바닥.
미스	그게 뭔데요?
유식	혓바닥.
미스	악! 순진파 오빠, 무섭다. (안기며) 오빠, 농사 끝나면 돈 많이 벌어?
유식	….

전화 벨.

미스	(받는다) 네. 단속이요? 알았어요. (끊고 유식에게) 주인인데 단속 떴다네요. 하긴 이런 우중충한 데, 정상적인 사람들이 머물 이유가 없지. 밤중에 무슨 단속이야 촌스럽게.
유식	(옷장으로 숨는다)
미스	순진파 오빠? 옷장에는 왜 들어가고 그래?
유식	나. 나, 없다고 하쇼이. 아, 아니. 불, 불을 꺼. 그라믄 암도 없는 줄 알고 단속반들 그냥 가것제.
미스	순진파 오빠, 뭔가 있지. 왜 숨으려고 해. 말해봐 뭐 있지?
유식	있긴 뭣이 있어. 앙끗도 읎어. (옷장 닫는다)
미스	바보. 나와.

미스 강, 이불을 깐다. 옷을 벗는다. 돈이 떨어진다.

유식	(미스 강과 눈이 마주친다. 떨어진 돈을 본다)
미스	(이불 아래로 돈을 숨긴다)

노크 소리.

미스   쉿!

미스 강, 유식의 입을 막고 이불 속으로 들어간다.
노크 소리.
거짓 교성을 내지르는 미스 강. 경찰 살짝 문 열어본다.

미스   (버럭) 어맛! 누구야. 어떤 미친 새끼야. (문을 향해 베개 던진다)

경찰 이내 문을 닫는다. 이어서 '죄송합니다' 들린다.
미스 강과 이유식 한참 동안 그대로 있다.
이윽고 유식 일어나려고 하자 미스 강, 그를 끌어당긴다.

유식   이러지 맛쇼.
미스   왜? 내가 다리병신이라?
유식   (일어난다) 아녀. 그런 것은.
미스   그럼… 왜?
유식   그냥… 안 되는 것이여. 이것은.
미스   그럼, 그냥 있어. 그냥. 릴렉스. 순진파 오빠. 냄새가 나. 남자 냄새.
유식   이라지 말랑께라우.
미스   돈으로 나를 사. 변태새끼처럼 나를 사.
유식   (피한다)
미스   (더 세게 안기는)
유식   (처음에는 그를 안으려 하지만 양심상 그녀를 밀친다)

미스	왜? 더러워.
유식	아니. 아니여.
미스	나, 이런 여자야.
유식	(담배를 문다) 마담 지둘린디 어여 가보소.
미스	(역시 담배를)
유식	(창가로 간다)
미스	(연기 날리며) 아버지. 검은 비밀봉지에 순대를 잔뜩 사왔어. 잠을 자고 있는 나를 막 깨웠어. "의령아 일어나라. 의령아 순대 사왔다. 니 좋아하는 순대다. 먹자" 난 그냥 잤어. 이상하게 일어나고 싶지 않았어. 일 년에 열 달 이상 바다에서 보내던 아버지. 내가 초등학교 5학년이 되던 날 밤 "아빠 내일 또 바다로 간다. 돈 많이 벌어올게" 눈을 뜨면 눈물을 참을 수 없을 것 같았어.

빗소리.

미스	다음 날 학교에서 돌아왔을 때도 순대는 검은 비닐봉지 안에 그대로 있었어. 차디 찬 순대. 난 가방도 풀지 않고 우걱우걱 먹었어. (눈물 때문에 콧물이 난다)

샷 뒤, 아내가 머리에 짐을 이고 나타난다.
미스 강과 아내의 대사 교차한다.

아내	맬겁이 돼지 축사는 지서 놔가꼬 사람을 이라고 심드게 허요. 요번 비에 축사 한쪽 귀퉁이가 짜그라져 불었어라우. 그래도 우짤 껏이요, 사람 사다가 시방 고치고는 있소만은 당신 손이

있어야 뭔 일을 야물딱지게 헐 것 아뇨.

미스 아, 맞다. 그날도 비가 왔었다. 비. 투투두두두둑. 막 쏟아졌지.

아내 애말이요? 재석이 아부지, 살아는 있소?

미스 5학년이 끝나가던 가을. 비가 왔어. 추웠어. 새벽 비. 전화가 왔어. 엄마는 한동안 수화기를 붙잡고 아무런 말도 하지 않았어. 흐느끼고 있었어. 점점 더 울음소리가 커졌어. 빗소리도 커졌어. 엄마는 미친 여자처럼 밖으로 나갔어. 울부짖었어. 엉엉엉. 실성한 여자처럼 막 울었어. 나는 우산도 안 쓰고 달려 나가는 엄마를 부르며 뒤를 따랐어. "엄마, 우산 쓰고 가. 엄마!"

천둥이 친다.

아내 참말로. 병원에 입원한 군청 직원이라우. 당신 중학교 동창. 큰 빙원서 피부이식수술을 혔는디 잘 됐다 급디다.

미스 불빛. 엄청나게 큰 트럭 불빛이 우리 쪽으로 달려왔어. 빵빵.

굉음 같은 클랙슨 소리와 강렬한 빛이 여관방을 비췄다 사라진다.

아내 난리요 난리.

미스 엄마는 그 자리에서 죽고, 나는 다리병신이 됐어.

아내 쪼까 참제. 우째서 불을 싸질러 가꼬 이라고 힘들게 허여.

미스 참 이상하지. 이렇게 비가 오는 날이면 아무런 감각도 없는 저기 저 엄지발가락 끝이 막 간지럽단 말이지.

아내 텔레비만 틀믄 불 지른 뉴슨디. 당신이 왜 불을 질렀는가 그런 말은 하나도 없고, 병원에 실려간 당신 친구만 나와라. 이라다 양파값 보상 캥이는 창고서 썩어가는 양파 땅에다 묻어불고 잪아도 돈이 없어서 우쪽케 할 도리가 없어라우.

미스 난 그때부터 엄마도 없고 아빠도 없는 놀림 받는 다리병신이 었어.

아내 재석이랑 재숙이도 학교서 따돌림 당항가, 어깨가 축 쳐졌단 말요. 애말이요 재석이 아부지, 살았는지 죽었는지 전화 한 통 해줏쇼. 아이고 내 팔자야. 쯧쯧쯧.

샤, 아내 사라진다.

미스 순진파 오빠 냄새가 나 순대 냄새. (유식의 얼굴을 마주하며 무릎에 안기는)

유식 어이, 미시 강. 아가씨.

미스 (그의 목덜미를⋯)

유식 (가만 있으려다가 이내 뿌리친다)

미스 아무리 네가 용을 써도 너는 다리병신이다? 이건가?

유식 (사진 가리키며) 애들이 지 애비를 빤히 내려다보는디, 우쪽게 암시랑토 안컸는가? 이라믄 안 되네.

미스 (사진을 뒤집는다) 이러면 돼.

유식 그려. 그려, 그려. 오, 우리 순대 묵세. 순대 배달시켜 묵세. (전화기 들고) 카운타지라우? 거 뭐시냐. 야식집에서 순대 잔 시켜 줏쇼. 출출해서라. 예? 간 허파 그런 것은 빼고 걍 순대만. 예. 예. (끊는) 가만 있어라 돈을⋯.

유식, 옷장 가방 보려다 미스 강이 앉아있는 이불을 젖힌다. 뭉칫돈 다발.

미스　미안해. 그냥 장난으로….

유식　쎄바닥을 확 뽑아 불라. 도둑질이 장난이여?

미스　오빠, 아냐. 그래, 돈을 보니까 순간 그 돈이면 모델학원 등록하겠다 싶어서… 믿어줘… 순간적으로… 그랬어. 도둑년으로 몰아 붙이지마.

유식　뚫린 입이라고 함부로 뱉어. 콱 그냥. 오빠, 오빠 하면서 살살 눈웃음 흘리지 마라이. (돈 가방에 넣는데)

　　　노크 소리.
　　　사이.
　　　천둥소리. 놀라는 두 사람.
　　　노크 소리.

배달부　(소리) 배달 왔습니다.

유식　들옷쇼.

배달부　(철가방 붉은 글씨 '벙개 야식' 속에서 순대 꺼낸다)

유식　(계산한다)

배달부　(돈 받고 나간다)

　　　노크 소리.

배달부　(문 열고) 그릇은 밖에 헤헤헤. 그림 좋습니다. 헤헤헤. (문 닫는)

　　　배달된 음식을 가운데 두고 한참 동안 앉아있는 그들.
　　　사이.

미스   … 감시가 워낙 심해서. 작년 겨울에 도망쳤다가 죽는 줄 알았
어. 한 번만 더 도망치면 섬에다 팔아버린다고 협박하잖아. 도
망을 가고 싶어도 돈이 없으니 갈 수가 없잖아. 그래, 모델학
원 거짓말이야. 비행기 타고 멀리 도망가 버리고 싶어서… 그
래서… 돈이 없어서 도망도 못 가 난….

다시 굵어지는 빗소리.

유식   묵세. 출출할 거인디.
미스   (운다) 아무도 모르는 곳에서 살고 싶어 난.
유식   그라믄 무인도로 가야쓰것고만. 기림 같은 별장도 짓고, 늑대
같은 남편 만나서 퇴깽이 같은 애새끼들 낳고 말여.
미스   그렇게만 살 수 있다면….
유식   태평이 소원이 무인도에서 여우 같은 마누라랑 토끼 같은 자
식 낳고 사는 것이라등만. 식 올리소. 둘이.
미스   (순대 먹다) 순대 맛 더럽게 없네…. (먹던 순대 던져버린다)

미스 강, 돈 다발 내민다.

미스   죄송해요. 순간적으로 욕심이 생겨서. (진심으로 고개를 조아린다)
유식   나도 순간적으로다가 일통 저지른 놈인디 뭔 할 말이 있것는
가. 살다 보믄 존 날 오것제. 들드라고.

전화 벨.

유식   (받는다)

마담 들어서면 식육점 분위기.

마담 거기, 미시 강 있시예?

유식 지둘리쑈. 어이, 받아보소….

미스 여보세….

마담 (기차화통) 내 니 거가 있을 줄 알았대이. 니는 배달만 나갔다
하믄 어째 함흥차사가. 니 퍼뜩 끼대 안 들오나. 니, 태평잉가
만평인가 하는 놈팽이놈 그리도 좋나. 그노마 우리 다방에서
죽치고 앉아있을 때부터 알아 봤대이. 그런 거지 같은 놈은 건
달도 몬 된 대이. 니 똑디 새겨들어라. 앞으로 한 번만 더 늦으
믄 쥐뿔도 없대이.

미스 지금 가. 간다고!

마담 어따 소리치노 가스나야. 퍼뜩 끼대 안 오나. 문디 가스나.

미스 알았다구요. 간다구요 가. 재수 재수 왕 재수. (끊는)

마담 뭐? 니, 뭐라캤노? 확, 쌍판대기에 빵구를… 썅년!

그림자 들어와 마담에게 뭔가 귓속 얘기한다.

마담 참말이가. 반반하나? 또 다리 빙신 같은 가시나 아이제? 지난
번에 그년. 다리 빙신 말이다. 얼굴만 반반하제 영 느려 터져
가 장사 몬 해 묵것다. 어디 팔 때 있나 알아봐라 마.

그림자 (귓속)

마담 어딜? 귀신은 속여도 내는 몬 속인다. 요즘 시상에 아다라시
가 어딘노? 니가 먹어봤나? 으째 아단 줄 아노?

그림자 (귓속)

마담 중딩? (웃는다. 지폐 몇 장 꺼내 준다) 카드빚에 사채빚, 앞으로도

들어 올 년 많대이. 가자. (나간다)

둘 나가면 조명 바뀐다.

미스   다음엔 진짜 돈 주고 나 사. 그렇게 해 줘. 부탁이야. (나가며)
유식   (방 문 열고) 아깐 고마웠소. 단속 떴을 때.
미스   (소리) 간다. 순진과 오빠. 담에 꼭 불러.

또각또각 다리를 절며 엇박자로 들리는 미스 강의 구두소리 한참 동안 들린다.

유식   돈이 웬수여. (순대를 하나 먹는다) 돼지창자로 내 위장을 채우고 (돼지사료를 꺼내 먹어 본다) 돼지사료로 내 위장을 채우고… 꿀꿀한 세상이시. (전등 스위치 끈다)

무대 어둡다.
유식 자리를 깔고 눕는다. 낙숫물 떨어지는 소리 과장되게 크다.
샤 뒤. 그림자들 유식 가족사진처럼 다정한 포즈를 취한다.
가족사진 이내 사라지면, 반대쪽에 화상 당한 귀신의 모습과 교차한다. 유식의 회상. 가족에 대한 그리움과 죄책감에 대한 괴로움이 뒤섞인다.
샤, 어둡다.
유식 잠을 이루지 못한다. 일어나 창문을 열어본다.

유식   … 맨 십자가네. 이리 봐도 십자가… 저리 봐도 십자가… 대한민국 수도 서울은 전부 공동묘징만이.

헐떡거리며 들어오는 태평, 비에 젖었다.

태평   행님, 행님, 제가 말입다. 멋찌게 한 건 했습다 행님. 인간 차태평이 불행 끝 행복 시작입다 행님. 인간 차태평이, 인생 날개 달 일만 남았습다 행님. 두고 보십쇼 행님. (웃고 있다. 거의 포복절도 수준이다)

샤 뒤, 가로등 아래 그림자 잔뜩 비를 맞고 누군가를 쫓다가 놓쳤는지 씩씩거린다.

유식   (불 켠다) 이 친구 실성했나. 어이, 태평이. 존 일 있는가?

무대 밝아진다.

유식   어째 비는 쫄딱 맞고 다녀. 물에 빠진 쌔앙쥐 꼴이시.
태평   다, 행님 덕입다. 행님 지도편달 덕입다 행님. 일대일로 딱 마주쳤습다. 그때 눈깔 깔어. 딱 한마디 했습다. 그걸로 끝입다.
유식   뭔 소리여 시방.
태평   독도 사고, 독도에 집 짓고, 독도 가는 배 사고, 토끼 같은 마누나랑 여우 같은 자식 낳고… 아니, 여우 같은 마누라랑 토끼 같은 자식들 낳고 살 일만 남았음다. 인간 차태평, 오늘부텀 아기다리 고기다리던 무시팝니다. 행님. 무,시,파!
유식   감기 걸려. (수건으로 닦아준다) 한 잔 했는가?
태평   술, 여깄습다. (가방에서 소주 꺼낸다) 사왔습다. 행님이랑 한 잔 뽈라고 사왔습다. 지대로 뽑시다 행님. (가방 옷장에 넣고 화장실로 들어간다)

유식	오늘도 나는 서울에 잠 못 이루는 밤잉만.
태평	(안에서) 허허허. 피, 피가. 허허허허, 시뻘건 붉은 피가, 콸콸콸 수도꼭지 터진 것 마냥 피가, 하하하하.
유식	나간 일이 잘 되았는 개비네?
태평	아주 자 — 알 됐습다. (소주 따른다) 받으십쇼 행님.
유식	글 안 해도 한 잔 했으믄 쓰것등만. (순대 건네며) 안주는 여갔네.
태평	순대 아닙니까. 순대는 행님 드시고, 저는 (사료 꺼낸다) 제 안주 먹겠습다.
유식	(마시고 건넨다)
태평	(받는다) 한 잔 더 주십쇼.
유식	(준다)
태평	(마신다) 행님, 한 잔만 더 주십쇼.
유식	(따른다)
태평	(마신다. 잔 건네 따른다) 행님, 제가 말입다 행님. (마신다) 겨우 삼천오백 원 때문에 여섯 달 동안 옥살이를 했습다. (건넨다)
유식	겨우라니 단 돈 일원이라도 남의 돈에 손을 대는 것은 도둑질이여. 그란디 반년 옥살이는 너무 많은 것 같은디. (마시고 건네고)
태평	제 말이 그 말 아닙니까. (마신다. 건넨다)
유식	금빼찌 단 놈들은 수억씩 챙겨 묵어도 금방 나오등만. 어쩌다가 그라고 오래 살았능가?
태평	제가 고아원 출신임다. 그러니 신원 보증을 서줄 사람도 없고, 공부를 안 했으니 반반한 직장도 없고, 연고지도 불확실하고… "피고 차태평은 도주위험과 신원이 불확실하므로 징역 육 개월에 처한다." 꽝 꽝 꽝! 나는 말입다 행님. 심장이 멎는 줄 알았습다. 배가 고파서 중국집에서 짱개를 먹고, 주인 몰래 도망치다 걸렸습다. (가방에서 술 꺼낸다. 이빨로 병뚜껑 딴다. 사료

를 우걱우걱 씹어 먹는다) 한 잔 더 줍쇼 행님.

유식 태평이 너무 급허네. 쌀쌀 마셔.

태평 예? 쌀이요? 쌀을 마셔요?

유식 아니, 천천히 마시라 그 말이시.

태평 알겠슴다. (잔을 기우려 아주 천천히 마신다) 억울하다. 그래서 인간 차태평이 무시파 완장 차고, 인간 차태평이 괴롭힌 놈들 접수할람다 행님. 억울해서라도 꼭 할람다.

유식 뭣이 그라고 억울항가?

태평 다. 다.

유식 나도 입대까장 농사짓고 살았네만, 억울하고 분하고 속 터져 미쳐 불 것도 땅만 믿고 살아왔는디, 생각해보믄 나도 병신이란 말이시. (자작)

태평 행님이 어째 병신임까. 사지육신 멀쩡한 사람이.

유식 병신잉깨, 당하고 살았제.

태평 행님은 군청에 불도 질렀잖습니까. 그래시 제가 존경함나. 용기가 있어서 존경함다. 저도 이 생활 청산함다. 곧 신세계로 나감다. (걸인처럼 사료를 씹어 먹는다)

유식 그려, 사람은 꿈을 갖고 살아야제… 그란디… 그란디, 태평이 자네 꿈은 무섭네야.

태평 형님을 보면 말임다. 생각나는 사람이 있슴다. 그 사람도 꼭 지금 형님 나이쯤이었슴다. (자작하는) 한때는 착실하게 살았슴다. 스무살 갓 넘었을 때 원양어선을 탔다. 그때 기관실에서 일하던 사람하고 형님이 얼굴이며 행동까지 아주 많이 닮았슴다. 첨 봤을 때 그 사람이 살아 돌아왔나 싶을 정도였슴다.

유식 나랑 닮았다는 사람이 죽어 불었어. 어째 싸 하네야.

태평 폭풍우가 몰아치던 날 기관실에 불이 나서, 쌔까맣게 타 죽었

　　　　 습다. 그 형수 충격 받아서 초등학교 다니던 딸을 안고 차에
　　　　 뛰어 들었다는 얘기도 있고, 어디 정신병원에 갇혔다는 말도
　　　　 있고. 지금껏 살아오면서 이 인간 차태평이한테 무진장 신경
　　　　 써 준 유일한 사람이었슴다.

유식　　가만, 가만. (방백) 그러면….

태평　　(그러다가) "죄수 차태평은 재범의 우려가 있어 보호감호소에
　　　　 서 칠 년의 사회 적응훈련 생활을 명한다" 사람을 가둬놓으면
　　　　 말임다. 죄를 반성하고 뉘우쳐야 하는데, 분노만 키우다 왔슴
　　　　 다. 그때 생각했슴다. 성공해야겠다. 성공해서 인간 차태평이
　　　　 어깨에 날개를 달아야겠다. 아무리 생각해도 나 같은 놈이 우
　　　　 리 사회에서 성공할 수 있는 길은, 바로 (주먹을 쥐고) 이것이다.
　　　　 주먹!

　　　　 유식, 자작한다. 그러다가 깡통에 빗물이 차오르자 화장실에 갖다
　　　　 가 버린다.

태평　　(다시 사료를 씹어 먹는다)

유식　　(창가로 간다. 방백) 태평이가 말한 그 사람이 혹… 비가 한하고
　　　　 올랑가… 그칠 기미가 없네. 어이, 태평이 그만 먹어, 그라다
　　　　 또 탈나것네. 어이, 태팽이.

태평　　꿀꿀! 꿀꿀! 꿀 꿀 꿀 꿀! 행님, 독도에 별장 짐 꼭 놀러 오십쇼.
　　　　 거하게 대접하겠슴다.

유식　　나?

태평　　예, 행님.

유식　　잊어불지나 마소. (많이 취했다. 휘청거린다)

태평　　인간 차태평 그런 일 없슴다. 행님, 기분 좋다. 노래 한 곡

바치겠슴다. 잊지는 말아야지 / 만날 순 없어도 / 헤어질 땐 서러워도 / 만날 땐 반가운 것 / 나는 한 마리 / 사랑의 새가 되어 / 꿈속에 젖어 /

애들아! 나와라….

유식과 태평 이미 만취 상태다.
좌·우 문 열리면 고급 양주와 각종 안주가 차려진 테이블을 밀고 여장을 한 그림자와, 소파를 밀고 들어오는 미스 강. 일제히 "오빠" 한다.
미스 강, 고급요정의 접대부 차림. 그림자 한 명은 여고생 교복을 또 한 명은 스튜어디스 복장이다.
여기는 유식의 꿈인지 환상인지 아니면 태평이 오늘 낮에 누군가의 전화를 받고 일을 저지르고 왔다는 곳인지, 아무튼 희한한 장면이다.
유식은 사장이고 태평은 건달이다.

여고생   (김완선의 〈오늘밤〉 립씽크 부른다)

무대 붉은 빛의 식육점 분위기.

여고생   나 오늘 오늘밤은 어둠이 무서워요 /
          무심한 밤새소리 구슬피 들려 /
          저 하늘 둥근 달이 외로워 보여요 /
          작은 별 속삭임도 부질없어요 /
          정다웠던 옛날이 어둠 속에 묻히고 /
          이제 우리 서로가 남남인가 /
          꿈만 같던 옛날이 안개 속에 사라져 /

이제 나 홀로 되어 남아있네 /

건달　　나는 니가 더 무섭다. (강에게) 마스코트 한 곡 뽑아.

스튜어디스　사장님, 보는 눈 있다. 얘, 모델 출신이라구.

스튜어디스 테이블에 올라가 마치 모델쇼 하는 것처럼 휘 돌아서면,
뒤에 여고생도 따른다. 이어서 왁스 〈화장을 고치고〉 나온다.
조명 미스 강에게만.

미스　　우연히 널 찾아와 사랑만 남기고 간 너 /
　　　　하루가 지나 몇 해가 흘러도 /
　　　　아무 소식도 없는데 세월에 변해버린 날 보며 실망할까봐 /
　　　　오늘도 나는 설레는 맘으로 화장을 다시 고치곤 해 /
　　　　아무것도 난 해준 게 없어 받기만 했을 뿐 /
　　　　그래서 미안해 나 같은 여자를 왜 사랑했는지 왜 떠나려 했
　　　　는지 /
　　　　어떻게든 우린 다시 사랑해야해 /

사장 노래에 취해 술에 취해 여고생과, 태평은 스튜어디스와 춤을
춘다.
샤 뒤, 아내 쪼그려 앉아 일을 하다 허리를 펴고 일어나 이마에 땀
을 닦는다.

아내　　재석이 아부지… (멀리 하늘을 본다)

사장　　(아내의 환청이 들리는지 고개를 가로 젓는다. 많이 취했다) 아녀. 아
　　　　녀. 난 재석이 아부지가 아녀! 가자 가. 독도로! 바다로!

샤, 이내 사라지면 더 걸판진 술자리가 벌어진다.

접대부와 사장 건달 하나씩 옷을 벗고 춤을 푼다.

그들의 끈적끈적한 춤.

여전히 조명은 붉은 빛, 조명 속 인간들은 마치 고깃덩어리들 같다.

미스   살다가 널 만나면 모질게 따지고 싶어 /

힘든 세상에 나 홀로 남겨두고 /

왜 연락 한 번 없었느냐고 /

아무것도 난 해준 게 없어 /

받기만 했을 뿐 /

그래서 미안해 나 같은 여자를 왜 사랑했는지 왜 떠나려 했

는지 /

어떻게든 우린 다시 사랑해야해 /

그땐 너무 어렸어 /

몰랐던 사랑을 이제야 알겠어 보잘 것 없지만 널 위해 남겨둔

내 사랑을 받아 줘 /

어떻게든 우린 다시 사랑해야해 /

노래 끝나면 건달 살짝 나가고 보이지 않는다.

사장   닻을 올리고 돛을 달아라, 파도를 뿌시고 가자 가! 독도로 바

다로 세상 시름 다 잊고 가자 가!

여고생/스튜어디스   사장님 멋쩌다. 멋쩌! 굿. 나이스. 굿.

사장   사장? 그래 나 사장이다. 나를 따르라!

여고생/스튜어디스   나를 따르라.

홀라당 옷을 벗고 사장 뒤를 졸졸 따라 다니는 미스 강과 여고생 스튜어디스.

사장 화장실에서 밀걸레를 꺼내고 옷장에서 옷을 꺼내 테이블에 꽂아 돛을 만든다.

돼지 탈을 꺼내 얼굴에 뒤집어쓴다.

창문에서 커튼을 뜯어 테이블에 날개를 만든다.

꽹과리, 징, 장구, 북의 잔잔한 사물이 이들의 발걸음을 경쾌하게 만든다.

사장 날개를 달고 훨훨 날아서 가자. 훨훨!
여고생 / 스튜어디스 날개를 펴자 훨 훨.

샤 뒤, 아내 다시 나타난다.

아내 재석이 아부지… 재석이가 또 일등을 했닥 안하요.
사장 나는 재석이 아부지가 아니라 사장이란 말이여 사장!
아내 내년에 양파 싱굴라믄 종자를 쪼까 냉겨노깨라 어짜깨라우? 그라고 구제역이 돌아서 돼아지를 몽땅 다 살처분 한다고 안하요. 우리 돼지 다 죽는단 말요. 재석이 아부지, 어째 연락도 없소….

샤, 어두워진다.
다시 쏟아지는 비. 천둥소리.

사장 자! 출발! 하자!
미스 · 여고생 · 스튜어디스 자! 추울바알!

사장　산을 넘고, 바다를 건너, 하늘로 우주로 가자 가!

미스·여고생·스튜어디스　하늘로 우주로 뿅뿅뿅. 가자 가!

이윽고 사물놀이는 자진모리를 넘어 휘몰아치고 있다.

건달 회칼 들고 테이블 위에 올라간다. 온몸에 비가 흠뻑 젖었다.

사물 장단도 놀랐는지 툭 멈춘다.

접대부들 한쪽으로 도망간다.

팬티 차림으로 돼지 탈을 쓴 사장 가관이다.

사장　어떤 놈이냐?

건달　….

사장　(직감적으로 위기에 처한 것을 알아차린다) 누구 짓이냐?

건달　….

사장　(물러난다)

건달　눈, 깔, 깔, 어!

사장　….

건달　(찌른다)

사장　….

건달　(난도질)

사장　… 누구냐? ….

건달　(난도질)

이윽고 접대부들의 비명소리. 혼비백산 도망간다.

사장, 하얀 돛대를 붙잡고 버티다가 이내 바닥으로 떨어진다.

건달 휙 돌아서 나간다.

암전.

접대부들의 비명소리 메아리로 흐른다.

3.

샤, 뒤 가로등 불빛 아래 시커먼 건달들.

전기톱을 든 그림자1, 한 사내를 전등 아래로 밀친다. 그림자2, 그 사
내에게 담배 연기를 품는다. 전기톱 든 그림자 사내를 잡아다 족치고
있다.

사내   ….

그림자1 오늘부터 여는 우리가 접수했습니다. 어디요? 똥개 숨긴 장
소가?

사내   한 번 형님은 영원한 형님… 니들이, 키워준 주인을 물어. 쥐
새끼.

그림자1 (짓밟는)

그림자2 그만해.

사내   어린놈의 새끼들 배신을 때려.

그림자1 배신? 배신은 형님들이 먼저 시작하신 거 아닙니까 씨발새끼
야. 다시 묻습니다. 똥개 어딨소?

사내   귀 좀 빌리자.

그림자1 (대준다)

사내   (물어 버린다)

그림자1 아!

그림자2 (사내를 가격)

사내   차라리 찔러라.

그림자2 천당 가실라우 지옥 가실라우?

그림자1 (전기톱에 시동 건다. 그 소리 날카롭다)

사내 북한산 독바위 어느 여관.

그림자1 여관이 한두 개냐.

사내 그 어디쯤이라고만 알고 있지, 더는 몰라.

그림자2 짤라!

그림자1 (사내의 다리에 전기톱 들이민다)

샤, 암전.

사내 (긴 비명과 욕)

그림자2 (소리) 애들 다 풀어. 샅샅이 뒤져.

건달들 (소리) 예, 형님.

4.

여전히 비는 내린다. 서서히 밝다.

간밤, 술 마신 흔적.

술병이 뒹굴고, 돼지사료가 뒹굴고, 둘둘 말린 이불. 옷장에서 꺼내진 옷들. 태평의 흐트러진 머리. 찢긴 커튼. 밀걸레 자루. 빗물을 받는 깡통도 뒹굴고….

연일 내린 비 때문에 객석으로까지 곰팡이 냄새가 날 것만 같다.

유식 (밖에서 들어온다. 검정 비닐봉지) 어이, 태팽이. 이건 약이고 이건 빵이랑 우유네이. 컵라면도 있응께 묵소. 어째 술 잔 깼는가. (가방 챙긴다) 나는 고향으로 내려갈라네. 애기들이랑 마누라가 걸려서 안 되것네. 자수도 해야 쓰것고. 잘 쉬었다 강만. (사진 넣으려다가, 자고 있는 태평에게 이불 덮어준다) 비 그치믄 해 뜨겄제. (방을 대충 치운다) 일어나믄 약 꼭 챙 개묵소이. 안 글믄 속 다 배리네 (하는데) 마누라가 내려간당께 좋아라 항만.

누군가 문 두드리는 소리. 순간 긴장하는 유식.
이내 반응이 없자 미스 강, 문을 열고 들어선다.

유식   어쩐 일이여?

미스   큰일 났어. 순진파 오빠 큰일 났다구. (신문 건넨다)

유식   신문 갖다 줄라고 호들갑을 떨었는가?

미스   아니, 봐 여기. 신문.

유식   (읽는다) FTA 체결 이후 값싼 농산물이 물밀 듯 들어올 것에 대비해 정부는 관계부처와 종합대책마련에…. (하는데)

미스   아니, 거기 말고 여기. (기사를 짚는다)

유식   국내최대 조직폭력 무시파 두목 탁무시 씨와 무시파의 이인자로 알려진 안 모 씨가 어제 낮 자신이 관리하는 룸살롱에서 온몸이 벗겨진 채 삼십대 괴한의 칼에 사망. 경찰은 무시파 내에서 벌어지고 있는 세력 다툼으로 사망한 것으로 보고 수사를 검찰과 공조하기로 했다. 한편 범인으로 보이는 삼십대 중반의 남자가 룸살롱에 들어서면서 씨씨티비에 찍힌 것을 확인하고 이를 전국 관할 경찰서와 각 언론사에 사진을 배포하기로 했다. 가만, 여기 이 사진이 씨씨티비에 찍힌 것잉만. 그란디… 이거, 태평이 아녀. 맞네. 이 사진… 가방을 들고 들어가고 있는 범인이 차태평이네. 오매, 시방 요거이 뭔 일이다냐.

아야, 태평아이 인나봐라. 니 어저께 나가서 뭣허고 왔냐? 아야, 인나봐야. 니 사람 죽였냐? 피가 수도꼭지 맹키로 꽐꽐 나왔담서 그 사람이 무시였어? 이, 미친 새끼 니가 무시를 죽였어. 무시를. 인나. 태평이 자네가 무시를 죽였당깨.

태평 (술 덜 깼다) 예?

유식 (신문을 던져 태평에게 준다)

태평 (읽는다. 잠시 주전자에서 물을 마시고 정신을 차려본다)

미스 이렇게 가만 앉아 있을 시간이 없어, 도망가. 어젯밤 늦게 건달들이 변태새끼 사진을 보여주면서 찾아 다녔단 말야. 사채업자들이 찾는 줄 알고 가만있었는데 그게 아니었나봐. 차라리 잡히더라도 경찰에 잡히는 게 더 나아. 그러니 일단 숨어. 숨는 게 최고라구.

유식 그려, 미시 강 말이 맞어. 그라믄 경찰에 신고를 해야제.

태평 잠깐! 잠깐만. 행님. 이 새끼들이 나를 중간에서 이용을 했슴다. 제가 이용을 당했단 말임다 행님. 제가 감히 어떻게 무시 형님을 해칠 수 있겠슴까.

유식 무시를 만난 적이 있었능가?

태평 없슴다.

유식 그러면 누가 무시를 죽이라고 시키등가?

태평 방에 가면 아가씨 세 명, 남자 한 명. 남자를 죽이라고 했슴다.

유식 누가?

태평 보호감호소에서 만난 형님임다. 무시파 넘버 투.

미스 넘버 투?

유식 그러니까 태평이 자네는 무시를 전혀 본 적도 없고, 무시파 넘버 투가 누군가를 죽이믄 자네를 무시파로 맹글어 준다고 했구만.

태평   (끄덕)

유식   그 넘버 통가 하는 놈이, 무시파 두목이 될라고 무시를 죽이는
       디 자네를 이용해부렀네. 오메….

미스   신고해. 빨리.

태평   그럴 리가 없습다. 감히 어떻게 제가 무시 행님을… (횡설수설)
       행님? 그라믄 독도 별장은… 우쪽캐 됩까 행님? 여우 같은 마
       누라 토끼 같은 내 자식들… 흐미… 내가 뭣을 햇당가.

유식   가만! 태평이 자네가 여관방에 있다는 것을 아는 사람은 보호
       감호소에서 만났다는 무시파에….

미스   넘버 투.

유식   그려. 그라고 내가 군청에 불 지르고 도망 댕기다가 무시한테
       전화를 항께, 지 오른손이람서 여관방으로 연결해 준 사람도.

미스   넘버 투.

유식   그라믄 자네가 무시를 죽였다는 것을 아는 놈은 바로.

미스   넘버 투.

태평   이런 씹새들. 나를 인간 차태평이를 가지고 놀아. (옷장에서 가
       방을 꺼내 나가려 한다)

미스   변태. 야, 차태평. 어딜 가? (붙잡는)

태평   (뿌리치다가 가방에서 피 묻은 회칼 떨어진다)

사이. 잠시 침묵이 흐른다.
태평 칼을 잡으려 하자, 유식이 발로 칼을 밟는다.
미스 강 칼을 줏어 경대 서랍에 숨긴다.

태평   싸가지. 너는, 왜 나를 도와주는 거여. 엉?

미스   불쌍해서. 불쌍해서. 나같이 불쌍한 인생이라서.

유식　가만! 가만! 우리를 쫓는 놈들은 넘버 투가 아니여.

태평　넘버 투든 넘버 뭐든, 확 다 죽여 버릴 거야.

유식　돌드라도 정신 바짝 차리고 돌소이. 시방 목심이 달린 문제란 말이시.

미스　뭐? 목숨. 나 그럼 그냥 갈래. 마담 언니 지랄지랄 왕 지랄할 거야. 나는 일찍 돌아가신 아버지 어머니 몫까지 살아야 한단 말야.

유식　제 삼의 인물. 틀림없이 누궁가가 있당께. 어저께 밤에 다방에서 태평이를 찾는 사람이 있었다고 했제?

미스　네.

유식　넘버 투 조직원들이믄 태평이를 찾을 필요가 옳제.

미스　맞아. 여관방에 숨어 있는 것을 알고 있는데 왜 찾아. 순진파 오빠 머리 좋네. 아들 공부 잘 할 만 해.

유식　잠깐! 넘버 투가 무시를 죽이는 데 태평이를 이용했다. 넘버 투가 무시를 죽이는 것을 제 삼의 인물은 알고 있었다. 그래서 넘버 투가 무시를 죽이자 이것을 이용 넘버 투도 같이 제거를 하고 무시파를 장악하려고 했다. (신문 보며) 여기 "무시파의 이 인자로 알려진 안모 씨가 어제 낮 자신이 관리하는 룸살롱에서 옷이 벗겨진 채 삼십대 괴한의 칼에 사망했다"

태평　(실성 수준이다) 독도! 별장! 행님. 독도는… 행님… 제, 별장. 어떻게 됩니까. 예?

유식　정신 차려. 아직도 술이 안 깨. 이 친구야, 자네가 사람을 죽였다니까. 사람을. 무시를 죽여부럿단마시. (신문 던진다)

태평　(읽더니 구긴다) 아님다. 뭔가 잘못 됐을 검다. 그냥, 사업하는 사람이라고 했슴다.

유식　누가?

태령 ….

유식 태평이 자네를 뒤에서 조정한 넘버 투도 죽었어. 같은 장소에
서. 그랑께 무시를 죽이러 룸쌀롱에 가는 것을 제 삼의 인물은
첨부터 알고 있었단 마시. 근디….

미스 순진파 오빠, 탐정 같다.

유식 제 삼의 인물은 왜 자네를 그냥 놔뒀을까 도망가도록….

미스 순진파 오빠. 제 삼의 인물, 제 삼의 인물 그러니까 말도 길고
헷갈려. 그냥 제 삼의 인물을 편의상 깡통이라고 해봐.

유식 깡통? 그려. 깡통. 좋은 생각잉만. 나도 제 삼의 인물이 자꼬
헷갈렸는디. 암튼, 깡통이 넘버 투를….

미스 넘버 투는 주전자라고 해.

유식 깡통이, 주전자를, 무시가 죽은 장소에서 죽였다.

미스 왜?

태평 (현실을 외면하고 싶은지 구석에서 남은 소주를 마시고 있다)

유식 깡통이 무시파를 장악하고 싶으니까. 그런데 무시를 죽인 태
평이는 죽이지 않았단 말이여.

미스 왜?

유식 그것을 모르것어. 다만, 주전자가 태평이를 꼬드겨 무시를 죽
인 것은 계획적인 것 같은디, 깡통이 주전자를 죽인 것은 우발
적인 것 같어.

미스 왜?

태평 내, 도, 독도는… 별, 장은.

유식 계획적이었으믄 깡통이 태평이도 죽였을 것이여. 생각해 보소
이. (물건을 방 가운데 놓고 설명한다) 주전자가 무시를 제거하자
자연스럽게 주전자가 두목이 됐다. 그래서 깡통이 생각하기에
주전자도 제거하믄 지가 두목이 될 거라고 생각을 했것제.

미스   앞에서 한 얘기잖아.

유식   그런데 두목인 무시를 제거한 쪽은 주전자가 아니라.

미스   (손가락으로 태평 가리킨다)

유식   그렇지. 이 사건의 진실을 알고 있는 쪽도.

미스   (마찬가지로)

유식   그렇지.

미스   경찰에서 잡기 전에 깡통이 똘마니들을 풀어 선수를 치겠다. 안 돼! (수화기 든다) 뭐야, 주인 영감탱이 아직도 잠을 자나.

유식   미시 강, 전화기 내려놋쇼.

미스   신고를….

유식   빨리! 이 새끼 데꼬 내 빼. 빨랑.

미스   도망가라구요?

유식   그려. 멀리 내빼랑께. 잠잠해지믄 그때 자수를 하던지 하라글고, 언넝 내 빼. (가방에서 돈을 쥐여 준다) 급한디로 불을 끌 것이여. 암도 모른 디로 가.

태평   내 독도. 하하하하.

미스   순진파 오빠?

유식   나야 시방 고향 내려가는 질잉깨 걱정말고, 놈들이 알믄 여그 있는 사람 다 죽어.

미스   그럼, 순진파 오빠도 위험하잖아?

유식   엊저녁에 안 들어왔다고, 앙끗도 모른 척 하믄 되제. 나도 시방 뜰 거야. 언넝.

비 또 쏟아진다.

태평   내 독도. (주머니에서 무시파 완장 찬다)

유식	정신 차려. 술 안 깽거여, 역불로 돈 척 하는 거여.

태평, 유식 뺨을 때린다.

유식	정신 차려!
태평	파도 타고 독도로 간다 나는 독도로 가! 푸른 바다 저 멀리 새 희망이 넘실거린다. 하늘 높이 뭉개구름 피어난다.
미스	나가, 태평오빠 나가.
태평	(돼지사료를 보듬고 뒹군다. 그러다가 먹는다)
미스	돼지새끼. 빨리 일어나 안 그럼 우리 다 죽는다잖아.
태평	(먹는다)
유식	(태평의 볼을 잡고 흔든다) 태평아. 차태평! 인자 요런 돼아지사료 같은 것은 안 묵어도 되야. 긍깨 언넝 도망치란 말이다. 이, 미친 새끼야.
태평	(토악질이 난다)
미스	(두들긴다)
태평	(물받이 깡통을 들어 문 쪽으로 던지며) 야 ─ !

이때 검정 비옷을 입고 들어서는 그림자, 태평이 던진 깡통을 한 손으로 잡는다.

그림자	(물기가 뚝뚝 떨어진다)
미스	(수화기 들고) 여보세요. 아, 아저씨. (아무런 소리가 나지 않는지 수화기를 흔들어 본다. 이내 끊는다)
그림자	(신발 신은 채로 방으로 들어선다)
태평	(정 자세를 취하고 소주를 따라 마신다. 돼지사료를 우걱우걱 씹어 먹

는다)

유식   자, 우, 우리. 마, 말로. 말로 하입시다.

미스   마담언니….

유식   우리는 세 명이고 저쪽은 한 명이니까 정신만 차리면 돼. 알아?

태평   (흘러내린 완장을 올리더니 말없이 사료만 씹어 먹는다)

유식   이봐, 욜로 앙거갖고 차근차근 앞 뒤 좌 우 정황을 살피장께.

태평   행님 말하신다. 눈. 깔. 깔. 어.

그림자   (태평을 내려다본다)

태평   눈깔 깔어!

그림자   (태평의 앞차기로 안면을 강타한다)

태평   (벌렁 뒤로 넘어진다) 눈깔 깔어!

미스   (슬금슬금 기어 나가려는데)

그림자   (미스 강 목덜미를 잡아 태평 쪽에 휙 던진다)

유식   이 친구가! (그림자에게 달려든다)

그림자   (유식을 밀어댄다)

태평   … 눈깔 깔어… 너 같은 것은 당아 멀었어, 눈깔 깔어. 한나도 안무 사. 너 내가 무사 안 무사? (돼지사료 던지며) 보지란히 묵고 심을 질러, 그라믄 나 맹키로 포도시 근육 나올 꺼이다. 그 래야 니도 펭야 나 맹키로 되제. 안 그냐? (윗옷을 벗는다. 여전히 새겨진 '王' 자)

그림자   (피식 웃는다)

태평   웃어. (품에 가지고 있던 잭나이프를 던진다)

그림자   (휙 피하면, 나이프 문에 박힌다)

미스   순진파 오빠. 어떻게 좀 해 봐.

그림자, 태평에게 돼지사료를 들어 거꾸로 쏟는다. 쏟아지는 사료들,

방 이리저리 뒹군다.

태평   (악으로) 눈깔 깔어.

미스   (칼 뽑아 그림자에게 달려드는)

그림자   (강의 칼 뺏어든다. 강, 심하게 밀어붙이는)

유식   (밀걸레 자루 들고 그림자 때리려 하는)

그림자   (날렵하게 피하고 칼로 유식 찌르는. 아무런 죄책감이나 도덕적 잘못을 모르는 기계 같은 동작)

유식   윽!

미스   (비명)

태평   (달려드는)

그림자   (태평 찌르려 한다)

유식   (그림자 발을 잡고 놔주지 않는다) 태평이. 언녕, 토껴. 언녕…

그림자   (유식 다시 찌른다)

유식   언녕….

그림자   (찌른다)

미스   사람 살려!

미스 강, 태평을 끌고 나간다.

유식   가. 가! (손짓)

태평   해, 행님.

그림자   (유식을 또 찌른다)

태평   (소리) 행님!

그림자   (태평에게 가는데)

유식   (다시 잡는다) 가. 가.

두 사람 나간다.

그림자	(난도질)
유식	씨발, 씨발, 나는 농, 사, 진, 죄, 밖, 에, 없, 는, 디… 재, 석, 아. 오메….
그림자	(밀친다)
유식	(그 힘으로 경대 위에 놓인 가족사진이 떨어진다)
그림자	(사진을 밟는다. 태평을 쫓아 나가려는데)
유식	(그림자 다리 하나를 잡고 놓지를 않는다)
그림자	(다시 밀친다)
유식	(쓰러진다)
그림자	(나가려는데)
유식	(놓지 않는다)
그림자	(다시 찌른다)
유식	(이미 힘이 풀렸다)
그림자	(나가다가 돼지사료에 밀려 출입문에 머리를 찧고 기절한다)

유식, 텔레비전을 지탱해 일어나려 한다. 그 힘으로 전원이 켜져 시끄럽다.
가족사진을 잡으려다 돼지사료에 미끄러져 쓰러지는 유식. 조명 서서히 어둡다.
샤 뒤, 아내 보인다. 유식의 환영이다.

아내	비료값 제하고 이잣돈 갚웅께 쌀 수매한 돈 한 푼도 안 남소야. 그라고 돼야지는 구제역이 온 동네에 다 퍼져부러서 기언치 땅에 다 묻어부럿소. 구덩이를 파고 수백 마리를 몰아 넣는

다, 돼지들이 살것다고 두 발을 들고 닭똥 같은 눈물을 흘림서 꽤액꽤액 거리는디 참말로 눈뜨고 못 보것습니다. 군에서는 항꾼에 보상을 해준다고는 하는디… 앰병할 놈의 시상. 징하고 송신나서 어디 살 것니여. 재석이 아부지? 인자 우리도 대처로 나가서 삽시다. 경운기는 주인 없다고 녹이 다 슬어 불었소. 재석이 아부지… 당신 온당께 재석이랑 재숙이가 웃는 얼굴로 학교 갑디다. 옷쇼 와서 죄 값 받웃쇼… 산 입에 거무줄 칠랍디여…. (하는데)

샤, 깜빡깜빡 마치 형광들 불빛처럼 사라졌다 밝아졌다 한다.
그만큼 유식의 의식이 흐려지고 있다는 것이다.

유식   … 양파도 꼭 심고… 돼지도 꼭 키우소… 미, 안, 허, 네…. (붕어처럼 눈만 끔벅끔벅. 경대 위 액자를 향해 기어간다. 겨우 액자 속 가족을 품에 앉는다)

아내, 무슨 말을 하는데 하나도 들리지 않는다. 그러다가 샤 어두워진다.
유식 눈을 뜬 채… 일어나지 못한다.
무대 어두워진다.
텔레비전 속 아나운서만 시끄럽다.

아나운서   정부는 FTA에 힘입어 생활가전, 자동차 부품, 반도체, 화장품 등의 수출이 늘어날 것으로 전망했습니다. 또 FTA 체결에 따른 문화콘텐츠 산업효과에 대해 시청각, 엔터테인먼트, 관광 등의 분야에서 양국이 협력할 수 있는 조항을 포함했으며 케

이팝 등 한류에도 많은 부가가치를 창출할 것으로 보입니다.
한편 FTA 국회 비준을 앞두고, 농민단체들은 오는 주말에 쌀
을 비롯한 농산물 장례식을 갖기로 하는…. (소리 잦아드는)

무대 어둡다.
조명 하나 유식을 오랫동안 잡고 있다.
음악 높다.

암전.